CASTELO DE AREIA

Catalogação na Fonte
Elaborado por: Josefina A. S. Guedes
Bibliotecária CRB 9/870

Ivo, Luiz
I961c Castelo de areia / Luiz Ivo. 7
2021 - 1. ed. - Curitiba: Appris, 2021.
217 p.; 23 cm.

ISBN 978-65-250-1262-9

1. Ficção brasileira. 2. Crime. 3. Mistério. I. Título.

CDD - 869.3

Livro de acordo com a normalização técnica da ABNT

Appris editora

Editora e Livraria Appris Ltda.
Av. Manoel Ribas, 2265 – Mercês
Curitiba/PR – CEP: 80810-002
Tel. (41) 3156 - 4731
www.editoraappris.com.br

Printed in Brazil
Impresso no Brasil

Luiz Ivo

CASTELO DE AREIA

Sumário

Capítulo 1

Sábado, 6 de junho de 2015.

Margot, uma balzaquiana ruivinha e sardenta dos cabelos curtos, franja e olhos castanho-claros, acorda sonolenta e retira a viseira noturna. Senta-se na cama, confirma que o marido já se levantou, como de praxe, e espreguiça-se de olho no relógio sobre a mesinha de cabeceira: são 10h07.

"Nossa, perdi a hora!", pensa e vai até a janela. Abre as persianas deixando a luz da manhã ensolarada invadir o quarto. Vê o marido, um homem alto, 35 anos, malhado, cabelos castanho-escuros, corte *undercut*, barba bem-aparada e baixinha, à beira da piscina, usando bermudão e sem camisa, exibindo o corpo sarado. Ele conversa com Sergio, um negro alto, quarentão, bem--apessoado, igualmente malhado, cabeça raspada e brilhosa, barba e bigodes cheios. O grandalhão usa bermudão, camiseta de malha preta e tênis, e sua esposa, Rebecca, outra balzaquiana loira dos olhos verdes, cabelos lisos e compridos até o meio das costas, alta e corpo escultural malhado, veste um conjuntinho de malha cinza com lista vermelha nas laterais e tênis. Por um tempo, observa o marido falando e gesticulando animadamente, o amigo e sócio apenas sorri e assente, braços cruzados e pernas semiabertas. Rebecca também sorri esbanjando charme, empertigada, fazendo caras e bocas, ajeitando a franja dos cabelos esvoaçantes, presos como rabo de cavalo.

A loirinha levanta as vistas e alcança Margot atrás da vidraça da janela do quarto. As duas encaram-se ligeiramente, a loira acena, Marcelo e Sergio viram-se, a ruivinha sorri, retribui o aceno e se afasta.

Ψ

A empregada da casa dos Gomes, uma elegante mansão com dois pavimentos, cinco suítes, dois sanitários sociais, sala de estar íntima, sala de estar e jantar protegida por painéis de vidro com vistas para os jardins e para a piscina, copa, cozinha, varandão em L, uma edícula com área gourmet, área de serviço e uma extensa área gramada protegida por cerca viva formada por ixorias, palmeiras e árvores frutíferas, aproxima-se agitada.

— Seu Marcelo, o rapaz chegou com a carne.

O rapaz franze o cenho, olha ligeiramente para a janela da suíte, não vê a esposa, então, retruca:

— Diz para ele deixar no balcão da cozinha, Dona Marta. Seu Antonio já deve estar chegando.

— Sim, senhor. — retruca ela e sai apressada.

— Rebecca, vamos andando. — diz Sergio e enlaça a esposa pela cintura.

A jovem sorri e assente.

— Estamos esperando vocês, hein! — diz Marcelo e pisca um olho para a loira.

— Claro! — retruca ela. — Diga a Margot que daqui a pouquinho a gente vem.

O casal afasta-se pelos fundos do casarão. Marcelo põe a mão na cintura e observa o jeitão sedutor da loira caminhando de mãos dadas com o marido. Antes de desaparecer atrás da cerca viva, ela olha para trás: os dois trocam olhares, ela sorri, ele retribui.

— Pedaço de mau caminho! — murmura, meneia a cabeça e puxa os cabelos para trás; gira o corpo e segue para a suíte do casal.

Sobe as escadas trotando, cruza a sala íntima e entra no quarto. Ouve o ruído da água do chuveiro e vai até a porta do banheiro. Contempla a silhueta da esposa atrás do vidro jateado e diz:

— Margot, minha querida, que horas você pretende descer, hein?! Daqui a pouco o pessoal começa a chegar.

— Já estou indo, amor!

Pouco depois, a mulher aparece enrolada na toalha. O marido está encostado na janela lendo mensagens no celular.

— Desculpe, amor, mas é que precisei tomar remédios outra vez pra conseguir dormir e acabei perdendo a hora. — justifica ela.

O homem desliga o celular e franze a testa.

— Por que você não faz uma terapia pra tentar superar essas insônias e suas fobias, hein, Tê?

A ruivinha torce a boca em desagrado.

— Não quero falar sobre isso agora, tá bom?

Marcelo comprime os lábios e meneia a cabeça lentamente.

— Pelo menos você devia começar a fazer exercícios. Vai te fazer bem e não vai atrapalhar em nada seu trabalho de escrita. Por que você não vem correr comigo, Sergio e Rebecca?

— Não tenho vontade, nem disposição, amor. O que eu gosto mesmo é de escrever aqui no meu cantinho.

— Bem, você é quem sabe. Vou tomar meu banho. — diz ele, desistindo da conversa e beija a testa da esposa.

Margot posiciona-se em frente ao espelho do closet e distrai-se escovando os cabelos até ouvir o ruído do chuveiro. Vira-se em direção à porta do banheiro e observa o vulto do marido atrás do boxe de vidro jateado. Sorri e diz:

— Tem uma primeira vez pra tudo, amor. Quem sabe, um dia desses, eu vá caminhar com vocês.

— Eu vou adorar! — vozeia ele.

A mulher dá meia-volta e concentra-se na escolha de uma roupa para vestir. Ouve-se apenas o ruído da água da ducha caindo no piso do banheiro.

Marcelo ensaboa-se e fica parado, deixando a água quente rolar livremente sobre seu corpo. Sua mente revisita lembranças recentes...

> *Está abraçado com a esposa, sentados na penumbra de um dos cantos da casa noturna lotada, som alto e muita agitação. Ao lado de Margot estão seu irmão, Júlio, a esposa, Maria Rita, e Rebecca. Júlio e a esposa vão para a pista de dança e Rebecca provoca Margot:*
>
> *— Por que você dois não vão dançar também, hein?!*
>
> *Recorda-se do jeitinho delicado da esposa encostando o rosto em seu ombro e dizendo:*
>
> *— Não quero dançar, estou bem aqui!*
>
> *A amiga dá de ombros, levanta-se e passa a dançar em frente à mesa, sozinha, mas sensualizando, agitando os longos cabelos loiros de um lado para o outro, remexendo o quadril e valorizando o corpo dentro de um vestidinho apertado e curto.*

"Que mulherão!", pensa em meio às suas recordações.

> *Diz para a esposa que vai ao sanitário e sai contornando a multidão pelo canto direito da casa noturna. Quando retorna, é surpreendido por Rebecca, que o abraça pelo pescoço e o beija ali mesmo, na porta*

da toalete. Sente uma excitação desmedida ao ser puxado para um dos cantos escuros, ao ser novamente beijado... Ao ter sua mão levada aos seios da moça... E do sussurro ao pé de ouvido:

— Estou te esperando mais tarde, lá na minha cama. Sergio só volta amanhã à noite.

A moça afasta-se um pouco. Recorda-se perfeitamente de ter ficado imóvel, sem saber o que dizer ou fazer. Ela mais uma vez se aproxima e diz ao pé do ouvido:

— Volte à toalete e limpe essa boca.

A moça afasta-se e desaparece na multidão.

A simples lembrança deixa Marcelo excitado, mas também possuído por um súbito remorso.

Lembra-se de voltar à mesa e encontrar Rebecca sentada ao lado da esposa, as duas abraçadas e sorrido.

Passa xampu nos cabelos e os massageia. As lembranças retornam...

Margot não demorou a dormir naquela noite, sob efeito de duas taças de vinho. Sai à surdina, corre pelo calçadão na penumbra até a residência de Rebecca e juntos protagonizam momentos de sexo tórrido sobre o tapete da sala de estar.

Volta a ficar excitado ao lembrar-se do corpo escultural da loira dos olhos verdes, pernas grossas, levemente malhadas, bunda grande e seios pequenos e eriçados.

— Amor! — soa a voz de Margot.

O rapaz assusta-se e cobre o membro ereto com uma das mãos.

— Já estou saindo! — vozeia ele. Espera um tempo até que a excitação passasse e sai do banho enrolado na toalha.

No closet, observa a esposa vestida com um bermudão e uma blusa de renda branca. Ela encara-o com olhar interrogativo.

— Você bem que podia vestir um daqueles vestidinhos, afinal está calor e você ficaria ainda mais linda.

Margot torce a boca e se olha no espelho.

— Eu tenho vergonha desses meus gambitos. — diz ela.

— Nada de gambitos! Suas pernas são lindas e eu gosto de você do jeito que você é: magrinha e sensível.

A esposa mostra-se indecisa e encara-se no espelho; o rapaz termina de vestir-se com bermudão e camiseta de malha; calça as sandálias de couro e empunha o celular.

— Estou te esperando lá embaixo, amor. — diz ele e sai fechando a porta atrás de si.

A ruivinha continua se olhando no espelho, hesitante. Está feliz, mas desanimada. Resiliente, volta a fuçar o guarda-roupa à procura de outro traje e perde alguns minutos sem encontrar nada que a agrade. Lembra-se dos vestidinhos que deixou dependurados junto com as camisas do marido e se volta para o outro lado do closet. Corre os olhos pelo cabideiro, examina os três vestidinhos dependurados na extrema direita e se decide por um deles. Ao puxar o cabide, traz junto uma das camisas do marido, que cai no carpete. Margot joga o vestido sobre a banqueta, abaixa-se e nota alguma coisa volumosa no bolso da camisa. A ruivinha franze a testa intrigada, abre o bolso e retira uma caixinha azul. Ainda ajoelhada no carpete, abre o estojo e arregala os olhos ao ver o anel de ouro cravejado de safiras azuis: o coração dispara.

"Marcelo comprou uma joia pra mim?!", pensa e sente uma vontade imensa de gritar de felicidade, mas se contém.

Eufórica, devolve a caixinha para o bolso da camisa e a dependura no cabideiro.

Ψ

Marcelo passa rapidamente no escritório, abre a segunda gaveta da mesa, coloca uma caixinha no bolso da bermuda, sai apressado e se acomoda no barzinho da edícula. O churrasqueiro aproxima-se e ele diz:

— Capricha aí, Seu Antonio.

— Pode deixar, Seu Marcelo.

O rapaz serve-se com uma tulipa de cerveja, liga a Smart TV, seleciona um videoclipe musical e senta-se na bancada do barzinho. Corre os olhos pelo entorno da propriedade, observa o pessoal do buffet arrumando as mesas com os sombreiros e finalmente se distrai com o celular e a bebida. Lembra-se de Rebecca, de Sergio e meneia a cabeça lentamente.

"Que mulherão!", pensa e envia uma mensagem pelo WhatsApp.

Ψ

Após percorrerem o espaço de 10 casas trotando pelo calçadão às margens do Rio Joanes sob o sol escaldante, Sergio e Rebecca entram na residência pelos fundos: uma mansão no mesmo estilo da residência dos Gomes. Suado e cansado, ele vai diretamente para a edícula da churrasqueira, serve-se com limonada, senta no banquinho e passa a manusear o celular. Aos poucos, recupera o fôlego.

— Vou tomar uma ducha. — diz a esposa.

Na suíte do casal, porta aberta, a loira anda lentamente de um lado ao outro para se recuperar da corrida. Entretém-se conferindo as mensagens no celular: uma delas arranca-lhe um sorriso.

"Louco!", pensa e digita no WhatsApp:

(Rebecca): Seu Louco. Fico com tesão só de pensar em você.

A loira sorri cinicamente e se aproxima do janelão. Observa o marido sentado em uma das banquetas do barzinho da edícula, manuseando o celular. Dá de ombros e segue para o closet. Encosta-se na porta e continua lendo as mensagens do WhatsApp. Meneia a cabeça e sorri ao ler uma delas.

— Posso saber por que a dondoquinha está tão feliz assim?!

Rebecca gira o corpo, enfezada, e vozeia:

— Me respeite está ouvindo, Tereza?!

— Quer que eu te respeite? Então deixa eu ver essas suas mensagens aí.

— Não tenho que dar satisfação da minha vida pra você, sua fedelha!

Tereza franze a testa, entra no quarto de supetão e puxa o celular da mão da loira enfezada; ela reage agarrando-se aos cabelos da moça, puxando-os para trás. A negra deixa o celular rolar pelo carpete, gira o corpo e revida esticando os cabelos da madrasta aos gritos:

— SUA VADIA!!! SUA PIRIGUETE DOS INFERNOS!!!

As duas rolam pelo carpete, aos tapas.

Dona Celé, a empregada da casa, aparece na porta do quarto, grita por socorro e tenta apartar a briga.

Sergio aparece e vocifera:

— PAREM COM ISSO! PAREM!!!

Em seguida, segura a filha, Tereza, pela cintura e pelo braço e puxa-a para cima. Com os cabelos desgrenhados e a blusa rasgada, Rebecca põe-se a chorar.

— O que foi isso, Tereza?! — exclama o pai, severamente.

— Será que o senhor não vê que essa mulher não presta?!

— Tereza!!! — retruca Sergio, irritado.

— É isso mesmo! Peça pra essa piriguete te mostrar as mensagens do WhatsApp dela. — reafirma a filha, com voz rancorosa.

Já de pé, Rebecca parte para cima da moça, mas Sergio se interpõe entre elas.

— Vou te mostrar quem é a piriguete aqui, sua desgraçada! — vocifera a loira enfezada.

— PAREM COM ISSO! — berra Sergio, mais uma vez. — Vá para seu quarto, Tereza!

A filha desvencilha-se do pai, entra no quarto ao lado e bate a porta. Rebecca joga-se na cama aos prantos.

— Pode ir cuidar das suas coisas, Celé. — diz o grandalhão e esfrega a careca lustrosa tentando se acalmar.

— Misericórdia, senhor! — resmunga Dona Celé e desce as escadas apressada.

Sergio fecha a porta da suíte e Rebecca pula da cama.

— Essa sua filha é louca, Sergio, eu não tenho que aguentar isso, não!

O homem enfezado anda de um lado ao outro.

— Afinal, o que é que está acontecendo para Tereza te tratar assim, hein, Rebecca?!

— Não está acontecendo nada. Nada, está ouvindo?! Sua filha é uma despeitada, problemática e neurótica, isso sim!

— Merda, Rebecca... Você tem que se entender com Tereza!

— Escute bem o que vou te dizer: não vou permitir que essa pivetinha transforme minha vida em um inferno. Ouviu bem?!

— Não fale assim de Tereza.

— Ah, não! E ela pode me chamar de "vadia", "piriguete" e sei mais lá o quê! Vá cuidar da sua filha, que é melhor. Essa menina é doente e precisa de tratamento médico.

— REBECCA! — berra.

— Me deixa em paz, Sergio! Eu vou tomar um banho e vou pra casa da Margot. Se você quiser vir, venha, mas não enche meu saco! — retruca a loirinha furiosa; entra no banheiro e bate a porta.

— Droga! — esbraveja o grandalhão e vai até a porta do quarto da filha.

Bate duas vezes e vozeia:

— Tereza... Tereza, abra essa porta!

— Me deixa em paz, meu pai.

— Abra essa porta, Tereza! — vocifera.

A moça abre a porta e descarrega sua raiva no pai:

— Pode fazer o que o senhor quiser, mas eu não vou pedir desculpas pra aquela lambisgoia de merda!

Sergio adentra o quarto, fecha a porta e respira fundo tentando se acalmar.

— Você não pode tratar Rebecca desse jeito! Ela é minha esposa... E ela não tem culpa pelo que aconteceu com sua mãe. Aliás, você sabe muito bem que nós nos conhecemos muito depois da morte de Sofia.

— Não meta minha mãe nessa história! — retruca Tereza e fica de costas para o pai, com os braços cruzados.

— Não sei porque você implica desse jeito com Rebecca.

— Ah, não! Só o senhor não vê que essa sirigaita fica flertando com todo mundo. Olha o jeito dela... Como ela se veste.

— É o jeito dela, Tereza!

— Será que o senhor não vê que ela está fazendo o senhor de trouxa?!

Sergio sente o sangue ferver.

— Não fale assim comigo, Tereza! Me respeite e respeite Rebecca!

— Nunca que vou respeitar aquela vadia!

O pai ameaça esbofetear a filha, mas se contém a tempo. Contudo empurra a moça em direção à cama de forma agressiva.

— O senhor deixou minha mãe morrer e agora quer se livrar de mim, é isso?!

Sergio respira fundo e gesticula com os olhos marejados.

— Você sabe que isso não é verdade, Tereza. O que aconteceu foi uma fatalidade e você não pode me punir pelo resto da vida! Chega! Chega de me chantagear com isso!

Tereza põe-se a chorar. O celular toca, Sergio reconhece o número e diz:

— Depois a gente termina essa conversa.

Sai apressado tentando se recuperar emocionalmente. O celular tocando. Desce as escadas e aperta os passos para o varandão. O telefone para de tocar.

"Merda!", pensa.

Acomoda-se no barzinho da edícula e serve-se com uma tulipa de cerveja. Bebe um gole e apoia-se no balcão, reflexivo. Lembra-se das palavras da filha e do acidente...

> *Era uma noite de verão com lua cheia, pista bem sinalizada. Acelerou forte para ultrapassar uma carreta, o pneu dianteiro estourou e não conseguiu concluir a ultrapassagem a tempo. Ato reflexo, força um desvio à esquerda e perde o controle do carro. O choque com outro caminhão é inevitável. Lembra-se da esposa ensanguentada, presa nas ferragens do veículo e que ele saiu praticamente ileso do acidente.*

Meneia a cabeça na tentativa de desvencilhar-se das lembranças e bebe mais um gole da cerveja.

O telefone volta a tocar.

— Alô!

...

— Tudo bem.

...

— Preciso de mais um tempo, Raul! Uma semana e liquido essas parcelas em atraso.

...

— Eu sei... Eu sei!

...

— Até sexta-feira resolvo isso.

...

— Valeu! Um abraço... Droga! — esbraveja ao desligar o celular.

Aborrecido e preocupado, volta para a suíte do casal; a esposa ainda está no banho. Torce a boca, separa uma muda de roupas no closet, pega uma toalha e vai para o sanitário social.

Ψ

Enfiada sob a ducha de água quente, cabelos enrolados e protegidos por uma touca plástica, a loirinha ensaboa-se com raiva. A cólera aos poucos vai se abrandando e a jovem relembra o dia em que conheceu o marido.

Era sábado de carnaval, finalzinho de tarde, sol se pondo. Ela e mais três amigas estavam em frente ao Orixás Center quando avistou um Audi Cabriolet preto com a capota abaixada reduzir a velocidade e parar por alguns segundos antes de entrar no estacionamento. Lembra-se da sua reação:

— Olha lá, gente, o carrão do homem!

Recorda-se também de atravessar a rua correndo junto com as amigas e se aproximarem furtivas do estacionamento em meio ao vaivém de foliões.

— O que você vai fazer, amiga?

— Vou atrás do meu príncipe encantado, ora!

— Você nem sabe quem é o cara!

— Com aquele carrão, ele deve ter um castelo também. — brinca. — Um príncipe e um castelo é tudo o que preciso!

— Você é louca, amiga!

Rebecca sorri e volta a se ensaboar.

O moreno alto sai do estacionamento cabisbaixo e segue em direção à Avenida Sete.

— Vamos seguir o cara, gente!

— Você vai fazer o quê, hein, Rebecca?!

— Vocês vão ver.

— Sua pivetinha do cão... Estou me lixando pra você! Se você pensa que vai me tirar desse castelo, está redondamente enganada. — murmura e sai do banho.

Arruma-se com um shortinho curto, uma blusinha de malha, deixando parte da barriga trincada de fora, maquia-se, finalizando com um batom vermelho e, por fim, escova os longos cabelos loiros escorridos. Segura as sandálias altas na mão e desce as escadas apressada.

Sergio está sentado no barzinho da sala de estar bebericando cerveja e sente-se incomodado ao ver a esposa toda produzida. Ainda mais quando calça as sandálias altas e empertiga o corpo para ajeitar os cabelos longos. Meneia a cabeça lentamente ao se lembrar da filha. Respira fundo e aborda a esposa:

— Rebecca, esse short está muito curto.

— E daí?!

— E daí que Tereza vai continuar encrencando. Você sabe como ela é... Por que você não coloca uma roupa mais composta?

— Estou me lixando pra sua filha e não vou trocar a merda dessa roupa! — retruca ela rispidamente.

Com gestos bruscos, Rebecca retira um biquíni da bolsa de praia que deixou sobre o sofá e o transfere para a bolsa que vai usar no aniversário da amiga.

— E esse biquíni aí?! — aponta Sergio. — Merda, Rebecca! Chega de confusão por hoje.

— Eu vou usar essa roupa e esse biquíni e pronto! Sua filhinha pode espernear e fazer o que ela quiser, mas ela não vai dizer o que eu posso ou não vestir. — retruca a loira.

— Rebecca, pelo amor de Deus, Rebecca, facilita as coisas pra mim.

— Que se dane você e sua filha, Sergio! Eu vou sair assim e você vem comigo se quiser. — responde indignada e vai até a porta da cozinha.

— A senhora ajeita tudo aí e depois pode ir, Dona Celé.

Dona Celé, uma cearense gordinha e baixinha, na faixa dos 40 anos, franze a testa e enxuga as mãos no avental.

— Na segunda eu vou precisar sair logo após o almoço, a senhora está lembrada?

Rebecca respira fundo, olha para a cara enfezada do marido e diz:

— Tudo bem, Dona Celé.

A loira gira o corpo e aproxima-se do marido.

— Vamos ou você vai ficar aí mimando sua filhota?! — diz ela em tom irônico e provocativo.

Resignado, Sergio dá de ombros, bebe mais um gole da cerveja, pousa o copo sobre a bancada e sai em direção à garagem, calado e enfezado.

Capítulo 2

Três meses antes...

Um Honda Fit preto adentra o estacionamento coberto do Shopping Salvador Norte conduzido por uma jovem negra, 21 anos, olhos azuis, cabelos cacheados compridos e volumosos. A moça dirige sem pressa à procura de vaga na garagem lotada. Conduz o veículo lentamente pelo acesso à área dos cinemas e manobra à esquerda ao avistar um carro que liberava uma das vagas. Estaciona o Honda de ré e confere as horas: são 19h50.

"Tá cedo ainda.", pensa, olha rapidamente em volta e seleciona o aplicativo de música no celular.

Coloca os fones de ouvido e distrai-se na busca por uma canção que a agrade. Por fim, cantarola ouvindo *Tempo de Amor,* de Victor & Leo. Fica um tempo dispersa entre a música e o movimento de entra e sai de carros, até que um segurança devidamente uniformizado e paramentado com capacete, luvas e botas de cano alto, passa pilotando uma moto e desperta sua curiosidade. Ela segue visualmente o motoqueiro que desaparece ao fazer uma conversão à direita. Entretanto sua visão recai sobre um Fiat 500 branco, com teto de vinil vinho, estacionado em uma vaga transversal. A moça empertiga o corpo no banco, tira os fones dos ouvidos e franze a testa.

"Será que é o carro daquela vadia?!", pensa e torce a boca. — *"Não... Acho que não."* — dá de ombros e volta a colocar os fones de ouvido.

A jovem gira o rosto para a esquerda e nota um homem vindo em sua direção. O sujeito fala ao celular e chama a atenção pelo porte atlético, alto, loiro, rosto quadrado, com feições másculas e cabelos escorridos de corte reto, um pouco abaixo dos ombros. A garota esquece a música, retira os fones dos ouvidos e fixa-se no grandalhão enfiado em uma calça social de tecido branca, camisa florida folgada e chapéu estilo Panamá. Ele passa em frente ao carro esbanjando charme. Boquiaberta, vê o sujeito afastando-se em direção ao Fiat 500.

"Nossa... Que homem é esse?!", pensa.

A porta do Fiat abre-se. Uma loira alta, esbelta, cabelos lisos e longos sai e acena para o homem.

— Rebecca! — exclama a moça.

O homem retribui o aceno, guarda o celular no bolso e apressa os passos até a loira. Os dois abraçam-se e beijam-se rapidamente. A moça dos cabelos loiros esvoaçantes, shortinho jeans curto e sandálias de salto alto contorna o carro e entra pela porta do carona. O sujeito assume a direção e manobra o veículo para sair do estacionamento.

— Vadia desgraçada! — murmura a moça, mastigando as palavras com raiva; sente o coração acelerar e as mãos trêmulas.

Liga o carro, decidida a seguir o casal. O motorista do Fiat faz algumas manobras perigosas para acessar a Avenida São Cristovão em meio ao trânsito pesado, obrigando a jovem a arriscar-se também para conseguir empreender a perseguição sem perdê-los de vista. Os reflexos dos faróis e lanternas dos carros ofuscam e dificultam a caçada, mas a garota está empenhada e imprudente na direção. O Fiat dobra à direita e acelera na via secundária precariamente iluminada, entra na segunda rua à esquerda e continua por outra rua estreita de acesso local.

A motorista do Honda alcança a via secundária após fechar de forma inconsequente outro veículo: o sujeito freia forte, os pneus cantam no asfalto, buzina forte e gesticula de forma obscena.

— Droga! — esbraveja a moça e manobra à esquerda a tempo de ver o Fiat 500 fazer outra conversão à esquerda, três quadras à frente.

A jovem acelera o veículo, faz a mesma conversão à esquerda, mas perde o Fiat de vista.

— Desgraçada! — esbraveja a jovem; mira no final da rua e acelera o carro.

Freia bruscamente ao passar em frente à portaria do motel a tempo de ver as lanternas do Fiat desaparecerem atrás dos muros.

— Vadia!

Nervosa, segue mais à frente alguns metros, manobra o carro, retorna e estaciona-o junto ao meio-fio, alguns metros antes do motel, disposta a esperar a saída do casal.

— Sua vadia! É só meu pai viajar pra você dar suas escapulidas, não é, sua vagabunda de terceira categoria?! — resmunga a jovem e desliga o motor do Honda.

A garota está tensa e ofegante. Faz exercícios respiratórios e prepara o celular para filmagem. Só então se dá conta de que a rua é deserta, apesar de razoavelmente iluminada. Apreensiva, nota três homens despontarem na esquina da rua caminhando em sua direção. Estão de bermuda, camisa aberta e não aparentam serem amistosos. Um deles, com uma barba enorme e cabelos desgrenhados, parece irritado falando e gesticulando muito. Por fim, um deles aponta para o Honda e os três aceleram os passos em sua direção. A moça fica aflita, esquece do casal no motel, liga o motor do carro, acende os faróis e acelera forte, cantando os pneus no asfalto. Passa pelos homens mal-encarados, eles gesticulam agressivamente, falam alguma coisa e acompanham o carro dobrar à direita na rua transversal. Nervosa, a moça acelera o carro em direção à Avenida São Cristovão.

— Merda! Você me paga, sua vadia!

Ψ

Na penumbra, com um leve aroma de *vanilla* no ar, Rebecca e o grandalhão loiro enfiaram-se na banheira de hidromassagem; ela de um lado, nua, cabelos enrolados em uma toalha branca, uma taça de champanhe em mãos, os pés massageando o tórax do grandalhão, também nu, com água espumando na altura do peito. Ele beberica do champanhe e observa com ar misterioso, a loira sensualizando.

— Você nunca me disse o que aqueles caras queriam com você lá no Mercado Modelo. — diz ela, arqueia a sobrancelha esquerda e beberica o champanhe.

— Digamos que eles queriam interferir nos meus negócios. — retruca ele, carregando no sotaque de gringo; sempre com ar misterioso, gesticula com a cabeça e sorri cinicamente.

— Negócios... Tipo... O quê?

— Compra e venda.

— Ahn... Você está com cara de quem está tramando alguma coisa. — diz ela e pousa a taça de champanhe no beiral da banheira.

Em seguida, movimenta-se em direção ao grandalhão, senta-se em seu colo, abraça-o pelo pescoço e murmura ao pé do ouvido:

— Posso saber que negócio é esse de compra e venda?

— Depende... — retruca ele e beija o pescoço da loira.

— Ahn... Depende de quê?

O homem sorri, fazendo charme com o jeitão misterioso.

— Quer saber de uma coisa? Estou precisando de ajuda para planejar uma operação para daqui uns dois ou três meses, mas se você se envolver — diz ele —, não tem como voltar atrás.

— Ahn... Vamos fazer o seguinte, eu te ajudo com sua operação e você me ajuda a proteger meu castelo.

O homem sorri ironicamente, quase dá uma gargalhada. A loira arqueia a sobrancelha interrogativamente.

— Castelo! Que castelo?!

— Minha casa, ora!

— Ahn... A tal mansão no litoral norte.

— Aham... — murmura ela e morde a ponta da orelha do grandalhão.

— O maridão está aprontando, é isso?!

— Meu problema é com a filha dele. A pivetinha está doida pra melar meu casamento e me botar pra fora de lá.

— Ahn... Posso saber o que você pretende fazer?

— Na hora certa você vai saber, mas se você topar me ajudar, não pode voltar atrás. — diz ela ironicamente.

O grandalhão volta a sorrir sarcasticamente.

— Negócio fechado! — diz ele e puxa a moça com força contra si.

Ela suspira. Os dois beijam-se... Acariciam-se... Ela esfrega-se, sentada sobre o membro duro do homem... Ele arranca a toalha dos longos cabelos loiros da jovem fogosa, puxa-os para trás e beija-lhe os seios. Ela delira... Ele penetra-a... Ela geme.

Ψ

A jovem aturdida estaciona o Honda na garagem do sobrado, entra no casarão com passadas rápidas e sobe para o quarto onde se isola. Joga-se na cama, chorosa.

Ouve duas batidas na porta e a voz da avó:

— Tereza, minha filha, aconteceu alguma coisa?!

— Nada não, vó! — retruca com voz embargada.

— Você não ia no cinema?!

A moça levanta-se, enxuga as lágrimas e abre a porta.

— Que cara é essa, minha filha?!

Tereza abraça a avó e desata a chorar.

— Estou com saudades da minha mãe, vó. Aquilo não podia ter acontecido com ela. Meu pai podia ter evitado aquele acidente. Não aconteceu nada com ele, vó... E agora ele tá aí, com aquela sirigaita do cão, parecendo um abestalhado.

Dona Helena, senhora magrinha e elegante, 65 anos, tez branca, cabelos pintados na cor vermelho-caju cortados acima dos ombros e olhos azuis, franze o cenho e senta-se na beirada da cama. Alisa os cabelos da neta e diz:

— Você não pode passar o resto da vida culpando seu pai pelo acidente, minha filha. Ele também sofreu com a morte de Sofia, só que ele superou e tocou a vida pra frente. Já faz cinco anos que isso aconteceu, Tereza, e Rebecca agora é a esposa dele e você precisa aceitar isso e respeitá-la.

— Nunca, vó! Nunca que vou respeitar aquela vadia.

— Tereza...

— Me deixa ficar sozinha agora, vó. Por favor.

Dona Helena respira fundo, faz mais um afago na neta e sai do quarto fechando a porta atrás de si. Tereza mergulha em suas memórias...

> *Lembra-se dos pais partindo em viagem de férias. Sua mãe, uma mulher alta e esbelta, estava radiante. Seus olhos de safira brilhavam de felicidade e não se cansava de dizer:*
>
> *— Não vejo a hora de me jogar em uma rede cercada de natureza por todos os lados, minha filha, só ouvindo os pássaros, as ondas do mar, o vento soprando e nada mais.*
>
> *O pai estava menos empolgado.*
>
> *— Por mim, a gente iria para Porto Seguro. Lá tem mais badalação e agito.*
>
> *Sofia sorria, esbanjando felicidade.*
>
> *— A gente fica três dias lá em Itacaré, amor, e depois vai para Porto Seguro. Eu só preciso desses três dias desligada do mundo.*

Recorda-se dos pais abraçados, beijando-se. Eles amavam-se e pareciam felizes. Mas se lembra também que sua mãe retornou das férias em um caixão e seu pai com algumas escoriações...

Nervosa e ao mesmo tempo melancólica, pula da cama, retira as roupas e enfia-se sob uma ducha de água fria na tentativa de livrar-se das lembranças dolorosas.

Capítulo 3

Sábado, 6 de junho de 2015.

A manhã de sábado segue com céu azul-anil, sem nuvens e sol quente convidativo. O tráfego na Linha Verde está intenso e se tornou lento nas imediações de Praia do Forte com a blitz montada pela polícia rodoviária.

Murilo e Raquel estão presos no engarrafamento a caminho da residência dos Gomes.

— E essa sua rusga com Sergio, hein, Murilo?

O homem branquelo, 42 anos, tez avermelhada, olhos verdes, gordinho, estatura mediana, cabelos grisalhos lisos, respira fundo, tira uma das mãos do volante, puxa os cabelos para trás e comenta:

— Não tem rusga nenhuma, Raquel. O problema é que Sergio acha que pode fazer aportes pessoais quando bem quiser para resolver os problemas pessoais dele.

— E por que ele não fala diretamente com Marcelo ou com o Dr. Rubens ao invés de ficar enchendo seu saco?!

— Sergio sabe que Marcelo é linha dura, tal qual Dr. Rubens, e quer que eu o ajude a convencê-los a liberar o aporte, só que eu não vou fazer isso, até porque não concordo. Não dá para misturar gestão empresarial com problemas pessoais.

— Sabe o que eu acho?

— Ahn?

— Que Sergio quer manter o mesmo padrão de vida de Marcelo, só que ele se esquece de que Marcelo é casado com uma mulher de família rica e que eles têm participação nos outros negócios do Dr. Rubens. Eu sei que o cara tanto fez que veio morar no mesmo condomínio que Marcelo e Dr. Rubens.

Murilo sorri e meneia a cabeça sem tirar o foco na estrada.

— Na verdade, mesmo condomínio e mesma rua.

— Maria Rita me disse que foi pressão da sirigaita da mulher dele!

— Dar boa vida a Rebecca custa caro, hein! — ironiza ele.

— Que mulher é aquela, hein, Murilo?! Não sei como Margot fica pra lá e pra cá com aquela sujeitinha dentro de casa.

Murilo abre um sorriso largo e enrubesce.

— Não sei porque você implica com Rebecca, afinal elas são amigas de longa data. Muito antes de se casarem.

— Ah... Não sabe não, é?! Tô de olho bem aberto pra você viu, Murilo.

Raquel é uma mulher de estatura mediana, 38 anos, cabelos cacheados nos ombros, olhos castanhos, nariz arrebitado, muito amiga de Dona Emma, esposa de Dr. Rubens.

Minutos depois, Murilo identifica-se na portaria do condomínio Praia dos Coqueiros e acelera em direção à residência dos Gomes. A rua H está tranquila e praticamente sem movimento de carros. Um casal de jovens ciclistas cruza em sentido contrário, crianças brincam pelos passeios e um cachorrinho da raça Spitz Alemão caramelo se arrisca atrás do carro latindo por alguns metros.

— Olha lá o carrão do seu amigo! — diz Raquel apontando para o Mercedes C300 Cabriolet entre os carros estacionados em frente à mansão dos Gomes.

— Pois é, essa pose toda e está atrás de um aporte de R$ 50.000. Sergio não tem jeito não. O cara é um excelente profissional, mas completamente inconsequente com as finanças pessoais. Quer dizer, nem posso afirmar isso. Não sei nada da vida financeira do cara, só sei que ele está pressionando atrás desse empréstimo.

Murilo manobra o Cruze preto e estaciona-o encostado ao meio-fio próximo à garagem já ocupada com outros carros. O som moderado de música dá sinais de movimentação nos fundos da mansão. O casal sai do carro e sente o aroma da brisa marinha misturada a um leve cheiro de churrasco na brasa.

— Hum... O negócio tá bom aí, hein! — comenta Murilo e segue pela lateral da garagem, Raquel logo atrás. Encontram a porta da sala de estar aberta, muito burburinho e pessoas conversando e transitando pelo casarão. O ambiente está em clima festivo e o som moderado e as risadas vindas da área da piscina dão o tom à festa.

O casal para, lado a lado, no hall de entrada.

— Olha Margot lá na piscina. — diz Raquel apontando e vai entrando, cumprimentando e desvencilhando-se das pessoas com as quais tem pouca intimidade.

Aproxima-se da ruivinha enfiada em um vestidinho de alça estampado, um pouco acima dos joelhos, empertigada sobre sandálias de salto médio, toca em seu ombro, ela vira-se e diz:

— Meus parabéns, meu amor... Muitos anos de vida, muita saúde, muita paz de espírito. Tudo de bom pra você, amiga, de verdade! — as duas abraçam-se. — Você está linda! Nossa... Mas esses brincos são lindos!

As duas voltam a se abraçar calorosamente; Murilo já avistou Marcelo, Sergio, Júlio e mais três pessoas conversando no barzinho da churrasqueira, mas foca na aniversariante.

— Ôh... Raquel... Muito obrigada, minha querida... — diz Margot com um sorriso estampado no rosto.

Raquel entrega-lhe um presente.

— Não precisava se preocupar, amiga!

— Imagina.

Murilo aproxima-se.

— Parabéns, Raquel... Tudo de bom pra você! — diz ele e beija ligeiramente as duas faces da ruivinha sardenta.

— Obrigada, gente. Fiquem à vontade, vocês são de casa.

— Eu vou falar com Marcelo. — diz Murilo e afasta-se.

— Venha ficar aqui com minha mãe, Raquel. Ela toda hora pergunta por você.

A mesa em frente ao varandão, protegida por um sombreiro bege enorme, está arrodeada de mulheres, seis ao todo, dentre elas está a mãe da aniversariante, Dona Emma, Rebecca, que se levanta sorridente e Maria Rita, esposa de Júlio, uma jovem do rosto redondo, 29 anos, cabelos pretos curtinhos, franja, olhos vivos castanho-escuros, traços finos e nariz curto.

Raquel dirige-se a Rebecca:

— Oi, amiga... Tudo bem?! Você está linda e elegante como sempre, hein!

A loirinha abre um sorriso largo.

— Que bom te ver, Raquel. Você também está linda!

As duas abraçam-se calorosamente.

— Como está Sergio?

— Está ótimo!

Dona Emma levanta-se sorridente.

— Pensei que vocês não vinham.

— Como a senhora está, Dona Emma?

— Ótima! Venha se sentar aqui com a gente.

Ψ

Dona Emma engata uma conversa animada com Raquel, Maria Rita e Margot. Rebecca distribui sorrisos sem participar diretamente do converseiro. O garçom aproxima-se para servir a mesa e a loira aproveita o momento para escapulir da roda feminina. Puxa Margot pelo braço e segue para a roda de homens em torno da bancada do barzinho. Os olhares recaem naturalmente sobre a loirinha sedutora, que sensualiza e sorri sem qualquer constrangimento. Sergio abraça-a pela cintura e beija-a na face na tentativa de selar a paz entre eles; ela mostra-se indiferente.

Marcelo contorna a bancada, abraça a esposa pelas costas, ela surpreende-se, ele beija seu pescoço, e diz:

— Feliz aniversário, amor! — faz a declaração diante dos amigos e entrega-lhe uma caixinha azul com um pequeno laço vermelho preso na parte superior. — Eu te amo!

Margot faz cara de espanto, olha para a amiga, ela abre um sorriso largo, seus olhos marejam e abre a caixinha com um anel de ouro cravejado de brilhantes. Não reconhece a joia que viu no quarto, fica intrigada, faz cara de espanto, mas não esconde a emoção com a declaração de amor e desata a chorar abraçada ao marido.

— Parabéns pra você... — vocifera Rebecca sorridente e bate palmas; seus olhos verdes alcançam Marcelo, ele sorri e abaixa os olhos.

O coro aumenta e logo os convidados então em torno da edícula cantando *Parabéns pra você* e batendo palmas. Na algazarra, olhares cruzam-se, sorrisos são trocados, uns inocentes e amigáveis, outros nem tanto. Rebecca aproxima-se, abraça a amiga e diz ao pé do ouvido:

— Você é uma pessoa muito especial e merece toda a felicidade do mundo!

— Obrigada por ser minha amiga. — retruca Margot. — Você é muito especial pra mim.

As duas desvencilham-se e Margot vozeia:

— Gente, o bolo é só mais tarde, depois do almoço!

— A gente canta os parabéns de novo, ora! — retruca Rebecca e abre um sorriso largo.

Margot e Rebecca abraçam-se novamente e logo todos querem dar novos cumprimentos à aniversariante. Marcelo aproveita a confusão, abraça Seu Antonio, aponta para a cozinha e segue até lá com ele. Depois de algumas instruções ao churrasqueiro, serve-se com uma tulipa de chopp e vai até o portal principal do varandão de onde observa a agitação em torno da aniversariante. Vira-se e sobe para a suíte.

Rebecca desvencilha-se do amontoado de pessoas em torno de Margot, serve-se com suco de frutas e segue em direção à sala de estar da mansão.

Capítulo 4

Dois meses antes...

Um homem caminha solitário pela calçada lateral ao prédio do empreendimento, atravessa a ponte de madeira sobre um braço do Rio Joanes e para em frente à praia para apreciar o mar e a movimentação dos hóspedes. O sujeito veste bermudão bege, camisão branco folgado de mangas curtas, tênis, usa os cabelos loiros e compridos presos como rabo de cavalo baixo, óculos escuros e mantém um cigarro aceso entre os dedos da mão direita. O grandalhão loiro traga o resto do cigarro, descarta a baga no gramado atrás de si e retoma a caminhada para a esquerda. Caminha inicialmente pelo calçadão do resort, depois pela trilha entre o gramado e os coqueiros que margeiam a praia e o mar de um lado e o Rio Joanes do outro. Fica entusiasmado com a praia praticamente deserta, protegida entre os limites do resort e do condomínio de casas de alto luxo.

"Perfeito!", pensa e levanta as vistas para o céu de brigadeiro.

Minutos depois, alcança um ponto na trilha de onde vê o condomínio das mansões. Retira uma luneta retrátil do bolso da calça, espia as casas, mas se detém no sobrado de número 40.

"Então esse é seu castelo, hein! Muito bom... Muito bom, mesmo!"

O homem respira fundo e segue até o quiosque que viu no Google Maps. Circula pela barraca aparentemente abandonada e se surpreende com a vista privilegiada para as mansões e sua proximidade com a ponte que interliga a praia ao condomínio.

"Interessante!", pensa ele e acende outro cigarro. *"Interessante e muito útil!"*

O grandalhão corre as vistas discretamente pelo entorno, a praia está deserta e apenas dois casais correm pelo calçadão do condomínio. Animado, retoma a caminhada. Passa em frente à ponte e segue a trilha até alcançar o outro extremo do empreendimento de casas. Retorna com o céu escurecendo rapidamente e alcança o resort já sob a luz artificial dos postes de iluminação.

Cansado, mas satisfeito, segue diretamente para o barzinho do saguão principal onde se serve com um copo de água de coco e uma dose de uísque. Passa para o terraço com o copo de uísque em mãos, encosta-se no peitoril e beberica da bebida observando o movimento de hóspedes pelo saguão e no terraço. Pensativo, toma um último gole de sua bebida, pousa o copo sobre a mureta e desce as escadas para a área das piscinas.

Com o cair da noite, o movimento do resort concentrou-se nos restaurantes, nos barzinhos e no saguão principal. A área das piscinas está praticamente deserta e com iluminação discreta. O grandalhão acomoda-se em um dos cantos mais isolados, protegido pelas sombras da noite, e faz uma ligação que é atendida no terceiro toque:

— Fala, meu amigo!

— Encontrei a solução para receber a mercadoria com segurança.

— Sim, e aí?!

— No momento certo você terá todas as informações!

— Preciso de mais tempo.

— Quanto tempo?

— Depende...

— Que papo errado é esse, cara?!

— Preciso resolver umas questões internas, se é que me entende.

— Estou ficando impaciente, meu amigo. Tem muita grana envolvida, então acho bom você resolver essa parada de uma vez por todas.

— Não dá pra se precipitar, a PF tá farejando algo...

O grandalhão irrita-se e interrompe a fala do seu interlocutor.

— Se você está pensando em cancelar o negócio, esqueça! Se vire! Não tem como voltar atrás, meu amigo. Você conhece as regras.

— Tem um X9 passando informação pra PF... Preciso resolver isso, cara! — retruca o interlocutor em tom de preocupação.

O grandalhão respira fundo, solta uma baforada de fumaça e diz em tom ameaçador:

— É melhor você não falhar comigo, meu amigo. Se eu cair, você vem junto! Você sabe muito bem do que estou falando, não sabe?! — diz ele e desliga o celular.

Acende um cigarro e recosta-se na cadeira, pensativo.

"Merda!", pensa e dá mais uma tragada. Lembra-se da loira esbelta e fogosa e sorri.

"Delícia!", pensa, traga forte o cigarro e solta uma nuvem de fumaça.

Capítulo 5

Sábado, 6 de junho de 2015.

Marcelo conduz o sogro, Sergio e Murilo para o escritório, um cômodo aconchegante no térreo. O janelão de vidro permite a entrada da luz do dia de forma suave e agradável graças ao jardim lateral da mansão, protegido pelas sombras das trepadeiras enramadas no pergolado de madeira.

Dr. Rubens vai até o carrinho de bebidas e serve-se com uma dose de uísque.

— E então, Marcelo, deixa eu ver a tal pistola folheada à prata. — diz o coroa grisalho.

Marcelo senta-se à mesa instalada ao lado da janela, abaixa-se um pouco para puxar a trava de segurança escondida na base do gaveteiro, gira a chave e abre a última gaveta. Retorna com uma caixa de madeira envernizada e a posiciona sobre o tampo. O sogro senta-se em uma das cadeiras, pousa o copo de uísque sobre a mesa e abre o estojo lentamente, como quem faz suspense. Os olhos do homem brilham ao depararem-se com a reluzente pistola Taurus automática, folheada à prata. A arma está cuidadosamente acomodada sobre uma camada de espuma forrada com feltro vermelho juntamente com um carregador e um silenciador.

— Magnífica, Marcelo! — exclama o sogro embasbacado.

Marcelo recosta-se na cadeira e não esconde o orgulho pela arma; abre um sorriso largo e os olhos brilham.

— Consegui uma pessoa em São Paulo para fazer essa customização, Dr. Rubens, mas não sai barato, não.

— Posso pegar?!

— Claro, por favor!

— Não sabia que vocês dois eram amantes de armas! — comenta Sergio, de pé em um dos lados da mesa.

Murilo beberica do chopp e torce a boca.

— Vou pegar outro chopp, pessoal. — diz o branquelão rubro e sai do escritório.

Dr. Rubens, 58 anos, um homem da tez clara, rosto arredondado cuidadosamente escanhoado, sobrancelhas grossas e cabelos grisalhos com duas entradas acentuadas nas laterais, empunha a arma e se levanta. Confere visualmente que está travada e sem o carregador. Puxa o ferrolho para trás e atesta que não tem nenhuma munição na agulha. Por fim, testa as travas de segurança e gira a arma de um lado para o outro.

— Quantos tiros?

— 17+1. — responde Marcelo.

Sergio arqueia a sobrancelha e se aproxima.

— Posso pegar?

Dr. Rubens olha interrogativamente para o genro. Marcelo assente gestualmente.

Sergio empunha a pistola e aponta para a parede.

— Boa empunhadura. — diz isso e devolve a arma para Dr. Rubens que a entrega a Marcelo.

— Depois quero o contato da pessoa que fez esse trabalho em prata. — diz Dr. Rubens.

Marcelo assente, limpa a arma com uma flanela e a devolve para o estojo.

— Imagino que você já testou a pistola. — diz Dr. Rubens.

— Sim. Lá na praia dá pra praticar em segurança, não é Sergio?

— Tranquilo! No meio dos coqueiros dá para atirar em direção ao mar sem problema algum.

— Não sabia que você também gostava de armas! — diz Dr. Rubens.

— Sou um principiante — retruca Sergio. — Mas confesso que estou me apaixonando pelo esporte.

— Esporte?! — questiona Dr. Rubens.

— Sim, tiro ao alvo. Vocês sabiam que minha filha, Tereza, é uma ótima atiradora?

— Isso é verdade! — afirma Marcelo. — Já vi Tereza atirando e ela realmente impressiona.

— Interessante! — comenta Dr. Rubens. — Acho que vocês deveriam se associar a algum clube de tiro, Sergio. Um bom instrutor vai ajudar sua filha a aprimorar as técnicas de tiro.

— É, não tinha pensado nisso.

Murilo entra no escritório com um copo de chopp e um prato com churrasco em mãos. Marcelo devolve o estojo para a gaveta e se serve com uma dose de uísque. Margot aparece na porta e dirige-se ao marido:

— Amor, dá pra você vir aqui rapidinho? Seu Antonio que falar com você.

— Vai logo, meu caro, que o assunto é importante! Churrasco! — diz Sergio com um sorriso estampado no rosto.

— Urgente! — replica Murilo.

Marcelo sorri e sai acompanhado da esposa. Em seguida, Dr. Rubens anuncia que vai ao banheiro e se retira.

— Rubens, preciso mesmo falar com você, cara. — diz Sergio fazendo cara de preocupado e fecha a porta do escritório. — O gerente lá do Banco do Brasil tá me pressionando... E eu preciso da grana.

Murilo fica sisudo e rubro.

— Já falamos sobre isso, Sergio... E não quero mais discutir com você, por favor!

— Como não?! Afinal, essa merda de empresa também é minha!

— Essa merda de empresa tem sócios e você é apenas um deles! Você não pode fazer o que bem quiser e você sabe muito bem disso, droga!

— E como é que eu fico, hein?!

— Meu amigo, me desculpe, mas não tenho que resolver seus problemas financeiros.

— Quem é você pra dizer que eu tenho problemas financeiros, hein, Murilo?! — vocifera Sergio com o dedo em riste. — Eu sei muito bem administrar meu patrimônio. Não sou você que se contenta com essa vidinha medíocre de classe média e não faz nada pra ser diferente.

— Estou fazendo ao impedir que você traga suas merdas pra dentro da empresa! — retruca Murilo, visivelmente irritado. Gira o corpo e sai da sala deixando a porta aberta.

— Droga! Filho da puta! — esbraveja Sergio e serve-se com uma dose de uísque.

— Algum problema?

Sergio gira o corpo e fica frente a frente com Marcelo.

— Murilo saiu daqui parecendo um pimentão vermelho. — continua Marcelo.

Sergio respira fundo, desvencilha-se do amigo e fecha a porta do escritório.

— É sobre um aporte emergencial, Marcelão. Preciso de R$ 50.000.

Marcelo puxa os cabelos para trás e senta-se em sua cadeira. Sergio acomoda-se em frente à mesa.

— Murilo comentou rapidamente comigo. Tenho uma solução definitiva pra você, Sergio.

— Ahn?

— Compro sua participação na empresa com um deságio de 20%.

Sergio levanta-se enfezado e apoia as duas mãos no tampo da mesa.

— Você quer me fuder, Marcelão?!

A porta abre-se e Rebecca enfia o rosto.

— Vocês dois vão ficar enfurnados aí, é?! — diz ela e abre um sorriso largo.

— Rebecca tem razão, Sergio. — o homem empertiga o corpo e comprime os lábios sem encarar a esposa. — Vamos dar um mergulho, beber e comer, que hoje é dia de festa. Depois a gente conversa com mais calma sobre isso.

Ψ

Margot vê a amiga espremida entre a porta e o batente do escritório e sobe as escadas apressada. Entra na suíte fechando a porta atrás de si, passa para o closet e encara o camiseiro do marido. Intrigada, enfia a mão no bolso da camisa do extremo direito, à procura da caixinha de joias, mas não a encontra. Franze a testa e vistoria todas as outras camisas, sem sucesso.

"Eu não estou ficando louca", pensa.

Cismada, arruma todas as camisas no cabideiro e volta para o quarto. Aproxima-se da janela e vê o marido conversando com Murilo na edícula da churrasqueira. Em seguida, aparece Sergio ao lado da esposa. Os dois vão até o calçadão que leva à praia e parecem discutir indiferentes aos festejos e às pessoas nas proximidades.

Margot observa-os, intrigada. Por fim, ignora-os e senta-se na cama, pensativa. Olha para o anel que ganhou de presente, vira o rosto em direção ao closet, lembra-se do anel de ouro cravejado com safiras azuis e sua mente vagueia por um passado distante, segundo ano do seu casamento...

Era uma manhã de verão ensolarado em céu de brigadeiro. O condomínio estava movimentado e as praias lotadas. Lembra-se do converseiro em sua volta, das mesas cheias, da música ao vivo, do entra e sai de clientes e do marido oferecendo-lhe bebida. Primeiro, um copo de cerveja, depois, outro de uísque. Sentia-se eufórica e feliz.

Respira fundo e joga-se para trás sobre a cama. Cobre os olhos com os braços cruzados e sua mente viaja...

Sente o abraço do marido por trás e o beijo no pescoço como se tivesse sido há poucos instantes. Ele afasta-se, fica o converseiro e a bebedeira dos amigos. A tarde segue quente e abafada. Está empolgada... Toma mais um gole da cerveja, olha de um lado ao outro e não vê o marido. Sente um aperto no coração. Lembra-se perfeitamente do ar misterioso de Rebecca, ainda solteira, falando ao pé do ouvido em tom conspiratório:

— Acho que Marcelo foi ao sanitário.

Sente-se um pouco tonta, mas se levanta com ajuda da amiga, passam pela toalete e no retorno a amiga diz:

— Vamos tomar uma chuveirada.

— Droga! — resmunga.

Volta a sentar-se na cama e encara o closet.

"Que anel é aquele, hein?!", pensa angustiada e fixa-se no vazio.

Recorda-se de ter visto o marido atrás da barraca conversando com uma moça dos cabelos esvoaçantes e corpo escultural, do sorriso amarelo de Rebecca e de suas palavras maliciosas:

— Eu hein, amiga. Cuidado com seu maridinho.

Sente agora a mesma desconfiança que sentira naquele dia. Levanta-se mal-humorada ao lembrar-se das brigas que teve com o marido por causa desse encontro e principalmente das palavras da amiga que passaram a assombrá-la desde então: *"Cuidado com seu maridinho."*

Vai até o banheiro e lava o rosto demoradamente.

— Merda! — esbraveja.

Volta até a janela e vê o marido arrodeado de amigos, sempre sorridente e prestativo. Não vê Sergio, mas Rebecca vestiu um biquíni e adentrou a piscina com os cabelos presos seguros por um boné. Está conversando com uma amiga, mas percebe que Rebecca não perde de vista a roda de homens em torno do barzinho da edícula. Pela primeira vez, sente ciúmes da melhor amiga.

Respira fundo, volta para a cama e deita-se, resignada.

Capítulo 6

Dois meses antes...

Um Chevette preto com os vidros escurecidos estaciona na parte alta do morro. É uma madrugada de quarta-feira, com céu nublado e muita escuridão. A rua de terra batida e casas humildes está escura e silenciosa. Quatro homens fortemente armados saltam do carro usando coletes e capuzes ninja cobrindo os rostos e entram em fila indiana na viela de escadarias que levam para a baixada. São casas humildes de um lado e do outro, a maioria sem reboco, com aspecto ruim, tomadas pelo lodo e pó acumulado pela ação do tempo. A iluminação pública é precária, com apenas uma lâmpada no alto do morro e outra na baixada.

Os quatro homens descem as escadas camuflados nas sombras e rapidamente alcançam seu alvo na parte intermediária da escadaria: um casebre com reboco descolorido e encardido, porta e janela de madeira pintadas de azul-celeste e telhado rústico com telhas cerâmicas empretecidas.

O silêncio é quebrado pelo latido de cães na baixada no momento em que dois dos homens colocam-se ao lado da porta. Eles entreolham-se preocupados, mas o terceiro homem, indiferente, força a madeira com um pé de cabra e o quarto homem, um sujeito corpulento, estatura mediana e rosto redondo mete o coturno na porta: o ruído do arrombamento mistura-se aos latidos. O casebre na penumbra é invadido pelos quatro elementos com armas e lanternas empunhadas e surpreendem o alvo, um sujeito branquelo e bigodudo, com um dragão tatuado nos dois braços, na cama com uma mulher negra aparentando 30 e poucos anos. A mulher assustada ameaça gritar, mas é contida à força por um dos invasores.

O branquelo bigodudo, apesar da visão ofuscada pela luz das lanternas, foca sua atenção no vulto do grandalhão encapuzado à sua frente:

— Quem são vocês?!

— X9 desgraçado! — retruca o homem do cabeção redondo, mastigando as palavras com raiva; a voz peculiar é reconhecida pela vítima.

— Qual é, CB?! Sou eu, o Dragão, cara.

O grandalhão dispara dois tiros no peito e outro na cabeça do sujeito, usando uma pistola com silenciador.

— Se você abrir o bico, você morre, sua vadia. — diz o outro elemento e dá uma coronhada na cabeça da mulher, jogando-a desfalecida ao lado do corpo do parceiro.

— Espalhem a droga e vamos dar o fora daqui. — ordena o atirador.

Um dos encapuzados fura um pequeno saco de cocaína e espalha o pó sobre o corpo da vítima. Em seguida, deixam o casebre, apressados, há réstias de luz nas frestas dos barracos em frente e ao lado, sobem as escadarias correndo e fogem no carro que já os esperava com o motor ligado.

Capítulo 7

Sábado, 6 de junho de 2015.

Momentos antes, naquela mesma tarde ensolarada em céu de brigadeiro, os garçons servem bebidas, refrigerantes e petiscos de churrasco aos grupos de familiares e amigos divididos pelas mesas que ocupam o varandão, parte do deque e a área em frente ao barzinho da churrasqueira. A música ressoa baixo na voz de Marília Mendonça e o vozerio e risadas dos convidados dão o tom ao clima festivo na residência dos Gomes.

Sergio cruza o deque com passadas rápidas, pelo lado oposto à edícula da churrasqueira, sendo alcançado pela esposa no calçadão, após a cerca viva de ixorias vermelhas.

— Sergio! — vozeia ela.

O homem enfezado detém-se com a mão na cintura e olhar voltado para os coqueirais que antecedem o braço do Rio Joanes.

— Que cara é essa? Aconteceu alguma coisa?!

— Você acredita que Marcelo teve a coragem de sugerir que eu vendesse a minha participação na empresa com 20% de deságio?! Ele está pensando que eu sou o quê, hein? Algum imbecil?!

— Calma! E isso lá é motivo pra você ficar assim?!

— Merda, Rebecca!

— É só não vender e pronto! Precisa ficar desse jeito?!

— Pra você é tudo muito simples, não é, Rebecca?! Quem tem que se virar pra manter esse padrão de vida que você tanto gosta, sou eu! Eu é que sei o que eu tenho que engolir do Dr. Rubens, do Murilo e do Marcelo. Merda!

— O que que está acontecendo, hein, Sergio?! Pelo visto o problema não é exatamente o fato de Marcelo oferecer para comprar sua participação na empresa.

— Não quero falar sobre isso, Rebecca! — retruca Sergio e vira-se em direção à residência; reconhece o vulto de Margot atrás da vidraça da janela da suíte e abaixa as vistas.

— Tudo bem que você não queira conversar comigo sobre isso, mas não venha descontar em mim seus problemas com seus sócios. Já basta ter que aguentar a maluquete da sua filha. Por favor!

O homem visivelmente nervoso gesticula com desdém.

— Eu vou lá em casa tomar um banho e esfriar a cabeça. Se você quiser ficar aí... Daqui a pouco eu volto. E não fale assim de Tereza, que eu não gosto!

— Que se dane! Eu vou ficar, sim, ora. Não vou sair da festinha de Margot assim, parecendo que estamos de mal com todo mundo.

— Você é quem sabe. — retruca Sergio e retorna em direção à festança pelo extremo esquerdo, caminhando pelo gramado longe dos convidados. Desaparece na lateral da casa rumo à garagem.

Rebecca retorna em direção à piscina, é abordada por uma amiga e seguem para a toalete.

Ψ

Assim que pisa na área externa do casarão, Sergio nota que seu carro está trancado por outros dois.

— Droga! — esbraveja e retorna ao casarão.

Entra pela porta principal da sala de estar, cruza com empregados e segue direto para o sanitário social, onde lava o rosto tentando se acalmar. Ao sair, percebe a porta do escritório entreaberta. Hesitante, olha em direção ao varandão e vê Rebecca e uma das amigas entrando na piscina. A esposa, claro, com um biquíni minúsculo. Meneia a cabeça e adentra o escritório fechando a porta atrás de si. Vai até o carrinho de bebidas, serve-se com uma dose de uísque e acomoda-se na cadeira em frente à mesa. Beberica o uísque, remoendo sua conversa com Marcelo...

A porta abre-se e Margot entra de supetão.

— Sergio?!

O homem levanta-se e esfrega a careca, visivelmente tenso.

— Que cara é essa?! O que você está fazendo aqui, sozinho?!

O homem respira fundo e gesticula desajeitado.

— Consegui me desentender com Murilo e Marcelo. — o homem volta a esfregar a careca lustrosa. — Pensei em ir pra casa, mas meu carro está trancado. Enfim.

Margot fecha a porta, circula a mesa e senta-se na cadeira do marido. Sergio também se senta e bebe mais um gole de uísque.

— Afinal, qual é o problema, Sergio? Se eu puder ajudar.

— Não sei se devo envolver você nisso.

— Sergio, você sabe o quanto eu prezo minha amizade com Rebecca e será um prazer ajudá-lo... Se eu puder, é claro.

O negro grandalhão comprime os lábios e meneia a cabeça de forma hesitante.

— E então, Sergio?

— Eu estou precisando de dinheiro para quitar um financiamento e meus sócios não permitem que eu faça uma retirada na empresa. Com esse dinheiro em mãos, consigo quitar a dívida negociando um desconto vantajoso.

— Por que você não toma um empréstimo no banco e resolve logo isso?

O grandalhão recosta-se na cadeira, toma mais um gole de uísque e comenta:

— Margot, no final do ano, tenho condições de bancar esse valor sem problema algum. Não quero fazer um empréstimo e me submeter aos juros extorsivos do mercado. Não faz sentido, só isso.

— Afinal, você está precisando de quanto?

— Cinquenta mil.

Margot franze a testa e comprime os lábios.

— É muito dinheiro!

O homem respira fundo, toma o último gole do uísque e se levanta.

— Enfim, é isso.

Margot mostra-se preocupada com o jeitão soturno do amigo. Meneia a cabeça lentamente e também se levanta.

— É o seguinte, eu vou conversar com Marcelo... Depois... Com mais calma. Quem sabe eu consiga convencê-lo a liberar esse aporte? O que acha?

Sergio volta a sentar-se.

— Marcelo vai se aborrecer por eu estar envolvendo você nisso.

— Não se preocupe. Depois eu converso com Marcelo com jeito... Pelo menos eu vou tentar. Prometo!

O homem comprime os lábios e recosta-se na cadeira.

— Você viu a gente discutindo lá no calçadão, não foi?

Margot assente. Volta a sentar-se e recosta-se na cadeira, sisuda. Sergio comprime os lábios, constrangido. Abaixa as vistas por um tempo e comenta:

— Tereza e Rebecca não conseguem se entender e isso tem sido o motivo de nossas brigas. Na verdade, o problema maior é Tereza. Ela não só me culpa pela morte da mãe, como não aceita meu casamento com Rebecca.

— Meu Deus, Sergio! Tereza ainda não conseguiu superar a morte de Sofia?!

— Infelizmente, não! Bem, eu preciso ir a São Paulo no domingo e retorno na terça-feira. Vou conversar com o gerente do banco e pedir mais um prazo, tipo... Próxima sexta-feira, para quitar a dívida e resolver essa situação de uma vez por todas.

— Combinado.

— Valeu, Margot... Fico te devendo essa, mas, por favor, não comente nada com Rebecca.

A ruivinha sorri e aquiesce.

— Bem, eu vou me juntar a Rebecca, tomar um banho de piscina e esfriar a cabeça.

— Faça isso.

O grandalhão sai do escritório e fecha a porta atrás de si. Margot retoma o semblante pesado e foca nas gavetas da mesa. Tenta abri-las, mas estão trancadas. Puxa a trava escondida na parte inferior do gaveteiro, mas as gavetas estão trancadas à chave.

— Droga!

Levanta-se, vai até o varandão, fala com as pessoas acomodadas nas mesas, distribui sorrisos forçados, acena para Rebecca ao lado do marido e, por fim, vai até o barzinho para interagir com o pai, o marido, o cunhado e os amigos dele.

Marcelo abraça a esposa por trás, faz uma graça, ela sorri e exibe o anel. Alguém oferece-lhe um copo de chopp, ela bebe metade da tulipa com um gole, sorri e desvencilha-se do grupo dizendo:

— Vou mandar servir o almoço!

Margot afasta-se e orienta a responsável pelo buffet. Em seguida, vai até o claviculário fixado na parede do hall da entrada principal, olha desconfiada em direção ao varandão, apossa-se do chaveiro do marido, o coração acelera, e segue para o escritório. Tranca a porta, senta-se à mesa, trêmula, destranca e destrava o gaveteiro. Por fim, remexe as gavetas à procura da caixinha com o anel cravejado com safiras azuis.

"Eu não estou ficando maluca", pensa.

Volta sua atenção para caixa na qual o marido guarda a pistola prateada e a coloca sobre a mesa. Abre o estojo de madeira, afasta a flanela amarela, empunha a arma e aponta para a parede como se fosse atirar. Encaixa o carregador na pistola, aciona o ferrolho, uma bala entra na câmara de disparo, e aponta para a porta. Ideias sombrias inundam sua mente. Por fim, meneia a cabeça, retira o carregador, puxa o ferrolho para trás até a bala ser expulsa da câmara, limpa a pistola com a flanela, devolve o projétil para o carregador com destreza e retorna com tudo para a gaveta. Tranca, trava o gaveteiro e recosta-se, pensativa.

> *Lembra-se do marido conversando com a moça dos cabelos esvoaçantes e corpo escultural.*

Suas feições enrijecem. Sente um rancor tomando conta da sua alma.

— Se eu descobrir que você comprou aquele anel para aquela sirigaita... Eu te mato, desgraçado! — resmunga e sai do escritório.

Capítulo 8

Margot estaca-se em frente à porta principal do varandão, retira a carranca do semblante e observa a maioria dos convidados enfileirados se servindo na mesa do buffet. Distribui sorrisos para os convidados e mira no marido, que continua no barzinho com seu pai, o cunhado e Murilo. Logo seus olhos alcançam Rebecca enfiada em um minúsculo biquíni branco ao lado do marido. Os dois estão do outro lado da piscina, próximos do gramado que leva ao calçadão, aparentemente discutindo. Agora é ela quem gesticula desmedidamente, o homem olha de um lado para o outro desconfiado, mãos na cintura, boné cobrindo a careca e óculos escuros dando um ar sofisticado.

A ruivinha distrai-se com o entrevero até ser abordada pela mãe:

— Venha almoçar, minha filha! Enquanto todo mundo come e bebe à vontade, só vejo você pra lá e pra cá sem se alimentar. Depois reclama que é magrinha, assim!

Margot respira fundo e torce a boca.

— Que tal a senhora ir chamar meu pai pra comer, hein?! Se deixar ele e Marcelo juntos, só rola bebida até amanhã.

— Seu pai não parou de mastigar desde que chegou aqui. É melhor você se preocupar com você, minha filha.

Rebecca aproxima-se enrolada na toalha, com as roupas, a bolsa e as sandálias em mãos, fazendo cara de poucos amigos; Sergio acomodou-se no barzinho da edícula e municiou-se com uma tulipa de chopp.

— Amiga, posso tomar um banho para tirar essa roupa? — diz Rebecca, fazendo caras e bocas.

— Claro, amiga! — retruca Margot. — Venha comigo.

Margot gesticula para a mãe, ela afasta-se em direção ao marido, e segue com a amiga para a suíte.

— Você e Sergio estão brigando de novo?!

— Acho que Sergio andou se estranhando com Marcelo hoje... E aí, já viu, né? Quer descontar em mim.

— E você sabe por que eles se desentenderam?!

— Parece que Marcelo propôs comprar a participação de Sergio na empresa com um deságio de 20%. O que eu sei é que Sergio ficou uma fera!

— Eu, hein! Por que será que Marcelo fez isso?!

Rebecca dá de ombros e retruca:

— Sei lá.

Margot continua fazendo-se de desentendida.

— Sergio tem se queixado de alguma coisa? Será que ele está precisando de dinheiro e procurou Marcelo?!

— Será?! Ah, não sei, amiga. Sergio não fala nada sobre os negócios dele comigo.

As duas amigas entram na suíte e Margot tranca a porta.

— O fato é que a gente tem brigado ultimamente. Tereza tem infernizado minha vida e anda colocando minhocas na cabeça de Sergio. Eu não aguento mais tanta marcação. Hoje eu peguei uma briga feia com a nojentinha. Você acredita que ela queria pegar meu celular para ver minhas mensagens?!

— Eu hein, essa menina é maluca, é?!

— Sei lá... A garota não consegue superar a morte da mãe. Vive culpando o pai pelo acidente e agora resolveu descontar em mim.

— Sergio devia providenciar um acompanhamento psicológico para ela. — pondera Margot.

— O fato é que eu já não aguento mais tanta pressão. Tereza quer forçar Sergio a interferir no que eu visto e faço, pode uma coisa dessas?! — completa Rebecca e joga a toalha sobre a cama; a ruivinha torce a boca, mas não tece comentário. — Pra vir hoje pra cá, foi outra novela. Que Tereza está aqui, que o short tá muito curto, que a bunda tá não sei o quê, que o biquíni isso, que o biquíni aquilo, que Tereza vai falar... Aff... Tô de saco cheio, viu, amiga.

— E você está chateada assim, por quê? No final das contas, você sempre faz o que quer... E pelo que eu sei... Sergio é conivente com esse seu jeito de ser.

Rebecca livra-se do biquíni, jogando-o na pia do sanitário, e comenta antes de entrar no boxe:

— Chega uma hora que cansa ficar ouvindo esse lero-lero sem parar, todos os dias.

Margot não deixa de admirar o corpo esbelto, bem torneado e proporcional da amiga e sente uma ponta de inveja. Rebecca gira o corpo e entra na área do banho.

— Também, com esse corpão, os homens devem ficar tudo doido. — diz Margot e sorri.

A loira enfia o rosto entre a porta de vidro e a parede e comenta:

— Eu tenho culpa se os caras parecem que nunca viram mulher na vida?!

Margot sorri.

— Vou pegar uma toalha pra você.

— Ainda bem que Sergio vai pra São Paulo amanhã e só volta na terça à noite. — vozeia a loira; a voz confunde-se com o barulho da água jorrando no chuveiro e o som do reggae que vem da área da piscina.

Margot retorna com a tolha e encosta-se no batente da porta.

— O quê?!

— Sergio vai viajar e eu estou dando graças a Deus! A pivetinha com certeza vai pra casa da avó e aí eu vou ter um pouco de paz.

— Sei.

Rebecca fecha a água do chuveiro e abre a porta do boxe.

As duas calam-se por um tempo. Rebecca enxuga-se e veste-se. Por fim, a loira solta os cabelos e vai para a frente do espelho escová-los.

— Deixa eu te contar um segredo, amiga. — diz Rebecca, com ar conspiratório e se vira para a amiga. — Eu ganhei um anel lindo!

— Anel?!

Rebecca abre a bolsinha tiracolo, mostra a caixinha azul e por fim o anel de ouro cravejado com safiras azuis: Margot empalidece, mas disfarça.

— Foi Sergio quem te deu?!

— Que Sergio o quê, amiga?! Um admirador secreto, ora!

— Admirador secreto?! Você enlouqueceu, amiga?! Já pensou se Sergio descobre?

— Que descobre que nada! Eu vou dizer que comprei o anel e ele ainda vai me dar o dinheiro. Isso pra ele deixar de ser chato e eu ainda ter que aturar a filha dele! — retruca ela, sorrindo sarcasticamente e volta a guardar o anel na bolsa. — Amiga, eu estou morrendo de fome. — completa ela. — Vamos descer?

As duas saem do quarto, mas na escada, Margot diz:

— Vá descendo, amiga, que me deu vontade de ir ao banheiro. Te encontro lá embaixo.

— Tudo bem.

A ruivinha retorna à suíte, tranca a porta e joga-se na cama, amargurada e consumida pela desconfiança.

"Devo estar ficando paranoica... Marcelo e Rebecca não fariam isso comigo", pensa.

Levanta-se, vai até o closet e mais uma vez revista as camisas do marido sem nada encontrar. Remexe as gavetas, as prateleiras e desiste. Volta a sentar-se na cama.

"Meu Deus, que horas foi essa que Marcelo pegou esse anel, hein?"

A ruivinha levanta-se e passa a andar de um lado ao outro do quarto. Repassa mentalmente o momento em que encontrou o anel. Encosta-se na janela e observa a movimentação dos convidados. Rememora o momento em que cantaram os parabéns.

Volta para a cama, deita-se de barriga para cima e encara o lustre. Esforça-se para lembrar o momento do *Parabéns*... Por mais que tente, não se lembra de ter visto o marido após ele ter lhe presenteado com o anel de brilhantes e que perdeu Rebecca de vista após os cumprimentos.

"Meu Deus! Acho que vou enlouquecer!", pensa e retorna para a sala de estar.

Ao alcançar a base da escada, detém-se e observa a movimentação dos convidados almoçando. Mira a porta do escritório e decide que vai revirar novamente as coisas do marido, mas desiste ao ouvir a voz da mãe:

— Venha almoçar, minha filha!

Capítulo 9

Por volta das 16h, um maciço de nuvens negras desponta na linha do horizonte mudando drasticamente o cenário radiante de um belo dia de sol no litoral norte da Bahia.

O celular toca e Tereza senta-se na cama para atendê-lo.

— Alô?

— Teca?! Que voz é essa?!

— Briguei com Rebecca de novo, ora.

— De novo?! Por que você não esquece a Rebecca, hein? Ela é esposa de seu pai e você não pode fazer nada sobre isso.

— Você vem ou não vem?

— Chego aí umas 18h e a gente vai lá pra Praia do Forte encontrar com a galera. Tá bom assim?

— Tudo bem. Aí você dorme aqui e amanhã a gente pega uma praia.

— Tem certeza que não vai ter problema com seu pai?!

— Claro que não!

— Beleza, então. Um beijo.

— Outro!

Tereza desliga o celular e enfia-o no bolso de trás da bermuda. Segue para a suíte do pai, passa para o closet e revira o guarda-roupa de Rebecca atrás de algo comprometedor.

"Desgraçada! Eu sei que você anda aprontando", pensa e vira-se na direção dos armários do pai.

Corre as vistas pelo camiseiro, abre e fecha as gavetas e afasta-se inconformada. Puxa a banqueta de um dos cantos, sobe e começa a remexer os maleiros até se deter em uma caixa de madeira envernizada 30x20x10 cm. Pousa o estojo sobre o aparador encostado em um dos cantos do closet e o abre. Mira a pistola Taurus 765 do pai, o carregador municiado, o silenciador e a caixa de balas. A mocinha carrancuda empunha a arma, gira o corpo e aponta para frente como se fosse atirar.

"Eu devia meter uma bala na sua cabecinha vazia, sua vadia dos diabos", pensa e encaixa o carregador na pistola.

Volta a apontar a arma para a frente e gira o corpo em torno do quarto.

"Você não perde por esperar, sua vadia!"

Devolve a arma para o estojo e depois para o maleiro. Em seguida, desce para o primeiro piso e adentra a cozinha.

— Tem suco aí, Celé?

— Tem limonada, fia.

Tereza serve-se, encosta-se na bancada da ilha e bebe o suco pensativamente. Seus olhos recaem no jogo de facas encaixadas no suporte de madeira sobre a bancada de mármore. Termina de beber o suco, saca a maior faca do suporte e alisa a lâmina lentamente pelos dois lados. Ideias sombrias povoam sua mente dominada pelo rancor.

— Olha lá pra você não se cortar com essa faca, menina! — reclama Dona Celé. — Já chega de confusão por hoje.

Tereza torce a boca ao se lembrar da madrasta.

— Tem perigo não, Celé. — retruca e devolve a faca para o suporte.

— Você não vai pru aniversário de Dona Margot?!

— Deus é mais! Quero ficar bem longe da lambisgoia da Rebecca.

— Misericórdia, Tereza! Não fala assim de Dona Rebecca.

A moça faz muxoxo e ruma para a piscina. Acomoda-se na espreguiçadeira protegida do sol pelo sombreiro e passa a manusear o celular...

Ψ

Margot divide uma das mesas com Dona Emma, Raquel e Maria Rita para almoçar. Não perde Rebecca de vista. A amiga acomodou-se ao lado de Sergio no barzinho da edícula e divide o espaço com Murilo, Dr. Rubens, Júlio e o marido.

O converseiro continua animado em torno das mesas. Margot, apesar de agitada, distribui sorrisos na tentativa de esconder a angústia que lhe corrói a alma. Come pouco e logo está circulando entre as mesas falando com um e com outro. Em dado momento, vê o marido sair do barzinho em direção ao varandão da mansão. Nota o olhar discreto de Rebecca acompanhando os passos dele, mas, dissimulada, logo está nos braços do marido distribuindo sorrisos e charme.

A ruivinha circula a piscina, passa pela edícula, fala com todos, em especial com Rebecca, e vai atrás do marido. Passa pelo escritório à procura dele e sobe para a suíte. Ele está saindo do banheiro quando ela entra no quarto. Os dois encaram-se, ele notadamente surpreso.

— Tê! — diz ele preocupado com o semblante soturno da esposa.

Ela vai até ele e o abraça apertado.

— Estou com medo.

Atônito, acolhe a esposa nos braços e beija-lhe a testa.

— Diga que me ama. — diz ela com o rosto apoiado em seu peito, os braços envoltos em seu pescoço.

Ele segura-a em seus braços de forma a se desvencilhar delicadamente do abraço e diz:

— Você sabe que eu te amo! Que cara é essa?!

— É que eu tenho medo de te perder. — diz ela encarando o marido nos olhos; seus olhinhos brilham e saltitam de um lado para o outro.

— Para com isso, Tê, que ninguém vai perder ninguém! Sorria e vamos descer que tem um monte de gente lá embaixo que veio aqui porque te ama. Sorria, Margot! — diz ele e aponta para a porta.

Ela abre um sorriso e retruca:

— Vá descendo que eu vou passar no banheiro.

Marcelo puxa os cabelos para trás, sorri, apesar de preocupado, e retira-se deixando a porta aberta. Margot observa o marido descendo as escadas, gira o corpo, vai até a janela e vê Rebecca conversando com Sergio, afastados das pessoas, no extremo oposto da piscina. Ela aponta para o celular e gesticula muito. Logo os dois estão discutindo.

Margot meneia a cabeça. Está cada vez mais intrigada e envenenada com tantas suspeitas. Passa no banheiro, lava o rosto, ajeita os cabelos, retoca o batom e desce para o térreo. Vê Rebecca e Sergio passarem apressados pela lateral da mansão em direção às garagens. Intrigada, desvia os passos para a porta de saída e de lá observa o casal de amigos discutindo. Recua e espia pelo canto da porta.

Rebecca fala alto e gesticula muito. Não dá para entender sua fala, mas está claro que a amiga está furiosa. A princípio, Sergio mais escuta do que retruca, mas logo as agressões verbais vêm em resposta. Por fim, a loira gira o corpo e caminha pelo passeio em direção à sua residência, três quadras à frente, apesar de calçada com sandálias de salto alto.

Sergio gesticula, mas a loira está decidida a seguir em frente. Irritado, entra em seu carro, já liberado no estacionamento, dá partida, manobra o veículo agressivamente e alcança a esposa uma casa à frente. Ele fala alguma coisa, ela retruca com gestos, mas acaba entrando na Mercedes.

Margot acompanha tudo apoiada no batente da porta até ver o carro desaparecer na curva.

Cismada, volta para o varandão, onde é abordada por Raquel e Murilo:

— Já estamos indo, Margot.

— Tá cedo, Raquel. — retruca a ruivinha e olha rapidamente para Murilo.

— Não, minha filha. Tá armando um temporal aí e a gente não quer pegar essa chuva pelo caminho.

— Bem, vocês é quem sabem. De qualquer forma, obrigada por terem vindo.

Raquel sorri; o marido beija a face da aniversariante.

— Tchau, Margot! — diz ele e acompanha a esposa em direção à porta de saída.

Margot acompanha-os, despedem-se mais uma vez e a anfitriã volta para a área da piscina.

A ruivinha senta-se à mesa com a mãe e a cunhada, mas logo os convidados começam a se despedir com a repentina mudança no tempo. As nuvens aproximam-se ameaçadoramente do litoral, o finalzinho de tarde perde o brilho e a temperatura começa a cair. O ar está cada vez mais úmido e carregado de maresia.

Dona Emma aproveita e anuncia que quer ir embora e se junta ao marido na edícula.

— Que confusão foi aquela de Rebecca com Sergio, hein?! — comenta Dona Emma.

— Parece que os dois tiraram o dia pra discutir hoje. — retruca Maria Rita.

Marcelo dá de ombros, o sogro aproxima-se e os dois apertam as mãos.

— Vamos embora, Emma. — diz Dr. Rubens. — Sergio e Rebecca são grandinhos o suficiente para cuidarem da vida deles.

— Eu hein, Rubens, não sei porquê essa sua implicância com Sergio!

O coroa torce a boca e abraça a filha.

— Tchau, filhota! Se cuida.

Marcelo, Júlio e Maria Rita voltam a se sentar nos banquinhos do bar e Margot acompanha os pais até a porta. Ao retornar ao varandão, dá algumas orientações para o pessoal do buffet, para Dona Marta e junta-se ao marido, ao cunhado e a concunhada na edícula.

— Menina, mas esse seu anel é lindo! — comenta Maria Rita. — Foi você quem escolheu, Marcelo?

Margot abre um sorriso tímido e exibe as mãos com o anel.

— Claro! — diz ele e puxa a esposa pela cintura para junto de si; ela abraça-o pelo pescoço.

— Parece que hoje foi o dia dos anéis — comenta Margot, afasta-se e encara o marido —, Rebecca me mostrou o anel que ela ganhou. Você precisa ver, Rita. Um anel de ouro com safiras azuis.

Marcelo se engasga com a cerveja e levanta-se do banquinho, tossindo.

— Misericórdia! — diz ele apontando para a roupa molhada.

— Vou trocar essa camiseta, gente. — diz ele e afasta-se em direção ao casarão.

— Que anel é esse, amiga?! Foi Sergio quem deu a ela?!

Margot enrubesce.

— Suponho que tenha sido. Eu não perguntei e ela também não comentou nada.

— Eu, hein! Que casalzinho estranho aquele. Misericórdia, senhor! — comenta Maria Rita.

Margot sorri e dá de ombros. De soslaio, vê o marido entrando na sala de estar e fica ainda mais desconfiada.

Capítulo 10

Sergio estaciona o carro na garagem da mansão, preocupado com o clima hostil entre a esposa e a filha.

— Você viu bem as mensagens que a pivetinha da sua filha me mandou, não viu?! — vocifera Rebecca e desce do carro batendo a porta atrás de si, visivelmente alterada.

A loira retira as sandálias dos pés e acelera os passos em direção aos fundos da propriedade com elas em mãos.

— REBECCA! — berra Sergio e vai atrás dela.

A loirinha ensandecida entra pela lateral do casarão, caminhando apressada pelo gramado. Assim que alcança o varandão, vê a enteada deitada na espreguiçadeira próxima à piscina.

— TEREZA! — vocifera Rebecca.

A moça levanta-se ao ouvir o berro da madrasta. A loira enfurecida arremessa uma sandália e depois a outra, Tereza esquiva-se, mas logo as duas se atracam e rolam pelo gramado. Rebecca estica os cabelos da enteada com uma das mãos e a esbofeteia com a outra. Tereza morde o braço da madrasta, ela grita e reage com tapas. Tereza estica os cabelos da loira com força e as duas rolam em direção à piscina, atracadas pelos cabelos.

— REBECCA! — vocifera Sergio ao ver as duas caírem na piscina; a esposa por cima da enteada, que começa a se debater sob a água.

O pai, desesperado, pula na piscina e empurra a esposa rispidamente para que ela solte a filha. Rebecca sai da água aos prantos.

Sergio retira a filha da piscina com os olhos esbugalhados e tossindo.

— Você enlouqueceu, Rebecca?! — diz o homem enfurecido.

— Sua filha está me enlouquecendo, Sergio! E me deixa em paz! — vocifera e desvencilha-se do marido.

Corre para a mansão sob o olhar apavorado de Dona Celé, que apareceu para acudir Tereza.

Ainda tossindo, Tereza vê o celular de Rebecca no gramado e joga a toalha de banho sobre ele. Sergio aproxima-se, molhado e irritado.

— O que que você está pretendendo fazer, hein, Tereza?! Acabar com meu casamento, é isso?!

— Essa vadia quase me afogou e o senhor ainda fica aí defendendo ela?!

— Você passou dos limites, Tereza! Você vai ficar sem mesada pra você refletir sobre o que você está fazendo. Ouviu bem?! — vocifera ele. — Estou cansado das suas infantilidades. CHEGA!

A mocinha começa a chorar, pega a toalha e sai correndo em direção à casa, mas esbarra em Rebecca voltando. As duas atracam-se novamente, com Rebecca vociferando:

— Cadê meu celular, sua pivetinha do cão?!

A toalha cai no chão deixando à vista o celular. As duas rolam pelo piso da sala de estar sendo necessária a intervenção, mais uma vez, de Sergio e Dona Celé.

— PAREM COM ISSO! — grita Sergio.

As duas levantam-se, Rebecca pega o celular no chão e volta correndo para o segundo piso. Tranca-se na suíte.

— Tereza, você enlouqueceu de vez?! Por que você pegou o celular de Rebecca, hein?!

— O senhor está cego, meu pai. Essa mulher não presta. NÃO PRESTA!

— Tereza, eu exijo que você me respeite e respeite Rebecca!

— Nunca vou respeitar aquela vadia. Nunca, tá ouvindo?! O senhor pode me bater, me trancar, pode fazer o que o senhor quiser! — vocifera e sai correndo para o segundo piso; tranca-se em seu quarto.

— Tenha paciência com ela, Seu Sergio. Tereza sente muita falta da mãe.

— Tudo tem limite, Dona Celé. Tudo tem limite!

Ψ

Sergio bate à porta insistentemente até que a filha a abre aos prantos.

— O que foi, meu pai?

— Amanhã eu vou viajar para São Paulo e você vai ficar com sua vó. Arrume suas coisas. Na terça à noite estou de volta e nós vamos conversar com mais calma sobre o que está acontecendo.

— Eu vou pra casa da minha vó amanhã à noite.

— Você vai agora, Tereza!

— O senhor está doido pra se ver livre de mim pra ficar com aquela vadia, não é meu pai?

— Me respeite, Tereza! — vocifera o homem e empurra a filha contra a cama. — Arrume as suas coisas que você vai pra casa de sua avó, agora! Você quer que eu faça o quê, hein? Que eu deixe você e Rebecca aqui se digladiando?

Chorosa, ela retruca:

— Já entendi, meu pai.

— Estou te esperando lá embaixo. — diz o grandalhão irritado, vira as costas e sai batendo a porta atrás de si.

Ψ

Rebecca toma um banho demorado até sentir o corpo mais relaxado e a fúria abrandada. Enrola uma toalha nos cabelos e joga-se na cama, emburrada. Lembra-se de Marcelo e manda algumas mensagens pelo WhatsApp:

> *(Rebecca): Estou com saudades.*
>
> *(Rebecca): Queria estar com você agora.*
>
> *(Rebecca): Tereza está infernizando minha vida.*
>
> *(Rebecca): Briguei com ela e com Sergio.*

Rebecca levanta-se, pega o anel em sua bolsa e o coloca no dedo... Sorri e manda mais uma mensagem:

> *(Rebecca): Amei o anel! Eu disse a Margot que foi presente de um admirador secreto. Kkkk.*

Sorri.

A loira volta a jogar-se na cama e contempla o anel. Ouve o *bip* de recebimento de mensagens e lê:

> *(Marcelo): Por que você mostrou esse anel pra Margot?*
>
> *(Marcelo): Tô achando Margot estranha, acho que ela está desconfiada.*
>
> *(Rebecca): Margot é uma mosca morta. A gente pode até se beijar na frente dela. kkkk.*
>
> *(Marcelo): Se eu soubesse que você ia mostrar o anel assim, não teria te dado.*

(Rebecca): Bobagem, amorzinho.

(Rebecca): Sergio vai viajar amanhã à tarde e Tereza vai pra casa da avó.

(Rebecca): Quero te ver.

(Marcelo): Tudo bem. Depois a gente se fala.

A loira sorri e vai para o banheiro secar os cabelos.

Ψ

Aos poucos o céu de brigadeiro é tomado por nuvens cinzentas e começa a chuviscar. O tempo escurece rapidamente. Tereza aparece na sala de estar com a mochila em mãos e se joga no sofá, emburrada. O pai está assistindo TV, levanta-se e dirige-se à filha de forma ríspida:

— E então, Tereza, você está esperando o quê, hein?!

— Mateus está vindo aí e eu não consegui falar com ele pelo celular. Assim que ele chegar, eu falo com ele e vou pra casa da minha vó!

Sergio respira fundo e meneia a cabeça lentamente.

— Tudo bem, mas estou de olho em você.

— Meu pai... Qual é, hein?!

— Qual é?! Eu não quero mais confusão entre você e Rebecca. É isso! Vocês passaram dos limites. Chega!

Tereza faz muxoxo e desvia o olhar do pai.

Ψ

Com a repentina mudança de tempo, a temperatura começa a cair e a umidade no ar aumenta sensivelmente.

Ainda na edícula da churrasqueira em companhia do irmão, Marcelo guarda o celular no bolso da bermuda e toma mais um gole do chopp.

— Essa sua cara não me engana. — diz Júlio, 36 anos, barbudo, gordinho e calvo na parte superior da cabeça. — Você está aprontando o quê, hein?!

Marcelo olha em direção à sala de estar onde a esposa e a cunhada se acomodaram e comenta:

— É aquele caso com a fulana.

— Ahn...

— Cara, era pra ser apenas um encontro casual, mas caí na besteira de comprar um anel pra ela e você acredita que a maluca teve coragem de mostrar pra Margot?!

— Cara, que merda foi essa, hein?!

— Pois é, cara, não sei onde que eu estava com a cabeça quando fiz isso. Parece que fui enfeitiçado. Se arrependimento matasse...

— Também, aquela mulher é um pedaço de mau caminho! Misericórdia! — retruca Júlio. — E se Sergio descobre isso, hein?! O cara é tirado a brabo, viu!

Marcelo meneia a cabeça e comenta:

— Às vezes acho que Sergio gosta de exibir a esposa. Sei lá!

— Vai ver que ele é daquele tipo que prefere dividir um prato de filé mignon a roer osso sozinho!

Os dois riem, mas Marcelo logo retoma o semblante pesado.

— O negócio é sério. Preciso dar um jeito de cair fora desse rolo. — comenta ele, toma um gole do chopp e meneia a cabeça. — O problema é que a fulana está cada vez mais empolgada.

— E você queria o quê, hein? Tá rolando até anel de safira.

— Isso é o que acontece quando se pensa com a cabeça de baixo. E isso vicia, cara. Eu tento cair fora, mas na hora H a carne é fraca.

— Você precisa pensar em Margot, Marcelo! Cuidado, hein.

— O pior, cara, é que acho que Margot está desconfiada de alguma coisa.

— Cuidado pra isso não acabar com seu casamento. Pense bem!

Marcelo comprime os lábios, bebe mais um gole do chopp e muda de assunto.

— E esse tempo?! Que merda, hein!

Júlio olha rapidamente para o céu nublado e se levanta. Serve-se com mais uma tulipa de chopp e comenta:

— Vamos tomar a saideira, que eu vou embora.

— Tá cedo.

— Nada! "Dona Encrenca" já me chamou umas três vezes e parece que vai cair um temporal.

Ψ

O clima continua tenso na mansão dos Wasen. Por volta das 18h30 soa uma buzina de carro em frente à mansão e Tereza pula do sofá com a mochila em mãos. Sergio acompanha-a até a porta da sala de estar. Está chuviscando, mas o namorado desce do carro e corre até a varanda. O casal conversa rapidamente, o rapaz acena e Sergio retribui o aceno por educação, apesar de sisudo. Tereza vai para o carro dela, joga a mochila no banco traseiro e entra sem se despedir do pai. O rapaz dá meia-volta retornando para seu carro, buzina uma vez e acelera em direção à portaria. Tereza manobra o Honda Fit para sair de ré da garagem, indiferente ao pai, com os braços cruzados e olhar severo, e também acelera rumo à portaria.

Sergio respira fundo e retorna para a suíte. Após bater à porta por duas vezes, Rebecca atende e volta para a cama, onde se joga, emburrada.

— Tereza foi pra casa da avó. — diz ele.

— Graças a Deus vou ter um pouquinho de paz. — retruca a esposa e abraça o travesseiro.

Ele nota o anel no dedo da esposa. Franze a testa, aproxima-se e questiona.

— Que anel é esse, Rebecca?!

Rebecca faz muxoxo e senta-se na cama.

— Eu comprei, ora. Cansei de esperar que você me desse uma joia de presente e comprei, pronto!

— Que história é essa, Rebecca?! Eu te dei uma joia no final do ano!

— Qual é, hein, Sergio?! Você está insinuando o quê? Que eu roubei?! — retruca ela e levanta-se com cara de brava.

— Eu quero saber é quem te deu esse anel, merda! — vocifera.

— Eu já disse que eu comprei! Droga! Inferno de vida! — revida ela e tenta passar entre o marido e a cômoda. Ele segura-a pelo braço.

— Você está me machucando. — diz ela severamente.

— Deve ser por isso que Tereza está implicando com você.

— Então é isso. Sua filhinha conseguiu envenenar sua cabeça e eu me tornei a vilã do pedaço. Eu estou de saco cheio de você e da sua filha, Sergio... DE SACO CHEIO! — berra. — Você sabe o que é você viver o tempo todo sendo hostilizada por uma pirralha e ainda ter que ficar prestando contas de tudo? Para com isso! Você não tem que prestar contas da nossa vida pra sua filha. Estou cansada, Sergio. CANSADA! Sai daqui.

— Rebecca...

— SAI!!! — berra ela.

O homem respira fundo, a mulher parte pra cima dele aos tapas.

— Sai daqui!!! SAI!!!

O grandalhão defende-se como pode, vira as costas e sai do quarto. Ela bate a porta e passa a chave. Ofegante, joga-se na cama.

"*Mas que merda!*", pensa encarando o anel.

Abraça-se com o travesseiro e, por fim, sorri sarcasticamente.

Ψ

Sergio desce para a sala de estar e encontra Dona Celé estacada na porta da cozinha, fazendo cara de assombrada.

— Não tem nada pra fazer não, Dona Celé?! — diz ele rispidamente.

— Tô terminando a janta, Seu Sergio, e vou pra casa. Aliás, já era pra ter ido, mas fiquei preocupada com a menina Tereza.

O homem dá de ombros; a empregada, meia-volta e desaparece na cozinha. Sergio encosta-se no batente do portal principal da varanda e observa a chuva lavando o deque e encharcando o gramado. Lembra-se das palavras da filha...

> *Será que o senhor não vê que essa mulher não presta?! É isso mesmo! Peça pra essa piriguete te mostrar as mensagens do WhatsApp dela.*

— Droga!

Capítulo 11

Domingo, 7 de junho de 2015.

A madrugada está fria e chuvosa. Margot rola de um lado ao outro da cama sem conseguir dormir, angustiada e consumida pela dúvida. O marido, ao contrário, dorme profundamente enrolado no lençol. Cansada, senta-se na cama, confere as horas no relógio de cabeceira, são 1h02, e levanta-se. Vai até a janela e espia por entre as aletas da persiana. Contempla por um tempo a área da piscina parcamente iluminada sendo lavada pela chuva fina e persistente. Volta-se para o quarto na penumbra, calça as sandálias e sai, fechando a porta atrás de si.

A casa está fria e silenciosa. Desce as escadas sem pressa e se detém no meio da sala de estar para observar a porta do escritório fechada. Gira o corpo e fixa-se no claviculário escondido nas sombras. Vai até lá e pega a penca de chaves do marido. Caminha de volta ao centro da sala e olha em direção ao hall do segundo piso timidamente iluminado por uma nesga de luz vinda da rua. Gira o corpo novamente e segue até um dos portais de vidro do varandão. Olha por entre o pilar e o painel de tecido que protege os vidros: tudo quieto e na penumbra. Meneia a cabeça e comprime os lábios, amargurada.

Gira o corpo mais uma vez e volta a fixar-se na porta do escritório, hesitante.

— Droga! — resmunga e vai até lá.

Entra e fecha a porta com a chave. A sala está imersa em uma penumbra suave graças à réstia de luz que entra pelas gretas das aletas da persiana. Acomoda-se na mesa recostada na cadeira do marido e encara o porta-retratos com a foto do casal. Lembra-se desse dia, dois anos atrás...

Foram visitar o Mercado Modelo com um casal de amigos. Marcelo usava óculos escuros e vestia camisa branca florida de mangas curtas e calça social branca. Ele estava sorridente e, como sempre, muito afetivo.

Empunha o porta-retratos e observa o sorriso largo que esboçara no momento daquela foto. Era sincero e contagiante.

Reposiciona o porta-retratos sobre o tampo da mesa e foca nos gaveteiros. Destranca com a chave, puxa a trava secreta e abre a primeira gaveta. A sala está escura e ela decide pelo abajur posicionado no lado esquerdo da mesa. Puxa-o com cuidado para a ponta do tampo e liga o interruptor. A luz dói nas vistas: ela franze a testa e aperta os olhos por um tempo. Em seguida, remexe cuidadosamente os itens de escritório arrumados na gaveta: caixa de grampos, clips, borrachas, corretor ortográfico, fita crepe, canetas acomodadas em uma caixa de papelão, duas réguas, um estojo preto com o emblema da SZ.LEQI pousado sobre alguns papéis e uma caixa transparente porta-cartões no canto direito.

Margot sente o coração bater descompassadamente. Respira fundo e solta o ar lentamente por três vezes consecutivas. Abre o estojo preto, manuseia a caneta tinteiro rapidamente, acomoda o estojo sobre a mesa e abre a caixa porta-cartões: de um lado, vários cartões de bancos e lojas de magazine; do outro, cartões de visita e um cartão com várias senhas. A ruivinha corre os olhos pela lista e encontra a senha do celular do marido. Anota um número na palma da mão esquerda e devolve o cartão para a caixa plástica. Volta-se, então, para a papelada embaixo do estojo preto e folheia a maçaroca cuidadosamente. O último documento que encontra é a nota fiscal de dois anéis totalizando R$ 8.100.

O coração acelera. No descritivo, aparece o anel de ouro 18K cravejado de brilhantes no valor de R$ 2.500 e o anel de ouro 18K com safiras azuis no valor de R$ 5.600.

"Desgraçado!", pensa ao sentir um aperto no coração e uma angústia imensurável tomando conta de si.

Recosta-se na cadeira, pensativa.

"Por que que tem que ser assim, hein?!"

Lágrimas brotam dos olhos da ruivinha e escorrem pela face empalidecida. Chora por alguns segundos e sente-se tomada por um ódio desmedido.

— Desgraçado! — murmura. — Pra quem você comprou esse anel, hein?!

Lembra-se de Rebecca.

— Não... Ela não faria isso comigo! — murmura.

Abre a última gaveta, retira a caixa da pistola pousando-a sobre a mesa e empunha a arma.

"Desgraçado!"

Encaixa o alimentador, enrosca o silenciador e engatilha a pistola puxando o ferrolho para trás.

"Você não podia ter feito isso comigo."

A mulher transtornada apaga a luz do abajur, levanta-se com a arma em punho, caminha lentamente até a porta do escritório e sai com passadas curtas e hesitantes. A casa continua silenciosa e na penumbra.

Margot está possuída por uma sanha medonha, suas feições estão rígidas e seu olhar parado. Caminha lentamente pela sala de estar, pistola encostada na lateral do corpo displicentemente, e sobe as escadas, sem pressa. Abre a porta da suíte e estaca-se em frente à cama: o marido continua dormindo virado para o lado oposto.

Margot aproxima-se do marido, aponta a arma para sua cabeça e mais uma vez se lembra dos anéis e do momento em que ele se declarou em público. Recorda-se de suas palavras: *"Feliz aniversário, amor! Eu te amo!"*

Ψ

Sergio dorme um sono agitado...

> *Está caminhando por uma rua escura de calçamento irregular. Um vulto aparece em meio às sombras que se formam entre as árvores e o jardim de ixorias vermelhas. Empertigado, tenta reconhecer o estranho que se aproxima lentamente. Sente medo. Aos poucos reconhece a filha. Ela franze a testa, olhar apertado e feições rígidas, aponta o dedo em riste em sua direção, a boca move-se como se estivesse falando com raiva, e os dentes brancos reluzem na noite escura. Não escuta nada... Não entende nada... Ela aponta para trás... Ele gira o corpo e vê o vulto da mansão imersa em manchas turvas e sombrias. Uma luz acende na janela do segundo piso e Rebecca aparece abraçada com outro homem e beijando-o. Desesperado, sai correndo e cai no gramado. Imagens sombrias giram em sua volta e Tereza aparece apontando-lhe o dedo em riste, gesticulando como se berrasse. Olha na direção para a qual a filha aponta e vê Rebecca, agora no varandão, seminua, abraçada com o estranho. Os dois olham em sua direção e riem muito. Atormentado, levanta-se e cai na piscina. A esposa e o homem riem cada vez mais alto...*

— NÃO! — berra e senta-se na cama, arfando.

Olha em volta e lembra-se que está no quarto de hóspedes.

— Droga!

Levanta-se e vai até seu quarto, mas a porta continua trancada. Desce para a sala de estar e senta-se na ponta do sofá com as mãos cobrindo o rosto e os cotovelos apoiados sobre os joelhos. As palavras da filha continuam ecoando em sua mente: *"Será que o senhor não vê que essa mulher não presta?!"*

Ψ

Um clarão invade as frestas da cortina, seguido de um estrondo que reverbera forte no interior do cômodo. Margot assusta-se e dá um passo atrás. Marcelo continua em sono profundo; ela hesita. Por fim, recua lentamente, gira o corpo e retira-se do quarto.

Volta para o escritório, trêmula. Limpa a arma e os acessórios com a flanela, rearruma tudo no estojo de madeira e o devolve para a última gaveta. Repõe a nota fiscal na gaveta e volta a guardar o estojo preto e a caixa plástica transparente. Fecha o gaveteiro com a chave, empurra a trava e recosta-se na cadeira, pensativa.

Mais um flash de luz e uma trovoada arrancam a ruivinha de seus pensamentos. Reposiciona o abajur na posição original e sai do escritório. Devolve as chaves para o claviculário, segue para a cozinha onde serve-se com leite e senta-se em um dos bancos da ilha.

Uma sequência de flashes de luz invade a cozinha, misturando-se aos estrondos medonhos que se seguem e reverberam no interior da mansão. Indiferente, Margot completa o copo com um pouco de café, põe açúcar e toma um gole. Puxa a faca de churrasco do suporte de madeira e imerge em novos pensamentos, mirando o vazio em meio à penumbra.

— Tê!

Margot levanta-se e gira o corpo assustada, a faca em uma das mãos. Marcelo aparece na porta da cozinha.

— O que você está fazendo aqui, a essa hora, amor?!

A ruivinha dá de ombros e devolve a faca para o suporte de madeira.

— Está tudo bem com você?! — insiste ele carinhosamente.

— Estou sem sono. — balbucia ela, um tanto hesitante, e bebe um gole do café com leite.

Marcelo aproxima-se, enlaça a esposa pela cintura e beija-a no pescoço. Ela arrepia-se e fecha os olhos.

— Venha deitar, amor! — sussurra ele em seu ouvido.

Ela gira o corpo e encara os olhos negros do marido sob a leve penumbra. Seus olhinhos castanho-claros saltitam de um lado ao outro, ele a puxa contra si e os dois beijam-se demoradamente... Ela sufoca e o coração acelera. Já não pensa em mais nada.

Ele carrega-a no colo, sobe as escadas assim, deixando-a na cama com cuidado. Em seguida, deita-se a seu lado e voltam a se beijar. Logo estão nus, exalando sexo pelos poros, e fazem amor com paixão.

Ψ

Sergio levanta-se do sofá e sobe as escadas, esmorecido e melancólico. Detém-se em frente à porta da suíte, amargurado com as insinuações da filha e, por fim, volta para o quarto de hóspedes. Deita-se de barriga para cima e sua mente vagueia. Lembra-se de quando conheceu Rebecca...

> *Era um sábado de carnaval, finalzinho de tarde, sol se pondo, quando estacionou seu Audi Cabriolet preto no estacionamento próximo ao Orixás Center. Sem pressa, aciona o fechamento da capota e sai do carro usando um bermudão jeans, uma camisa do bloco Harém e tênis. Ajeita o boné na careca, confere o dinheiro e a documentação acomodada em uma pochete presa por baixo da bermuda e segue em direção à Avenida Sete.*
>
> *Faz oito meses que a esposa faleceu de forma trágica em um acidente automobilístico e é a primeira vez que sai para se divertir após a fatalidade. Caminha solitário, seguindo o fluxo de foliões, ainda tímido. Assim que alcança a Avenida Sete, segue em direção ao Campo Grande caminhando pelo meio da avenida onde o movimento é mais intenso.*
>
> *Aproxima-se de um dos vendedores ambulantes, compra uma latinha de cerveja, bebe um gole e corre as vistas em volta. Alcança um grupo de cinco garotas, uma delas, uma loira alta, esbelta, malhada e corpo escultural que abre um sorriso largo, acena e manda vários beijos.*

Sergio sorri e vira-se de lado...

> *Elas aproximam-se, ele caminha em sua direção sem saber ao certo o que fazer. A loira agarra em seu pescoço e beija-o, a latinha cai no chão, espirrando cerveja em todos ao redor.*

Sorri mais uma vez e vira-se para o outro lado com os olhos fechados.

> *O grupo de moças afasta-se com o susto, mas a loirinha apenas sorri, seus olhos verdes brilham, e agarra novamente no pescoço do negro alto, malhado e charmoso. Os dois voltam a beijar-se intensamente.*

Capítulo 12

Rebecca acorda com os primeiros raios de luz que invadem seu quarto. Vai até a janela, puxa uma das aletas da persiana para o lado e contempla o céu nublado. O dia amanheceu cinzento, mas a chuva deu uma trégua. Respira fundo, confere as horas no relógio sobre a mesinha de cabeceira, são 5h40, e vai tomar uma ducha quente. A loira prendeu os cabelos sob uma touca plástica e deixa a água quente fluir pelo corpo sem compromisso. Estática, deixa suas lembranças revisitarem um passado distante...

Era uma garotinha mirrada do interior da Bahia, cabelos loiros escorridos na altura dos ombros, olhar melancólico e jeitão taciturno.

— Por que você não vai para o recreio, Bequinha?

— Eu não gosto dessas brincadeiras bobas, professora. E se eu sair daqui, vão tomar meu lugar.

— Como assim?! Aqui na sala tem cadeiras para todos. Não vai faltar lugar para você.

— Meu lugar é aqui, pertinho da senhora!

Lembra-se das conversas da professora tentando convencê-la de que não precisava guardar o lugar, da vez em que arrancou um tufo de cabelos da nojentinha dos cabelos pretos compridos até a cintura e nariz arrebitado, só porque ela atreveu-se a sentar no seu lugar. Recorda-se também de ter ficado de castigo na escola... Do pai brigando com o dedo em riste... E da mãe, protegendo-lhe:

— Beca só estava tentando se defender, Kevin!

Recorda-se também de ter ficado como o apelido de "Princesa Só" e de ter quebrado o dente do colega com o estojo de madeira por tê-la chamado assim na sua frente. Também essa foi a primeira e última vez que alguém lhe chamou pelo apelido, pelo menos na sua frente.

Rebecca sorri com as lembranças, meneia a cabeça várias vezes, ensaboa-se rapidamente, enxagua o corpo e sai do banho com a mente presa na infância.

— Eu sou uma princesa mesmo, ora... Sempre fui e sempre serei! — murmura e vai para o closet arrumar-se.

Minutos depois, está pronta para tomar o café da manhã e fazer sua corrida matinal. Faz questão de manter o anel com as pedras de safira azul no dedo juntamente com a aliança de casamento. Procura pelo marido no quarto de hóspedes e desce para o térreo, sem pressa. As cortinas da sala de estar já estão levantadas, o ambiente frio e silencioso. Passa para a cozinha e prepara seu desjejum: suco de laranja, pão integral e requeijão cremoso. Senta-se em uma das banquetas da ilha e observa pela janela o marido na edícula, manuseando o celular: meneia a cabeça com desdém.

Sergio aparece enfezado. Nota o anel de safiras no dedo anelar da mão esquerda da esposa e torce a boca; ela mostra-se indiferente e serve-se com mais um copo de suco.

— Estou esperando você pra gente correr. — diz ele.

A loira com os cabelos presos como rabo de cavalo dá de ombros e leva a fatia de pão à boca. Mastiga sem dar atenção ao marido. Brinca com o celular à procura de música e coloca os fones de ouvido.

Sergio lembra-se das palavras da filha e do pesadelo. Sente um ímpeto de comentar com a esposa, mas desiste.

Serve-se com um copo de suco e diz:

— Estou te esperando lá no barzinho.

O grandalhão da careca brilhosa gira o corpo e vai se acomodar na edícula.

Instantes depois, Rebecca aparece sorridente em sinal de paz, acena e segue para o calçadão. Logo estão correndo lado a lado em direção à mansão dos Gomes.

Uma brisa fria e úmida vem do mar, mas o tempo dá sinais de que vai abrir. Os primeiros raios de sol aparecem em meio às nuvens e aos poucos o tempo vai perdendo o aspecto cinzento e sombrio.

O casal interrompe a corrida em frente à mansão dos amigos, mas está tudo fechado e quieto.

— Parece que Marcelo não vai nos acompanhar hoje. — diz Sergio.

Rebecca faz cara de desagrado, torce a boca e volta a correr. O marido vai atrás.

Ψ

Margot acorda e nota que o marido já se levantou. Confusa com tantos sentimentos conflitantes, franze a testa, meneia a cabeça, levanta-se e vai até a janela. Abre a persiana deixando a luz do dia invadir a suíte e contempla o marasmo na área da piscina, nos jardins, inclusive na edícula que está com a lona de proteção abaixada.

Intrigada, calça as sandálias, lava o rosto e desce para o térreo, ainda de camisola. Encontra o marido estirado no sofá vendo a TV com o som baixinho.

— Marcelo, você não foi correr?!

— Hoje não. Tirei o dia pra ficar ao seu lado. — diz ele com um sorriso estampado no rosto e levanta-se.

Margot mostra-se surpresa e encara o marido com olhar interrogativo.

— Preparei um café pra gente, como você gosta: ovos mexidos, pão de forma, requeijão cremoso, suco de laranja e frutas.

Margot sente-se cada vez mais confusa: uma mistura de ódio e paixão. Indecisa, os olhos marejam.

— Tê... Tudo bem com você?!

Ela enxuga os olhos com a alça da camisola, abraça o marido pelo pescoço e diz com voz embargada:

— Me abraça forte e diz que me ama.

— Eu te amo! — diz ele e enlaça a esposa pela cintura.

Ψ

Sergio e Rebecca circulam o condomínio de casas correndo, primeiro margeando o braço do Rio Joanes e depois pelas ruas internas, até retornar ao calçadão da orla e alcançar a residência deles. Rebecca segue trotando com a intenção de dar mais uma volta no circuito, mas o grandalhão interrompe a corrida dizendo:

— Vou passar no sanitário e já alcanço você!

Rebecca gesticula com a mão e segue em frente, indiferente. Nove casarões depois, para em frente à mansão dos Gomes. As lonas da edícula já estão levantadas, assim como as cortinas do varandão, mas não há movimento na casa.

A loira gira o corpo em direção ao pequeno atracadouro do rio e vê Marcelo e Margot de pé em frente ao guarda-corpo de madeira. O casal está abraçado com o olhar fixo no outro lado do rio, no pequeno trecho com arbustos, grama e coqueiros que antecedem a praia e o mar.

Marcelo gira o corpo, abraça a esposa e beijam-se. O rapaz levanta os olhos e alcança Rebecca parada, observando-os. Ela acena, mas ele gira o corpo indiferente à loira e volta a beijar a esposa. Rebecca franze o cenho e torce a boca, aborrecida, mas ao notar a aproximação do marido, volta a correr.

Sergio para ao ver o casal de amigos abraçados no cais. Fica intrigado com a reação da esposa, mas dá de ombros e retoma a corrida.

Ψ

Tereza acordou mal-humorada, são 10h20, toma um banho rápido, veste uma bermudinha jeans com uma blusa de malha, ajeita os cabelos e vai para a cozinha tomar o café da manhã. Descarrega toda sua ira ao ver a avó.

— Agora me diga, vó, se está certo meu pai me tirar a mesada por causa da sirigaita da mulher dele.

Dona Helena franze o cenho.

— Você tem que acabar com essa implicância boba, minha filha. Rebecca é esposa de seu pai e vocês têm que se entender.

— Nunca, vó! Eu tenho é vergonha daquela branquela exibida. A senhora já viu a tanguinha que ela usa?

— Não, minha filha, e nem quero ver. E não chama a moça de branquela que isso é muito feio!

— Hamm... Pois devia, minha vó! Era melhor que ela ficasse logo pelada. E além de tudo, ela flerta com tudo que é homem. E meu pai lá, com aquela cara de abestalhado!

— Minha filha, se seu pai está com ela é porque ele gosta. E depois, ele já conheceu Rebecca do jeito que ela é. Então não pode reclamar. Tome seu café e esquece essa mulher, que é melhor.

— Esquecer?! A vadia quase me matou afogada, vó!

— Seu pai me ligou e contou essa história direitinho. — retruca severamente Dona Helena.

— Que cara é essa, hein, vó?! A senhora também acha que eu é que sou a errada da história, é?!

— Teca, minha filha, o que eu acho é que você deve parar de provocar essa moça. Bem ou mal, ela é a esposa de seu pai. Só isso.

— Já entendi tudo, minha vó. Já vi que a rejeitada aqui sou eu mesma. Ninguém se importa comigo.

— Teca, para de fazer chantagem emocional e tome seu café, vai.

— Tá bom, minha vó. Não está mais aqui quem falou.

As duas calam-se e Tereza toma o café, emburrada. O celular toca, ela reconhece o número do namorado, levanta-se e vai atender na varanda que dá para os fundos da propriedade.

— Matheus...

— Oi, Teca. O tempo está abrindo, acho que dá pra gente pegar uma praia.

— Venha pra cá que eu quero que você me ajude com uma coisa, depois a gente vai na praia um pouquinho.

— Que coisa?! Não dá pra ser depois da praia?

— Não!

— Posso saber o que é que você está tramando?

— Quando você chegar aqui você vai entender. Tchau!

— Tá bom, Tchau!

Mateus é um jovem negro de estatura mediana, cabelos crespos, rosto de linhas retas, olhos castanho-escuros, barba e bigodes cortados baixinhos e corpo malhado.

Assim que o rapaz chega ao sobrado, Tereza corre para recebê-lo. O avô, Seu Laudemiro, um homem negro, forte, 68 anos, cabelos grisalhos cortados baixinhos, bigodes e cavanhaque bem aparados, aparece na sala de estar interessado em conhecer o namorado da neta.

— Oi, vô, esse é Mateus. Mateus, esse é meu avô, Laudemiro.

— Chega à frente, meu rapaz, mas vou logo te dizendo uma coisa. Toma conta direito da minha neta, se não você vai ter que se entender comigo, ouviu bem?! — diz ele com voz rouca e severa.

— Bom dia, Seu Laudemiro. Pode deixar.

O avô assente e senta-se no sofá.

— Essa é minha avó, Helena.

— Entra, meu filho.

— Com licença, Dona Helena.

— Venha comigo. — diz Tereza e conduz o rapaz para a varanda.

— Posso saber o que é que você quer fazer assim de tão importante que não pode deixar pra depois da praia?!

— É sobre a vadia da Rebecca. — murmura ela.

— Ah não, Teca. Não basta a confusão de ontem?!

— Não tem confusão nenhuma.

— Ah, não?!... E por que você está cochichando?!

— Vai me ajudar ou não, hein?!

O rapaz respira fundo, mãos na cintura e aquiesce com um pequeno gesto.

— É o seguinte, meu pai vai viajar hoje à noite pra São Paulo e só volta na terça-feira, então eu quero aproveitar pra resolver umas coisinhas.

— Fala logo, Teca!

— Eu quero que você me ensine umas coisas...

Ψ

Por volta de 12h30, Marcelo estaciona seu Audi TT Roadster 2015 branco em uma das vias laterais da pracinha central de Praia do Forte. Apesar do dia parcialmente nublado, abafado e quente, a movimentação de turistas e visitantes é intensa. O casal cruza a pracinha de mãos dadas. Ela veste um biquíni ferrugem sob um vestidinho de praia tricô branco, uma bolsinha a tiracolo e sandálias de couro baixinha; ele, um bermudão branco com camisa de malha azul turquesa e chinelão de couro.

Sentam-se à mesa de um dos restaurantes, Marcelo sinaliza para um dos atendentes, e o rapaz aproxima-se com o cardápio.

Margot distrai-se com o menu, mas Marcelo se volta para o celular ao ouvir um *bip*. Abre o WhatsApp e lê a mensagem:

(Rebecca): Por que você não apareceu para correr?

(Rebecca): Quero te ver hoje.

(Rebecca): Sergio viaja 19h.

(Rebecca): Estarei sozinha em casa a partir das 20h.

Marcelo comprime os lábios, desliga o celular e olha de soslaio para a esposa entretida com o menu.

— Vamos pedir uma moqueca de camarão, amor?! — diz ela.

— Pra mim, está ótimo. E um chopp, por favor. — diz ele ao atendente. — Você vai querer alguma coisa pra beber, Tê?

— Uma *piña colada* sem álcool, por favor.

Mais uma mensagem chega ao celular de Marcelo. Ele lê discretamente:

> *(Rebecca): Te amo.*

"Droga!", pensa.

Preocupado, desliga o aparelho e coloca-o no bolso da bermuda.

Ψ

Sergio pula na piscina, mergulha e nada de um lado ao outro. Por um tempo, observa a esposa sentada na espreguiçadeira, sob a sombra do sombreiro, manuseando o celular indiferente a ele. Torce a boca e sai da piscina. Vai até a edícula, enxuga-se e serve-se com um copo de cerveja. Bebe um gole e segue cabisbaixo para a suíte com a intenção de tomar um banho.

A mansão fica ainda mais quieta e silenciosa. Ansiosa, a loira não tira os olhos do celular aguardando uma resposta.

"Droga!", pensa e levanta-se, deixando o aparelho sobre a espreguiçadeira.

Prende os cabelos em coque alto e entra na piscina. Molha o rosto e caminha até um ponto da piscina em que possa ficar de pé com água na altura dos seios. Olha em volta lentamente, contemplando os jardins, e, por fim, volta para a beira da piscina e apoia-se com os dois braços dobrados apoiados no beiral. Firma o queixo sobre as mãos e seu corpo flutua. Sua mente volta alguns dias no tempo...

> *O homem de corpo malhado e barriga trincada carrega-a no colo seminua na penumbra do quarto e acomoda-a no colchão d'água da cama redonda. Logo estão trocando carícias... Ela vê-se no espelho do teto e sente um desejo ainda mais forte...*

— Rebecca...

A moça empertiga o corpo, forçando-se a ficar de pé dentro da piscina e encara o marido à sua frente.

— Ahn... — resmunga ela.

— Que tal a gente ir almoçar lá em Imbassaí?

A loira respira fundo, fazendo cara de desagrado, sai da piscina e enrola-se na toalha.

— Tô afim, não! Celé deixou comida pronta e eu quero almoçar aqui mesmo.

Sergio dá de ombros e vai para o barzinho, onde se serve com mais cerveja. Liga a Smart TV e procura por videoclipes de música no YouTube.

Rebecca remexe o celular em busca de respostas de Marcelo pelo WhatsApp.

"Droga!", pensa.

Observa de soslaio o marido distraído com a TV e digita novas mensagens:

(Rebecca): Por que você não responde nada, amor?

(Rebecca): Larga a enjoadinha da sua mulher e fale comigo.

(Rebecca): Estou desejando você.

Após alguns minutos sem resposta, levanta-se e caminha apressada em direção ao varandão da mansão.

— Vai pra onde? — vozeia Sergio.

— Tomar um banho!

Ψ

No finalzinho da tarde, Marcelo e Margot retornam para casa. O tempo continua nublado e escurece precocemente. O casal entra na mansão em clima de romance e logo estão abraçados na suíte do casal.

— Me desculpe se não consigo te dar mais atenção. — diz Marcelo.

— O quê?!

— O trabalho. Estou sempre tão envolvido com a empresa e tenho dedicado pouco tempo a você. Sei que você precisa de mais atenção, mas a vida é assim. De qualquer forma, quero que você saiba que te amo muito!

— Assim... Como eu sou... Magrela e com esses gambitos parecendo uma seriema?!

— Eu amo você do jeito que você é... Assim... magrinha, elegante. Às vezes, sisuda, às vezes, alegre... Ruivinha, sardenta... Linda!

Seus olhinhos brilham.

— Eu também te amo! Queria tanto que as coisas fossem diferentes. — diz ela.

Os dois beijam-se suavemente, ele explora o corpo da ruivinha... Ela resiste um pouco, ora sisuda, ora eufórica, com risos e abraços fortes. Ele avança... Voltam a beijar-se ardentemente. Ela quer rejeitá-lo... Ele insiste. Ela desiste e, finalmente, entrega-se.

Ψ

Sergio arrumou as malas e foi para o banho, contrariado. Sente a esposa distante, uma vontade imensa de abraçá-la, de dizer que a ama muito, mas a loirinha está apática, estranhamente ansiosa e dirigindo-se a ele de forma superficial. Quisera poder desistir da viagem e ficar em casa, desculpar-se e voltar às boas, mas sua mente está envenenada pelas palavras da filha e a dúvida lhe corrói a alma.

"Merda!"

Ensaboa o corpo e a careca de olhos fechados: sua mente não lhe dá sossego.

"Será que o senhor não vê que essa mulher não presta?!!... Peça pra essa piriguete te mostrar as mensagens do WhatsApp dela."

O homem agita a cabeça na tentativa de livrar-se das ideias sombrias que lhe rondam a mente e muda a água de quente para fria.

Ψ

Rebecca está nervosa com a falta de respostas de Marcelo e termina de se arrumar, emburrada. Escuta a água do chuveiro caindo e manda novas mensagens.

(Rebecca): Esquece essa magricela sem noção e venha me ver à noite.

(Rebecca): Vou estar sozinha só pra você.

(Rebecca): Completamente nua.

Ψ

Pontualmente, às 17h30, Sergio e Rebecca despedem-se na garagem da mansão. Ele tenta beijar a esposa na boca, mas ela desvia e se limita a um beijo no rosto.

Enfezada, diz:

— Ainda não esqueci o que a maluquete da sua filha me disse!

— A gente vai resolver isso. — retruca ele, fazendo cara de preocupado.

— Acho bom!

— Assim que chegar em São Paulo, eu te ligo.

— Não precisa se preocupar. — retruca ela, gira o corpo e entra em casa batendo a porta logo em seguida.

Soturno, o homem elegantemente vestido com terno e gravata, abre o porta-malas da Mercedes, acomoda sua mala e a pasta executiva, bate a tampa com força desmedida e entra no carro chateado. Liga o motor, manobra o veículo e acelera em direção à portaria.

Sergio conduz a Mercedes com moderação até alcançar a BA-099, quando então acelera forte em direção ao Aeroporto Internacional de Salvador.

Amargurado, tenta fixar-se na estrada, mas a mente insiste nas lembranças...

> *Era um domingo ensolarado, verão de 71, quando se viu frente a frente com os pais de Rebecca. O pai, um alemão enorme e enfezado, 1,92 metros de altura, rosto de traços retos, tez avermelhada e cabelos loiros cortados ao estilo militar: máquina zero nas laterais e espetados no alto da cabeça. Já a mãe, uma loirinha dos olhos verdes, estatura mediana, mais parecia uma boneca de tão delicada nas feições e nos gestos refinados.*
>
> *— Quero me casar com sua filha, Sr. Kevin e Dona Rosana.*

Sergio meneia a cabeça e trinca os dentes.

> *O pai puxa-o para um canto e diz:*
>
> *— Rebecca é uma moça bonita, independente e emancipada. Chama a atenção por onde passa e nem todo homem está preparado para isso. Você está preparado, meu jovem?! Querer mudar isso vai ser um desastre!*
>
> *— Eu gosto da sua filha como ela é, Seu Kevin! Não se preocupe com isso.*

Lembra-se da briga com a esposa.

> *— Afinal, o que é que está acontecendo para Tereza te tratar assim?!*

— Não está acontecendo nada. Nada, está ouvindo? Sua filha é uma despeitada, problemática e neurótica, isso sim!

— Merda, Rebecca... Você tem que se entender com Tereza!

— Escute bem o que vou te dizer: não vou permitir que essa pivetinha transforme minha vida em um inferno!

— Droga! — resmunga.

Às 18h27, Sergio deixa o carro no estacionamento e segue para o saguão do aeroporto. Caminha sem pressa puxando a mala de rodinhas com uma das mãos e carregando a pasta executiva na outra. Sisudo, entra na fila do check-in, confere as horas e mais uma vez rememora a briga da esposa com a filha em que as duas caíram na piscina. Meneia a cabeça e faz pequenos gestos com as mãos. Está impaciente e preocupado.

A espera na fila e depois o tempo com a atendente no balcão pareceram uma eternidade. De posse do bilhete, segue diretamente para o portão de embarque onde enfrenta mais uma fila para inserir as bagagens na esteira do sistema de raios-x.

Assim que vence mais essa etapa, segue apressado para a área de espera exclusiva dos passageiros. Senta-se em uma das cadeiras, próxima a um dos painéis de avisos e tenta abrandar o coração repassando fotos arquivadas no celular. Escolhe fotos recentes das férias em Porto Seguro ao lado da esposa, tiradas no resort, no Trevo do Cabral, no Centro Histórico e em diversas praias. Olha desconfiado para os lados e, discretamente, detém-se nas fotos em que a esposa aparece de topless, exibindo-se ao lado de dois rapazes, no mar com água até a cintura, na barraca de cerveja, onde aparecem outros casais e algumas moças de topless.

O grandalhão esfrega a careca e sente-se excitado com as lembranças das provocações e exibicionismos da esposa. Por fim, um *bip* faz o homem fechar o aplicativo das fotos e abrir o WhatsApp.

(Anônimo): Você sabe o que sua esposa está fazendo agora?

— Mas que merda é essa, droga?

(Sergio): Quem é você?!

Instantes depois, sem resposta, desliga o celular, irritado.

Ψ

Sozinha no casarão, Rebecca isola-se no escritório. Acomoda-se no sofazinho de dois lugares em couro preto com a intenção de ler, mas se lembra do comentário de Margot sobre a possibilidade de Sergio estar passando por alguma dificuldade financeira e isso faz a loira desistir da leitura e ir para a mesa. Recosta-se na cadeira executiva revestida de couro preto e corre os olhos sobre a mesa. Sorri ao ver o porta-retratos ao lado do telefone exibindo a foto do casal. Ambos felizes e sorridentes na lua de mel que passaram em Veneza. Empunha o porta-retratos e recosta-se na cadeira para contemplar a foto. Sua mente volta ao passado...

> *Sergio havia passado uma semana em São Paulo e trouxera-lhe uma joia de presente. Lembra-se perfeitamente de suas palavras:*
>
> *— Eu te amo muito, Rebecca, mas não consigo ser feliz completamente e sei que isso afeta você. Tereza não me perdoa pela morte da mãe e muito menos por ter casado novamente. Não posso simplesmente abrir mão da minha filha, mas quero que saiba que farei de tudo para te proteger.*

Meneia a cabeça lentamente ao lembrar-se das suas aventuras, das tardes de sexo tórrido ao lado do italiano másculo e misterioso, do seu caso com Marcelo e devolve o porta-retratos para a mesa.

Desvia sua atenção para o notebook fechado e, por fim, fixa-se nas gavetas da mesa. Tenta abri-las, mas estão trancadas.

— Merda! — resmunga e levanta-se.

Sai do escritório deixando a porta aberta e segue até a suíte. Adentra o closet, abre uma das gavetas do marido e retorna ao escritório com uma penca de chaves em mãos. Abre a primeira gaveta e vasculha a papelada, sem pressa. Faz a mesma coisa nas duas outras gavetas, mas não encontra nada de interessante. Abre a gavetinha em frente ocupada com itens de escritório e revira tudo, mas não encontra nada que lhe interesse. Fecha as gavetas e volta-se para o notebook. Abre a máquina, liga e logo aparece a solicitação de senha. Recorda-se do hábito do marido de inserir "00" ao final de todas as senhas e tenta algumas combinações: digita "Rebecca00". Senha inválida. Digita "rebecca00". Senha inválida. Digita "acceber00". Senha inválida.

"Droga!", pensa e finalmente digita "Acceber00".

O Windows finalmente abre a tela principal.

Rebecca analisa os atalhos e clica na pasta com o nome "Segurança". Abre um arquivo Word com uma tabela e várias senhas. Repassa uma a uma, anotando em um papel a senha do cofre, as senhas do Banco do Brasil e as senhas do Santander. Satisfeita, fecha o arquivo e desliga o notebook, fechando-o em seguida.

Respira fundo e gira a cadeira 360 graus, ficando frente a frente com a estante. Empurra a cadeira para o lado usando os pés, abre uma das portas de correr e depara-se com o cofre forte apoiado na parte inferior da estante. Ajoelha-se no piso, gira o disco numerado para a direita e esquerda, seguindo a codificação anotada e abre a burra de ferro.

— Isso, menina! — exclama.

Retira alguns envelopes e acomoda-os sobre o tampo da mesa. Volta a sentar-se, respira fundo e examina cuidadosamente o conteúdo de cada um dos invólucros...

Ψ

Por volta das 19h, Rebecca retorna com os envelopes para o cofre e recosta-se na cadeira, pensativa. Está surpresa e satisfeita com o que descobriu e isso abre algumas janelas de oportunidades em sua mente.

Rearruma a mesa, levanta-se e faz uma última conferência no escritório. Respira fundo e passa para a sala de estar. Retira o celular do bolso da bermuda e nota que tem uma mensagem no WhatsApp:

(Marcelo): Margot está desconfiada. É melhor dar um tempo.

— Droga de Margot! — esbraveja a loira.

Corre as vistas pelos painéis de vidro do varandão em L e fixa-se no reflexo de luz sobre as águas da piscina. Por fim, examina as sombras em torno da vegetação que contorna a casa e por último se fixa na luz que vem do pequeno poste fixado no calçadão que margeia as águas do Rio Joanes. Pensativa, gira o corpo e contempla a sala de estar. Relembra sua noite de luxúria com Marcelo sobre a cama redonda do motel...

Respira fundo, sobe as escadas correndo e entra na suíte. Troca de roupas, vestindo uma bermuda jeans curtinha e uma blusa de malha. Vai até a janela e vê o vulto do vigia noturno passando de bicicleta pelo calçadão: as luzes vermelhas piscando e o som do apito não deixam dúvidas.

Digita mais uma mensagem no WhatsApp:

(Rebecca): Estou sozinha te esperando.

(Rebecca): A porta da cozinha está destrancada.

Ψ

Marcelo acomodou-se no sofá da sala de estar com os pés esticados e apoiados na banqueta acolchoada, assistindo a um canal de esportes. Margot sentou-se na cabeceira da mesa e distrai-se com sua escrita no notebook.

Um *bip* alerta para a chegada de mensagem. Marcelo abre o celular e lê a mensagem:

(Rebecca): Estou sozinha, te esperando.

(Rebecca): A porta da cozinha está destrancada.

— Merda! — esbraveja ele.

— O que foi, amor?

Marcelo desliga o celular e retruca:

— Nada não, Tê. Coisas do trabalho.

Margot franze o cenho e mais uma vez lembra-se do anel com pedras de safira azul. Olha para o celular do marido sobre o sofá e a senha lhe vem à mente. Meneia a cabeça cada vez mais confusa e desconfiada. Respira fundo e tenta concentrar-se na sua escrita.

Ψ

Sergio desembarca no aeroporto de Guarulhos por volta de 22h20. Está tenso, mas aliviado pela viagem tranquila. Toma um taxi com destino ao centro da capital paulista e tenta manter sua mente focada na agenda de trabalho para o dia seguinte, mas Rebecca não lhe sai da mente, muito menos as palavras da filha.

Retira o celular do bolso e passa a manuseá-lo na tentativa de se distrair. Navega pelo Facebook sem se ater a nada, até perceber que chegou uma mensagem no WhatsApp. Vai para o aplicativo e fica indignado com a mensagem:

(Anônimo): Cuidado com sua esposinha!

O homem franze a testa e foca no número, mas não o reconhece, tampouco há uma foto no perfil. Sente uma raiva profunda e digita:

(Sergio): Quem é você?

(Sergio): O que você sabe da minha esposa?!

Envia a mensagem na expectativa de receber uma resposta imediata, mas nada acontece e põe-se a remoer as palavras da filha:

"Será que o senhor não vê que essa mulher não presta? Peça pra essa piriguete te mostrar as mensagens do WhatsApp."

Aflito, alterna sua atenção entre o celular e o trânsito. Minutos depois, faz seu registro na recepção do hotel e sobe para o quarto. Liga o ar-condicionado, acomoda a mala em frente à mesinha de trabalho, vai até o janelão, puxa a cortina de lado e observa o movimento de carros na avenida: lembra-se de Rebecca. Meneia a cabeça, afasta-se da janela e retira o paletó, ajeitando-o sobre o encosto da cadeira. Senta-se na cama, folheia o cardápio e pede uma refeição. Livra-se da camisa e das calças, confere o celular à procura de mensagens da esposa e vai tomar um banho.

Sob a ducha de água quente, sua mente vagueia em lembranças...

> *Estão em um resort em Porto Seguro, dia ensolarado em céu de brigadeiro, dentro da piscina em frente ao barzinho. Rebecca bebericando um drink sem álcool; ele bebendo cerveja. Ela está amorosa, abraça-o pelo pescoço e beija-o com carinho. O burburinho em volta não incomoda, tampouco as pessoas ao lado. Lembra-se perfeitamente das suas palavras:*
>
> *— Eu te amo! Você é a melhor coisa que já aconteceu na minha vida! Você é meu Príncipe Encantado!*
>
> *Estava feliz e seguro com o relacionamento.*
>
> *— Vou ao sanitário, amor! — diz ela e sai da piscina em direção à área coberta do resort.*
>
> *No caminho, os galanteios são inevitáveis... Ela sorri... Rebola... E ele acompanha-a de longe, sentindo-se o próprio.*

Recorda-se das insinuações da filha e isso o perturba. Não exatamente as insinuações ou o jeito de ser da esposa, mas o clima de guerra que se formou entre as duas, o distanciamento de Rebecca e o risco da sua intimidade ser exposta.

Meneia a cabeça vigorosamente e se ensaboa novamente. Sente-se rejeitado e inseguro com o distanciamento da mulher.

Sai do banho, veste uma bermuda, uma camisa de malha e volta a ligar para Rebecca, primeiro para o celular e depois para o telefone fixo, sem sucesso. Pensa em mandar uma mensagem para a esposa, mas desiste ao ouvir batidas na porta do quarto.

Recebe a salada mista e o suco de laranja entregues pelo serviço de quarto e acomoda-se na mesinha de trabalho para fazer a refeição, esforçando-se para se desvencilhar das lembranças da esposa.

Um *bip* no celular o faz se voltar rapidamente para o aparelho. Abre o WhatsApp e depara-se com a mensagem:

(Anônimo): Você sabe o que sua esposa está fazendo agora?

— Droga! — esbraveja e desliga o aparelho.

Abre uma latinha de cerveja e bebe durante a refeição.

Ψ

Rebecca está nervosa, inconformada com a indiferença de Marcelo que não se digna a conversar com ela pelo WhatsApp. Confere as horas no relógio de pulso, são 23h35, e troca de roupas. Veste um conjuntinho de moletom cinza e tênis e sai do quarto, apressada. Desce as escadas correndo e vai até o painel de controle das cortinas, ao lado da porta da cozinha, e abaixa todos os painéis de tecido da sala de estar. Sai da mansão pela porta da cozinha e recebe o vento frio no rosto.

A noite está escura e fria, com céu parcialmente nublado. Há forte umidade no ar e chuvisca discretamente, mas a loira impetuosa não se intimida. Cobre a cabeça com o capuz da blusa e sai correndo em direção ao poste de iluminação do calçadão. Dobra a esquerda e trota em direção à mansão dos Gomes.

Com um poste a cada residência, a iluminação no calçadão é precária, obrigando a loira a lidar com a penumbra e sombras assustadoras ao logo do trajeto. Seis minutos depois, Rebecca reduz o ritmo da corrida e aproxima-se dos arbustos que formam a cerca viva em torno da residência dos Gomes. A mansão está praticamente às escuras com apenas duas luzes acesas em cada um dos lados do terreno.

A loira olha de um lado ao outro e vê uma mistura de escuridão, penumbra e sombras tremulantes, mas não se intimida. Abaixa-se junto à plantação de ixorias e mira o janelão do quarto do casal: tudo escuro e quieto.

"Desgraçado! Você não pode fazer isso comigo!", pensa.

O chuvisco aumenta de intensidade e a moça apressa-se em retornar para casa. Aumenta a intensidade do trote ao sentir a chuva engrossando, mas é pega pelo aguaceiro a 50 metros de casa. Entra na cozinha, encharcada e praguejando:

— Merda! DESGRAÇADO! — berra e livra-se das roupas e dos tênis ali mesmo, na cozinha.

Corre para a suíte apenas de calcinha, sutiã e o celular em mãos. Joga o aparelho sobre a cama, coloca uma toca plástica protegendo os cabelos e enfia-se sob o chuveiro de água quente.

O celular toca e a moça arregala os olhos.

"É ele!", pensa e sai apressada do banho.

Enrola-se em uma tolha e vai para o quarto. O celular para de tocar, ela verifica a chamada e constata, contrariada, ser do marido.

— Merda! — esbraveja e joga o aparelho sobre a cama. Ele volta a tocar.

— Vá à merda! — resmunga, gira o corpo e volta para o banho.

Meia hora depois, está debruçada sobre a ilha da cozinha tomando um café quente: sua mente fervilha. Empunha o celular, seleciona um dos vídeos que fez secretamente e envia para Marcelo.

— Vamos ver se você vai continuar me ignorando. — sorri e volta para a suíte.

Ψ

Após consumir a quarta latinha de cerveja e se sentir sonolento, Sergio decide deitar-se e tentar dormir. Ajusta o despertador do celular para 6h30, enfia-se embaixo dos cobertores e apaga as luzes do quarto.

São poucos minutos lutando com a mente para não remoer as lembranças das últimas brigas com a esposa e a filha. Logo está dormindo subjugado pelo cansaço e pelo álcool, mas o tempo de sono tranquilo é curto.

> *Está caminhando por uma rua escura de calçamento irregular. Um vulto aparece em meio às sombras que se formam entre as árvores e o jardim de ixorias vermelhas. Empertigado, tenta reconhecer o estranho que se aproxima lentamente. Sente medo. Aos poucos, reconhece a filha. Ela franze a testa, olhar apertado e feições rígidas, aponta o dedo em riste em sua direção, a boca move-se como*

se estivesse falando com raiva, e os dentes brancos reluzem na noite escura. Não escuta nada... Não entende nada... Ela aponta para trás... Ele gira o corpo e vê o vulto da mansão imersa em manchas turvas e sombrias. Uma luz acende na janela do segundo piso e Rebecca aparece abraçando outro homem e beijando-o. Desesperado, sai correndo e cai no gramado. Imagens sombrias giram em sua volta e Tereza aparece apontando-lhe o dedo em riste, gesticulando como se berrasse. Olha na direção que a filha aponta e vê Rebecca, agora no varandão, seminua abraçada com o estranho. Os dois olham em sua direção e riem muito. Atormentado, levanta-se e cai na piscina. A esposa e o homem riem cada vez mais alto...

Sergio acorda agitado com o sonho recorrente e senta-se na cama sentindo o coração descompassado.

— Mas que merda é essa, droga?!

Confere as horas, são 3h55, e volta a enfiar-se sob os lençóis.

Capítulo 13

Segunda-feira, 8 de junho de 2015.

Marcelo acorda assim que a claridade do alvorecer invade a suíte pelas frestas da persiana. O rapaz espreguiça-se e confere as horas no relógio de cabeceira: são 5h15. Senta-se na cama e observa a esposa dormindo. Levanta-se, lava o rosto, veste-se para sua corrida matinal e sai do quarto deixando Margot repousando.

Na sala de estar íntima, antes de descer as escadas, aproxima-se do painel de vidro e contempla rapidamente a rua deserta com resquícios da chuva noturna e o céu parcialmente nublado. Em seguida, distrai-se por um tempo com o voo de duas sabiás, que estavam entocadas nas *bougainvilleas* enramadas no pergolado que cobre a área da garagem. Sorri e desce as escadas sem pressa.

Atravessa a sala de estar, espreguiçando-se, aciona a abertura das cortinas que protegem os painéis de vidro e entra na cozinha onde se serve com banana com aveia e um copo de suco de laranja. Por fim, acomoda-se em um dos bancos da ilha da cozinha, pousa o celular sobre a bancada e faz seu dejejum manuseando o aparelho.

Passeia pelo Facebook, pelo Instagram e depois pelo WhatsApp. Depara-se com um vídeo enviado por Rebecca.

Intrigado, franze o cenho e aperta o *play*. Bastaram alguns segundos para deixar o rapaz indignado.

"Essa mulher é louca!", pensa e interrompe o vídeo.

Bebe o suco de uma só vez e abre a porta da cozinha com a intenção de sair, mas se lembra de Margot. Respira fundo para controlar a raiva e retorna apressado para o escritório.

Escreve um bilhete às pressas: *"Fui correr. Te amo!"*

Visivelmente agitado, retorna à cozinha, prende o bilhete na porta da geladeira com um imã e sai apressado pela porta dos fundos.

O tempo continua parcialmente nublado, a grama está encharcada e sopra uma brisa fria e úmida vinda do mar. Marcelo atravessa os fundos da mansão com passadas largas e para ao lado do poste de iluminação do calçadão.

De lá faz uma ligação, que é atendida no segundo toque:

— *Bom dia, amor.*

— Que vídeo foi aquele que você me mandou, Rebecca?!

— *Estou excitada só de ouvir a sua voz e lembrar daquela tarde.*

— Você enlouqueceu?!

— *Estou louca de tesão por você.*

— O que você está pretendendo, Rebecca?! — vocifera. — Primeiro você mostra aquele anel para Margot e agora me manda um vídeo que eu sequer sabia que existia! Você enlouqueceu de vez?! Margot está desconfiada.

— *Estou esperando você aqui, amor.* — retruca a moça e desliga o celular.

— Rebecca... Rebecca! Droga!

Irritado, o rapaz olha de um lado para o outro, mira a janela da suíte e corre na direção contrária à residência de Rebecca. Dez metros depois, sai do calçadão dobrando à esquerda e entra em uma vereda lateral ao terreno da sua mansão. Alcança a rua trotando e retorna em direção à mansão dos Wasen.

Ψ

Margot acorda, vira-se para o lado do marido e senta-se na cama ao notar que ele já se levantou. Vai até o hall das escadas, apoia-se no guarda--corpo de madeira e observa a sala de estar vazia e silenciosa.

— Marcelo! — vozeia ela.

Sem resposta, cruza a sala de estar íntima, encosta-se na vidraça que dá para os fundos da mansão e vê o marido de pé no calçadão falando ao celular. O homem está agitado, virado em direção à casa dos Wasen e gesticulando muito. A ruivinha lembra-se do anel de Rebecca e a desconfiança bate forte. Esconde-se no canto da parede e fica espreitando até ver o marido sair correndo em direção ao atracadouro.

Desconfiada, volta para o quarto, muda de roupa rapidamente, vestindo um conjuntinho de moletom e tênis e desce para a cozinha. Antes, aproxima-se do portal de vidro voltado para o varandão e a piscina e observa o tempo nublado, o piso com sinais da chuva noturna e a edícula da churrasqueira já com a lona de proteção levantada.

Gira o corpo, entra na cozinha e avista o bilhete deixado pelo marido preso na porta da geladeira. Sorri, mas logo seu semblante volta a se enrijecer.

Abre a geladeira, serve-se com suco de laranja e fica observando o calçadão pela janela da cozinha.

"Que anel é esse que Marcelo comprou, hein? Não... Marcelo não faria isso comigo. E aquele anel de Rebecca, igualzinho ao que Marcelo comprou... Meu Deus, eles não fariam isso comigo."

Pensativa, beberica o suco.

"E se for meu presente do dia dos namorados?!" — pensa e abre um leve sorriso. — *"É isso! Só pode ser isso!"*.

Margot sente-se tomada por uma súbita euforia.

"Só pode ser isso, meu Deus! Marcelo quer me fazer outra surpresa e certamente combinou isso com Rebecca... Afinal, ela é minha melhor amiga!", pensa.

Animada, lembra-se do domingo maravilhoso que passou ao lado do marido, toma o resto do suco acompanhado de uma fatia de pão integral e decide correr ao encontro dele.

Equipa-se com uma viseira, óculos escuros e corre em direção à mansão dos Wasen. O trote é rápido até alcançar a residência de Rebecca. Olha fixamente para o interior do casarão, que ainda está com as cortinas abaixadas e quieta, e sente uma sensação ruim tomando conta do seu corpo: suas feições enrijecem.

Por impulso entra na propriedade...

Ψ

Sergio não dormiu bem e levanta-se mal-humorado. Confere o celular sem nenhuma mensagem da esposa e liga para ela. Desliga o aparelho após o quinto toque sem atendimento e vai tomar um banho rápido para se arrumar.

Antes de sair do quarto, posta-se em frente ao espelho e ajeita a gravata. Por fim, consulta o celular e vê mais uma mensagem misteriosa no WhatsApp:

(Anônimo): Você sabe o que sua esposa está fazendo agora?

— Droga! — esbraveja e volta a ligar para a esposa.

Deixa o aparelho tocar insistentemente várias vezes antes de desistir. Por fim, manda uma mensagem pelo WhatsApp:

(Sergio): Por que você não atende minhas ligações?

Angustiado, fica um tempo encarando o aparelho, mas desiste e sai do quarto. Caminha apressado até o elevador e aperta seguidamente o botão de chamada. Está chateado e ansioso. A porta abre-se e ele entra sisudo, juntando-se a um casal de meia-idade.

— Bom dia! — diz o homem vigorosamente, com sotaque italiano; a mulher apenas sorri gentilmente.

— Bom dia. — retruca Sergio, sem disposição para amabilidades e abaixa as vistas mirando o piso do elevador.

O elevador para no primeiro piso, o casal sai na frente; Sergio, logo em seguida. Agoniado, serve-se rapidamente com ovos mexidos, pão francês, algumas fatias de queijo muçarela, presunto e um copo de suco. Acomoda-se em uma mesa mais reservada, em um dos cantos da sala.

Lembra-se da filha e sente-se ainda mais angustiado. Toma o café rapidamente, volta para o quarto e liga para a casa da mãe.

— Alô?

— Mãe, é Sergio.

— Oi, meu filho. Como foi a viagem?!

— Tudo bem, mas estou preocupado com Tereza e com Rebecca. Cadê Tereza?

— Já foi pra faculdade.

— Como é que ela está?

— Revoltada porque você disse que ia cortar a mesada dela.

— Vê se dá uns conselhos pra Tereza, minha mãe. Não dá para continuar desse jeito. Tereza vive provocando Rebecca e agora Rebecca não quer nem falar comigo. Pode isso?! Essa menina vai acabar com meu casamento.

— Rebecca é sua esposa, mas nunca se esqueça de que Tereza é sua filha. — retruca Dona Helena em tom severo.

— A senhora vai defender Tereza, é minha mãe?! Tereza não respeita ninguém. E Rebecca... Como é que fica, hein?

— Você tem uma obrigação paterna com sua filha! Nunca se esqueça disso. Se Rebecca não for capaz de entender isso... Não sei não.

Sergio respira fundo e meneia a cabeça.

— Tudo bem, minha mãe, não vamos discutir sobre isso agora, tá? Eu preciso ir. Vou passar o dia em reunião, mas à noite eu ligo para conversar com Tereza. Tchau, minha mãe.

— Tchau, meu filho. Deus te abençoe.

— Amém!

Sergio desliga a ligação e confirma que a mensagem enviada para a esposa foi entregue, mas não lida. Torce a boca, contrariado, verifica as horas e decide ir para a reunião.

Veste o paletó do terno, ajeita a gravata, confere a carteira com dinheiro e documentos e sai levando a pasta executiva em mãos.

Ψ

Margot caminha pelo gramado pressentindo o pior. Assim que pisa no deque da piscina, para e olha em volta. Apura os ouvidos e parece escutar algo por trás das cortinas abaixadas. O coração acelera e sente medo, muito medo. Quer voltar atrás, mas algo a impulsiona a seguir em frente. Avança mais alguns passos e começa a ouvir sussurros vindos de dentro do casarão. Continua andando pé ante pé até pisar no varandão. Ouve sons estranhos... Alguém arfando... Gemidos.

"Mas o que é isso?!", pensa e aproxima-se da abertura entre a porta e o batente.

A cortina impede que se veja o interior da mansão, mas escuta os gemidos e os delírios mais claramente. Por fim, ouve vozes:

— Você me enlouquece.

— Você me dá muito tesão, amor.

Margot reconhece a voz do marido e da amiga entre palavras, suspiros e gemidos. Sente vontade de gritar, mas a voz não sai. Horrorizada, recua dois passos.

"Não... Eu estou alucinando.", pensa e circula o varandão até encontrar a porta da cozinha aberta.

Entra, os gemidos e sussurros aumentam de intensidade, vai até a porta e espreita a sala de estar. A ruivinha sente uma vertigem ao ver Rebecca completamente nua sentada no colo do marido, cavalgando, arfando e dizendo palavras obscenas. Dá dois passos atrás meneando a cabeça lentamente, gira o corpo e se apoia na ilha. Sente mais uma vertigem: respira fundo tentando conter o coração acelerado.

Suas vistas alcançam o suporte de madeira com um conjunto de facas de cozinha. Empunha a maior e seu semblante se transforma, adquirindo rigidez, olhos apertados, sobrancelhas arqueadas. Empertiga o corpo, vira-se em direção à porta da sala e aperta a faca entre os dedos com força.

"Vocês vão pagar muito caro por isso!".

Capítulo 14

O dia amanheceu cinzento e carrancudo, com resquícios da chuva da madrugada, mas o sol desponta timidamente entre as nuvens que teimam em se manter aglomeradas sobre o litoral norte.

Dona Celestina entra apressada pelo jardim lateral da mansão e estranha as cortinas abaixadas, assim como a lona de proteção da edícula da churrasqueira ainda completamente arriada.

— Eu, hein! Cadê Dona Rebecca? — murmura.

Vê um casal passar correndo pelo calçadão e observa-os até desaparecerem atrás da vegetação que margeia a propriedade.

"Será que Dona Rebecca saiu pra correr e esqueceu das cortinas?", pensa.

Nota a grama encharcada e o varandão molhado. Dá de ombros e vai para a cozinha. Surpreende-se com a porta escancarada, cerra o cenho, e entra.

— Eu, hein! — murmura.

Estranha a louça e talheres sujos deixados sobre o granito e franze a testa, preocupada. Aproxima-se da porta da sala de estar, corre os olhos pelo salão, tudo quieto e silencioso, e aciona a abertura das cortinas deixando o ambiente ser inundado com a luz do dia. Após isso, abre as três portas corrediças que circulam a sala para arejar o cômodo, olha em direção às escadas, gira o corpo e vai para seu quarto se trocar.

Dona Celestina retorna para a cozinha devidamente uniformizada e determinada a começar a limpeza pela ilha. Recolhe copos, pratos e talheres sujos deixados sobre o tampo de granito e deposita tudo na cuba da pia. Só então nota a falta de uma das facas do estojo de madeira.

— Oxente!

Preocupada, franze a testa e corre as vistas em torno da cozinha. Dá de ombros e vai até a edícula da churrasqueira. Vasculha as prateleiras atrás do balcão do barzinho, as gavetas e os armários, corre as vistas pelas mesas em torno da piscina e retorna ainda mais intrigada.

— Eu, hein! — resmunga e lembra-se de Rebecca.

Limpa as mãos no avental e resolve ir até a sala do segundo pavimento. Sobe as escadas sem fazer barulho, mas desiste ao notar a porta do quarto da patroa fechada.

— Misericórdia! Acho que Dona Rebecca ainda está dormindo. — resmunga e volta atrás.

Inicia a lavagem da louça quando a faxineira do condomínio aparece na porta da cozinha.

— Bom dia, Dona Celé. E essa chuva, hein?

— Nem fala, minha filha, que lá onde moro, a rua ficou foi toda alagada. Misericórdia!

— Parece que invernou, mesmo. Mas vai melhorar. Posso começar pelos quartos?

— É melhor começar aqui por baixo, que Dona Rebecca ainda está dormindo.

— Tudo bem, então.

— Ah... E vê se você encontra a faca desse faqueiro jogada em algum canto por aí.

— Certo. Pode deixar.

Ψ

Marcelo aproxima-se da mansão, cabreiro, aborrecido consigo mesmo por não resistir aos apelos sexuais de Rebecca e preocupado com o vídeo gravado sem sua autorização. Sua cabeça está fervilhando tentando encontrar uma solução para o problema em que se meteu e teme as consequências, caso Margot descubra seu romance.

"Droga! Como é que eu fui me envolver com essa mulher, hein?!", pensa.

Reduz o ritmo da corrida e entra no gramado da propriedade andando. Suado e cansado, olha desconfiado para o janelão da suíte, que continua com a cortina fechada. Nota movimento na cozinha, mas logo reconhece Dona Marta, uma senhora cinquentona, estatura mediana, tez parda e cabelos sempre presos e cobertos com um lenço. Aflito, entra na edícula da churrasqueira, abre a geladeira e serve-se com água gelada.

Respira fundo, ganhando tempo e coragem, e entra na mansão pela cozinha.

— Bom dia, Dona Marta.

— Bom dia, Seu Marcelo.

— Margot já tomou o café?

— Parece que já, Seu Marcelo. Mas ela disse que acordou com muita dor de cabeça e que ia tomar um remédio e tentar dormir mais um pouco. O senhor não vai trabalhar hoje?!

Marcelo respira fundo, confere as horas no relógio de parede, são 8h30, e torce a boca.

— Pretendo, Dona Marta, mas vou tomar um banho primeiro. — retruca ele, gira o corpo e segue em direção às escadas.

Sobe sem pressa e abre a porta tentando não fazer barulho. Margot está deitada de lado abraçada com um dos travesseiros, de camisola e usando uma máscara de dormir. Fecha a porta com cuidado e aproxima-se da esposa; ela está quieta, mas com a respiração suave. Parece dormir profundamente.

Na mesinha de cabeceira vê uma cartela de Rivotril de 0,5 mg com alguns comprimidos faltando. Torce a boca, preocupado, mas se sente aliviado de não ter que encarar a esposa naquele momento. Senta-se na banqueta ao lado da cama e livra-se dos tênis. Usa o celular para enviar uma mensagem para a secretária, pousa o aparelho sobre a mesinha e vai tomar um banho.

Enfia-se embaixo de uma ducha de água quente e sua mente perde-se nas lembranças do sexo tórrido protagonizado por ele e a amante...

> *Chega à propriedade pela frente, a rua está deserta e úmida com resquícios da chuva da madrugada. Olha de um lado ao outro, desconfiado, e entra pela lateral da garagem até alcançar o hall principal. Toca a campainha, decidido a dar um fim no seu relacionamento com Rebecca. Impaciente, toca a campainha por mais duas vezes até a porta se abrir parcialmente e a loira enfiar o rosto na fresta.*
>
> *— Rebecca! — brada e empurra a porta.*
>
> *A loira sedutora está vestida com uma lingerie preta em tule e renda transparente, sem roupa íntima por baixo. Lembra-se da sua perplexidade e da sua falta de controle sobre seus instintos mais selvagens...*

— Droga!

> *Ela abre um sorriso largo e sensualiza com gestos e olhares provocativos. Ele bate a porta com raiva, ela enlaça-o pelo cangote, esfrega-se e levanta uma das pernas até a cintura do homem. Ele rasga sua camisola... Ela arfa de desejo... Ele retira a própria blusa, jogando-a no piso e carrega a moça completamente nua...*

— Merda!

Margot escuta a água do chuveiro, puxa a máscara para cima da cabeça e senta-se na cama. Suas feições estão rígidas e seus olhos correm pelo quarto. Vê o celular do marido sobre a mesinha de cabeceira e apossa-se dele. Digita a senha, abre o WhatsApp e encontra as mensagens trocadas com Margot:

(Marcelo): Você está linda e gostosa.

(Rebecca): Seu Louco! Fico com tesão só de te ver.

(Rebecca): Estou com saudades.

(Rebecca): Queria estar com você agora.

(Rebecca): Tereza está infernizando minha vida.

(Rebecca): Briguei com Sergio.

(Rebecca): Amei o anel! Eu disse a Margot que foi presente de um admirador secreto. kkkk.

(Marcelo): Por que você mostrou esse anel pra Margot?

(Marcelo): Tô achando ela estranha.

(Marcelo): Acho que ela está desconfiada de alguma coisa.

(Rebecca): Margot é uma mosca morta. A gente pode até se beijar na frente dela. kkkk

(Marcelo): Se eu soubesse que você ia mostrar o anel assim, não teria te dado.

(Rebecca): Bobagem, amorzinho.

(Rebecca): Sergio vai viajar amanhã à tarde e Tereza vai pra casa da avó.

(Rebecca): Quero te ver.

(Marcelo): Tudo bem. Depois a gente se fala.

(Rebecca): Vídeo.

Com os olhos marejando, Margot aperta o *play* e assiste ao início do vídeo...

"Desgraçados!", pensa e vira-se em direção ao sanitário; continua escutando o barulho do chuveiro.

Por fim, interrompe a execução do vídeo e o reenvia para seu celular. Apaga a mensagem de envio do celular do marido, desliga o aparelho e limpa-o na camisola. Pousa o celular sobre a mesinha de cabeceira e volta a deitar-se na mesma posição em que estava. Repõe a máscara de dormir e abraça o travesseiro. Profundamente ferida, uma dor que alcança a alma, fica quietinha arquitetando um plano.

Marcelo sai do banho carrancudo, enxuga-se e passa para o closet para se arrumar. Vai até a porta, observa a esposa quieta na cama e sente-se tomado de remorso.

"Isso foi longe demais", pensa.

Veste-se com um traje esporte fino e retorna para o quarto. Arregaça as mangas da camisa contemplando o sono tranquilo da esposa, respira fundo e manda-lhe uma mensagem:

(Marcelo): Te amo.

Gira o corpo e sai apressado.

Ψ

Rebecca desce da suíte por volta do meio-dia. Está radiante enfiada dentro de um biquíni minúsculo sob uma saída de praia branca de algodão. Ajeita o chapéu branco na cabeça, coloca os óculos escuros e estaca-se em frente ao portal principal do varandão. Respira o ar puro e mira nos coqueirais que aparecem após o canal do Rio Joanes. O dia continua nublado e quente.

O celular toca na bolsa. Ela pega-o, vê que é o marido, torce a boca, mas atende:

— Alô?

— Até que enfim você me atendeu! Estava preocupado com você.

— Está tudo bem comigo, amorzinho! — retruca ela, dando um tom sensual a sua voz. — Nada que uma boa noite de sono não resolva.

— Não queria ter viajado com você chateada comigo.

— Não estou chateada com você. Estou chateada com sua filha, mas sei que você não tem muito o que fazer, afinal ela é sua filha e eu apenas sua esposa.

— Eu te amo muito, Rebecca. Tereza está infernizando a sua vida e a minha também, enchendo minha cabeça com minhocas.

— Minhocas?! Que minhocas?! — retruca ela, mudando para um tom de voz mais áspero. — Sua filha não aprova nosso estilo de vida e está pentelhando. Você vai deixar sua filha te dominar? Você depende financeiramente dela ou é o contrário, hein?!

— Eu vou resolver isso com Tereza.

— É bom mesmo, porque eu fico nervosa só de lembrar daquela pivetinha. Espero que você não deixe sua filha acabar com nosso casamento.

— Não... Claro que não! Tereza é minha filha, mas ela precisa me respeitar e respeitar você também. Ninguém é obrigado a gostar de ninguém, mas respeito é o mínimo que se pode esperar de pessoas civilizadas.

— Tá bom, amor. Agora vou dar uma caminhada aqui no calçadão antes de almoçar. Te amo, viu?

— Tem certeza de que você não está chateada comigo?

— Claro que não! Volte hoje à noite que eu tenho uma surpresa pra você.

— Surpresa?!

— Daquelas que você adora! — diz ela com voz provocativa.

— Ahn... Tudo bem, vou tentar.

— Mas tem que ser depois das 11h da noite.

— Certo. Te amo!

— Também te amo. Um beijo. Tchau! — diz ela e desliga o celular.

Abre o WhatsApp e manda uma mensagem para Marcelo:

(Rebecca): Fico arrepiada só de lembrar de você...

Sorri.

(Rebecca): Quero mais!!!

(Rebecca): Te amo.

Desliga o aparelho e vai para a cozinha.

— Celé, vou aproveitar que não tem sol e vou dar uma caminhada no calçadão antes de almoçar.

A senhora sorri e comenta:

— Dona Rebecca, não tem mais aonde eu procurar a faca do churrasco. Por um acaso a senhora sabe onde ela está? Oh pra aqui, oh... — diz ela apontando para o porta-facas sobre a bancada da ilha.

A loirinha franze o cenho e dá de ombros.

— Não tenho a mínima ideia, Celé. Quem mexe com essas facas aí é Sergio.

— Ahn... Outra coisa, Dona Rebecca. O almoço já está pronto e eu preciso sair.

— Pode ir, Celé. Pode deixar tudo aberto aí que eu já volto.

— Tudo bem. Obrigada, Dona Rebecca, mas eu vou ajeitar o quarto da senhora antes, que a menina da faxina já foi embora.

A loirinha sorri.

— Tudo bem. Vou lá. — diz ela e sai contornando a sala de estar.

Rebecca atravessa o deque da piscina e o gramado, sem pressa. Alcança o calçadão, vira-se em direção à mansão, acena para Dona Celé e segue em direção à residência dos Gomes. Cruza com um dos seguranças do condomínio pedalando uma bicicleta; sorri, acena gentilmente e continua sua caminhada, sem pressa.

O dia segue nublado, quente e abafado. Nuvens negras e ameaçadoras despontam na linha do horizonte dando sinais de que o tempo vai piorar. Rebecca entra na propriedade dos Gomes e do varandão vozeia:

— Oh de casa!

Dona Marta aparece na lateral da varanda enxugando as mãos no avental.

— Oi, Dona Rebecca, bom dia.

— Bom dia, Dona Marta! Cadê Margot?!

— Dona Margot foi almoçar com a mãe.

— Ah, que pena. Estava pensando em chamá-la para almoçarmos juntas.

— Achei Dona Margot muito abatida hoje. Ela bem que está precisando de companhia, Dona Rebecca.

— Abatida?! Aconteceu alguma coisa?!

— Ela disse que acordou com a tal de enxaqueca. Tem uma meia hora que levantou e foi pra casa da mãe.

— Ahn...

— A senhora quer um suco de laranja?

— Aceito, mas antes preciso ir ao sanitário.

— Use o lá de cima, Dona Rebecca, que o daqui o rapaz da manutenção tá consertando um vazamento.

— Tudo bem.

— Vou fazer o suco. — diz Dona Marta e volta para a cozinha.

Rebecca retira o chapéu e os óculos escuros, deixando-os sobre a mesa da sala de estar. Retira as sandálias, sobe as escadas descalça e, ao invés de ir para sanitário social, entra na suíte do casal. Seus olhos brilham de satisfação e sente-se poderosa.

"Esse seu castelo vai ruir, sua mosca morta!", pensa e gira o corpo contemplando todo o quarto.

Passa para o closet e mira as roupas de Marcelo. Empunha o celular e tira uma *selfie* segurando as camisas dependuradas no cabideiro. Sorri e retorna para o quarto. Joga-se na cama fazendo pose sexy para uma nova *selfie*.

"Seu maridinho está na minha mão!", pensa.

Por fim, tira a saída de praia, a parte superior do biquíni e volta a deitar-se na cama para uma nova *selfie*. Tira várias, sorrindo e sensualizando. Retira a calcinha do biquíni e tira mais fotos...

Satisfeita, veste-se, envia as fotos para Marcelo e escreve:

(Rebecca): Sou toda sua, meu amor.

(Rebecca): Te espero à noite.

Ψ

Marcelo está almoçando com Dr. Rubens no restaurante da empresa, dividindo a mesa com mais quatro funcionários. Apreensivo e indiferente ao burburinho em volta, pouco participa das conversas imerso em seu drama pessoal. Termina de almoçar, troca alguns comentários sobre futebol, anuncia que tem coisas para resolver e se levanta com a bandeja em mãos.

— Vou com você, Marcelo. — diz Dr. Rubens empostando a voz e também se levanta.

Os dois deixam as bandejas sobre o balcão e entram na fila do caixa.

— Algum problema, Marcelo? Você está com uma aparência horrível.

O rapaz respira fundo e comenta:

— Estou preocupado com Margot, só isso. Ela não consegue se livrar daqueles remédios para dormir.

— Ahn... Falei agora há pouco com Emma e ela me disse que Margot foi almoçar com ela e que Margot parecia um pouco deprimida. Emma está preocupada.

O rapaz mostra-se surpreso.

— Deprimida... Estranho!

— Pois é, muito estranho mesmo. Margot ligou ontem à noite e, segundo Emma, ela disse que estava muito feliz. Como é que ela diz isso e no dia seguinte está deprimida? Não sei, Marcelo... Estou preocupado com essas mudanças repentinas de humor de Margot.

— Ela precisava de um acompanhamento psicológico, mas Margot resiste a essa ideia.

— Eu sei. Emma também tem aconselhado Margot, mas ela é cabeça dura e não aceita esse tipo de ajuda.

— Confesso que não sei o que fazer, Dr. Rubens.

— Sei que você está fazendo o possível para ajudá-la, Marcelo. Margot comentou como você tem sido gentil e atencioso com ela... Margot precisa é disso: atenção e amor. Muito amor!

Marcelo comprime os lábios e assente.

— Obrigado por estar cuidando da nossa filhota. — conclui Dr. Rubens.

Escabreado, Marcelo assente com um pequeno gesto. Comprime os lábios, retira o celular do bolso e liga o aparelho. Nota que tem mensagens de Rebecca e volta a guardá-lo no bolso, preocupado.

Pagam o almoço e caminham juntos até o galpão da área administrativa, onde se separam. Marcelo vai para o sanitário, entra em uma das baias, fecha a porta e abre as mensagens no WhatsApp.

Observa, pasmo, a série de fotos de Rebecca em seu quarto, em algumas, ela está completamente nua.

"Que loucura é essa?!", pensa, rubro de raiva. *"O que essa maluca foi fazer lá em casa, hein?!"*

Revê as fotos, guarda o celular no bolso e retorna ao estacionamento. O tempo está nublado e úmido. Agoniado, encosta-se em seu carro e liga para o celular da esposa.

Margot atende após o terceiro toque:

— *Alô?*

— Tê, sou eu... Como é que você está?

— *Bem...* — retruca ela, com a voz fragilizada.

— Dr. Rubens me disse que você está com sua mãe.

— É, acordei com enxaqueca e resolvi passar o dia aqui com ela.

— Quando eu voltar, eu passo aí pra te pegar.

— Não precisa, eu vim de carro.

— Então, quando eu chegar te ligo, assim você não fica em casa sozinha.

— Não precisa. Dona Marta está em casa e me faz companhia.

— Ahn, certo. Tchau, então. Te amo!

— Tchau.

Marcelo estranha o jeito frágil e ao mesmo tempo pragmático com que a esposa o atendeu e fica ainda mais preocupado. Tenso, faz outra ligação, que é atendida no segundo toque:

— Alô?

— Dona Marta, é Marcelo.

— Oi, Seu Marcelo. Dona Margot está na casa de Dona Emma.

— É, eu sei. Dona Marta, por acaso Rebecca esteve aí?

— Esteve, Seu Marcelo, procurando por Margot.

— Ahn...

— Ela saiu agorinha dizendo que ia pra casa. Aconteceu alguma coisa, Seu Marcelo?

— Não, nada não. Tchau, Dona Marta.

— Tchau, Seu Marcelo.

Marcelo desliga o celular e fica pensativo. Começa a chuviscar e o rapaz entra no carro. Nervoso, liga para Rebecca, mas a moça não atende.

— Droga! — esbraveja e usa o WhatsApp para enviar mensagens.

(Marcelo): Que maluquice foi essa, Rebecca? Você ficou louca?

(Marcelo): Você passou dos limites.

(Rebecca): Foi uma brincadeira, amorzinho.

(Marcelo): Brincadeira? Você enlouqueceu?

(Rebecca): Estou te esperando à noite.

(Marcelo): Não vai rolar.

Após receber a notificação de entrega e leitura da última mensagem sem uma subsequente resposta da moça, Marcelo manda mais uma mensagem:

(Marcelo): Acabou, Rebecca.

Sem resposta, o rapaz sai do carro irritado, bate a porta e volta para a sala de trabalho.

Ψ

Após visitar uma das unidades fabris responsável pela produção de cabos de rede, Sergio é conduzido ao restaurante pelo diretor comercial, Dr. Jaime, e um dos gerentes de produção, Sr. Albertino. No trajeto, Sergio escuta um *bip* vindo do celular e vê que é outra mensagem do mesmo número desconhecido. Tenso, abre a mensagem discretamente e lê:

(Anônimo): Você sabe o que sua esposa está fazendo agora?

"Merda!", pensa, desliga o aparelho e tenta disfarçar seu desconforto e a raiva.

— Jaime, será que sua secretária consegue antecipar meu voo para hoje entre 18 e 19 horas?

O homem confere as horas e retruca:

— Dona Ana está no horário de almoço agora, mas eu falo com ela no retorno. Desistiu das compras amanhã?

— Vão ter que ficar pra depois.

— Algum problema?

— Um dos nossos principais clientes lá de Salvador está pressionando por um cronograma e prefiro tratar esse assunto pessoalmente, e por isso mesmo preciso que o senhor garanta a entrega desse lote de cabos até o final desse mês.

— Após o almoço vamos tratar desse assunto com o pessoal da logística e tenho certeza de que vamos encontrar uma forma de atendê-lo, Sergio.

— Assim espero.

Capítulo 15

Margot está espichada na rede da varanda voltada para os cajueiros que antecedem a cerca viva da propriedade dos pais. Com o olhar parado e distante, vagueia pelo passado em suas lembranças...

Está com um lindo vestido de noiva, véu e grinalda ao lado do marido recebendo os cumprimentos dos parentes e amigos. É o dia mais feliz da sua vida, pois se sentia amada e querida como nunca.

Lembra-se de Rebecca com um vestido longo rosa ao lado de sete outras amigas, todas de rosa: as damas de honra. Ela sobressai-se dentre as demais com os longos cabelos loiros e o sorriso largo e cativante, mas mesmo assim, sentia que aquele dia era seu e nada poderia apagar seu brilho ao lado do homem com quem tinha trocado juras de amor eterno.

A amiga aproxima-se, trocam beijos, um abraço, e ela diz-lhe ao pé do ouvido:

— Aproveite enquanto pode, querida!

Lembra-se de não ter entendido a mensagem e das palavras seguintes da amiga:

— Você merece ser feliz, amiga!

Recorda-se de Rebecca sorrir e piscar-lhe o olho de modo estranho. Parecia um aviso velado, uma ameaça dissimulada de uma mulher invejosa. Mas no fim, sempre acreditava que o problema era sua cabeça, que não funcionava bem e criava coisas que não existiam, afinal, Rebecca sempre fora sua amiga desde o ensino médio, na verdade sua melhor e praticamente única amiga.

A ruivinha comprime os lábios e fecha os olhos momentaneamente. Aquela frase "*Aproveite enquanto pode, querida!*" reverberou em sua mente e tirou o brilho da noite de núpcias e da lua de mel inteirinha!

"*Sua víbora desgraçada, você vai pagar caro por tudo isso!*", pensa.

Ψ

Dona Emma, preocupada com o jeitão soturno da filha, acomodou-se no sofá da sala na tentativa de distrair-se com a leitura. É uma tarde abafada com céu nublado e uma neblina intermitente e chata. Sem conseguir fixar-se na leitura, gira o corpo na direção da filha e a observa balançando-se suavemente na rede. Sua mente vagueia...

> *Lembra-se da filha no auge dos seus 17 anos, trancada no quarto evitando o contato direto com a família. Foram dois dias de isolamento e troca de poucas palavras. "Estou sem ânimo, minha mãe, só isso!", dizia ela com voz amarga e olhar vazio. De repente, aparece para tomar o café da manhã radiante e cheia de energia como se nada tivesse acontecido. "Sorria, minha mãe, que a vida é bela!", dizia ela e recusava-se a falar da sua prostração.*

Donna Emma meneia a cabeça e tenta voltar para a leitura, mas sua mente insiste nas lembranças...

> *Era o aniversário de 56 anos de Rubens, 14 de abril de 1972, e pela primeira vez, viu a filha interessar-se por um rapaz assim que o viu chegar e abraçar o pai.*
>
> *Era um sábado ensolarado e Margot estava radiante, distribuindo sorrisos fora do seu normal. Recorda-se de ter se distraído com os convidados e pouco depois viu a filha conversando animadamente com Marcelo. O rapaz parecia atencioso e cortês e a filha cada vez mais envolvida. Mas se lembra também de Rebecca, na época namorando com Sergio, sempre exibida e espevitada, lançando olhares maliciosos para o casal.*

"Hamm... Não gosto dessa moça!", pensa.

> *Sorri ao lembrar-se da filha saltitando em casa, feliz da vida após receber uma ligação de Marcelo, convidando-lhe para sair. Recorda-se dos preparativos para o casamento e do fatídico dia em que a filha descobriu um tumor no útero.*

Dona Emma comprime os lábios, pousa o livro sobre o sofá e olha em direção à filha. Meneia a cabeça preocupada. O tumor e a certeza de que não poderia ter filhos foi demais para Margot que, além de bipolar, tornou-se insegura e depressiva. Fecha os olhos e agita a cabeça tentando afastar as lembranças. Por fim, respira fundo e esforça-se para se concentrar na leitura.

Os ventos aos poucos aumentam de intensidade e as nuvens escurecidas parecem se avolumar perigosamente à medida que se aproximam da costa trazendo consigo um forte cheiro de maresia e umidade no ar.

A ruivinha gira o rosto em direção à mansão, certificando-se de que a mãe está distante e liga o celular. Revê o vídeo em que o marido aparece no motel com Rebecca, ambos nus e rolando sobre uma cama redonda à meia-luz, trocando carícias. Sente uma dor indescritível no peito, uma amargura sem precedentes. Logo se vê dominada por uma sanha medonha e sua mente fervilha com a ideia fixa de se vingar. Recordações vêm à sua mente...

> *Lembra-se do seu aniversário e do marido dizendo "Feliz aniversário, amor!", do anel de brilhantes... Do anel de safiras azuis e do "Eu te amo!" proferido por ele em público. Recorda-se do olhar de Rebecca... Seu sorriso largo... Do abraço apertado e suas palavras sussurradas ao ouvido:*
>
> *— Você é uma pessoa muito especial e merece toda a felicidade do mundo!*
>
> *Meneia a cabeça lentamente ao se lembrar das próprias palavras:*
>
> *— Obrigada por ser minha amiga. Você é uma pessoa muito especial.*

— Desgraçada! — murmura.

Contrai os músculos da face comprimindo os lábios e desliga o celular. Levanta-se, contempla o céu nublado, respira fundo, disfarça a carranca e vai até a mãe.

— Eu já vou indo, minha mãe.

— Por que não fica aqui até Marcelo chegar, minha filha? Você vai ficar naquele casarão sozinha fazendo o quê?

— Eu já estou bem e Dona Marta me faz companhia. Quero tomar um banho, trocar essas roupas e voltar para minhas escritas.

— Tem certeza, minha filha, que não quer esperar Marcelo chegar?

— Mãe, eu só tive uma indisposição e já estou bem. — retruca Margot e beija a mãe na face.

— Tchau, minha filha. Qualquer coisa, você me liga.

Margot dá um sorriso contido, pega a bolsa deixada sobre o aparador próximo à porta da rua e vai para a garagem. Dona Emma acompanha a filha até a porta e de lá a observa entrar e manobrar o carro. Por fim, ela acena e acelera em direção à portaria do condomínio.

Por volta das 15h23, a ruivinha passa pela portaria e acelera o Jeep em direção à BA-099 com o firme propósito de ir até Vila Sauipe, um lugarejo a pouco mais de 10 quilômetros de distância.

Ψ

Após uma reunião de trabalho tensa, Marcelo encontra-se com o irmão nos corredores da empresa e leva-o a uma das salas de reunião reservadamente.

— Júlio, eu estou encrencado, cara. — diz o rapaz e puxa os cabelos para trás.

— Encrencado?! Como assim?!

Marcelo tranca a porta da sala e confidencia:

— É a Rebecca, cara. A mulher está me dando marcação e não sei o que fazer.

— Você não disse que ia cair fora? O que que está pegando, Marcelo?

— Rebecca está me fazendo ameaças.

— Ameaças?! Como assim?

— São ameaças veladas! Ela não diz diretamente, mas me mandou um vídeo que ela fez no motel sem meu conhecimento.

— Vídeo?!

— Você acredita que ela filmou nos dois na cama? Pode uma coisa dessas?! E o pior é que ela esteve lá em casa hoje pela manhã e tirou fotos deitada na minha cama. Nua, pra completar!

Júlio franze o cenho.

— Que maluquice é essa, Marcelo?! E Margot?!

— Margot estava na casa dos pais. Com certeza Rebecca se aproveitou da ausência dela para fazer as fotos. Essa mulher é louca!

— E agora?!

— Não sei. Amanhã Sergio está de volta e espero que ela desista dessas investidas, sei lá.

— Cuidado, hein, Marcelo, mulher casada tem gosto especial, mas cheiro de defunto!

— Para com isso, pô! — retruca, nervoso.

— Desculpe, cara. Não está mais aqui quem falou.

O celular toca e Marcelo atende:

— Alô?

...

— Já estou indo. — responde e desliga o aparelho. — Preciso retornar para a reunião. Depois a gente se fala.

— Tudo bem.

Ψ

Margot dirige lutando contra suas lembranças, tentando manter o foco na estrada. Está tensa, mas decidida. Meia hora depois, sai da BA-099 desviando o veículo à esquerda em uma estradinha de terra batida em meio a muitas mangueiras, arbustos, árvores frutíferas de pequeno porte e um único sobrado, uma construção sem reboco com um puxadinho improvisando um bar. Quatro homens bebem e jogam dominó ao lado de uma mesa de sinuca, todos descalços, de bermuda e camisa aberta. A rua ainda guarda os resquícios da chuva noturna, com poças de água barrenta e terra úmida.

A ruivinha dirige com cautela, desviando-se como pode das poças de lama, dobra à direita e dirige por outra rua também de terra batida com duas ou três casas humildes, muita vegetação e árvores frutíferas. Finalmente, entra em uma transversal com calçamento de paralelepípedos. Mantém a baixa velocidade até alcançar um rapazinho imberbe e magricelo que vem em sentido contrário empurrando um carrinho de mão.

Margot para o carro, buzina e abre o vidro do carona. O jovem olha desconfiado; Margot joga o corpo em direção à janela e diz:

— Boa tarde, moço.

O rapaz apenas balança a cabeça, cabreiro.

— Moço, onde consigo comprar um celular por aqui?

O rapaz franze a testa, coça a cabeça e olha em volta com ar de quem está tentando organizar as ideias.

— Tem um mercado ali na frente, moça. — aponta o rapaz. — A senhora pergunta lá.

— É longe, moço?

— Não, é logo ali. — volta a apontar o rapaz.

— Obrigada, hein! — diz ela e acelera; o rapaz assente com as duas mãos na cintura e olhar curioso.

Margot alcança o sobrado de dois pavimentos, duas portas de rolar abertas e uma placa enorme com o nome "Mercado Paulista". O local está relativamente movimentado com moradores locais em compras, mas a ruivinha prefere seguir em frente até alcançar a pracinha da igreja. Contorna o largo e estaciona o Jeep encostado ao meio-fio, próximo a um banquinho de concreto. Desliga o motor, abre a janela do carro, recosta-se no banco e fecha os olhos, pensativa.

— Isso não vai dar certo, droga! — pondera e desiste da ideia de comprar um celular.

Sai do carro desanimada e abatida. Respira fundo, pensativa, e fixa o olhar na igreja. Tranca o carro e cruza a pequena pracinha com passos rápidos. Atravessa a rua e entra na capela.

A nave está precariamente iluminada com a claridade que entra pelas janelas laterais de basculante e pelo portal principal. É, na verdade, um espaço bem simplório com apenas uma fila com oito bancos de madeira, um altar-mor com um castiçal de três velas e um grande crucifixo com a imagem de Jesus Cristo crucificado na parede em frente.

O ambiente está silencioso com apenas um casal sentado na primeira fileira de bancos, concentrados, orando. Margot faz o sinal da cruz, aproxima-se do altar-mor e senta-se na fileira atrás do casal. Amargurada, faz uma oração, mas não é capaz de se ater à reza. O rancor no coração é mais forte e não consegue se desvencilhar dos pensamentos sombrios.

A senhora de cabelos pintados em tom avermelhado, tez branca e jeitão de turista joga o corpo para a frente e ajoelha-se no genuflexório, despertando a atenção da ruivinha para a bolsa que ficou sobre o assento. A mulher vira-se ligeiramente e toca nas pernas do homem, provavelmente o marido, grisalho, tez igualmente esbranquiçada, camisa de mangas curtas e bermudão. Ele entende e ajoelha-se, deixando o celular sobre o banco.

A ruivinha arrasta as nádegas lentamente no assento do banco, coração acelerado, olha de um lado ao outro, vira-se para trás rapidamente, apossa-se do celular do homem colocando-o na bolsa e sai da igreja discretamente.

Atravessa a rua sem pressa, percorre a pracinha desconfiada, olhando de um lado ao outro, e entra no Jeep. Com o coração acelerado, pensa em retirar o chip, mas resolve ligar o aparelho e descobre que está desbloqueado. Manuseia o celular até descobrir o número do telefone e transfere o vídeo do motel para o celular do homem. Em seguida, usa o celular furtado para repassar a mensagem endereçada ao número de Sergio.

> *(Nando Costa): Vídeo.*
>
> *(Nando Costa): Eles vão se encontrar novamente hoje, após as 23h, na sua casa ou na casa dele.*

Trêmula, apaga as mensagens do celular do homem, limpa o aparelho com uma flanela e sai do carro. Caminha apressada em direção à igreja, joga o celular no chão enlameado, próximo a um carro estacionado, e segue até o portal da igreja onde mais uma vez faz o sinal da cruz: o casal de turistas continua ajoelhado no genuflexório.

A ruivinha gira o corpo e retorna para o carro sem pressa. Dá partida no motor e vai embora.

O casal sai da igreja pouco depois. Param no portal e o homem visivelmente nervoso vasculha mais uma vez os bolsos da calça.

— Tenho certeza que eu trouxe o celular, Lene!

— Como é que pode?! A gente veio direto do hotel pra cá, Nando! Você deve ter deixado esse trem lá no hotel.

O homem gesticula irritado e desce as escadas resmungando. Circula o carro e, assim que segura na maçaneta da porta, nota o celular parcialmente mergulhado na poça de lama.

— Droga! — esbraveja o homem e abaixa-se para pegar o aparelho.

— O que foi, Nando?!

O homem mostra o celular enlameado seguro com a ponta dos dedos.

— Meu celular estava aqui junto do carro, dentro de uma poça de lama. Tenho certeza que estava com ele lá dentro da igreja.

A mulher torce a boca e fala em tom irônico:

— Com certeza ele veio sozinho pra cá e se jogou na poça de lama.

— Droga, Lene! Você quer me irritar ainda mais, é?!

O homem rubro de raiva limpa o celular com a flanela e tenta ligar o aparelho. A tela fica completamente esverdeada por alguns segundos e apaga de vez.

— Droga, Lene. Parece que danificou meu celular.

— Quem sabe agora você toma mais cuidado?

— Até parece que você é perfeita.

— Posso não ser perfeita, mas não sou destrambelhada que nem você. — retruca a mulher e entra no carro batendo a porta com força.

— Merda de vida! — retruca o homem.

Ψ

O tempo continua piorando com nuvens cada vez mais escuras e baixas e a temperatura cai continuamente. É um fim de tarde cinzento e melancólico. Rebecca deteve-se em frente ao janelão da suíte contemplando o braço do Rio Joanes, que margeia o condomínio e a linha de coqueiros que antecede o mar. Fica assim, refletindo sobre os últimos acontecimentos, quando ouve um *bip* no celular.

Lê a mensagem no WhatsApp:

(Sergio): Consegui antecipar o voo.

Sorri e digita:

(Rebecca): Já estou excitada.

Com um sorriso cínico na face, volta a contemplar os coqueiros e distrai-se com lembranças de momentos com o marido e o casal de amigos.

Fixa-se no casamento de Margot...

A amiga estava com um lindo vestido de noiva, véu e grinalda ao lado do noivo, um moreno alto, forte, elegantemente vestido com um terno preto, corte italiano.

Torce a boca ao lembrar-se da sua indignação naquele dia...

"Como é que pode um gato desses, rico, bonito e gostoso se amarrar numa magrela sardenta que mais parece uma espiga de milho?!", pensa, mas não deixa de esbanjar simpatia e distribuir sorrisos.

Aproxima-se do casal de noivos recebendo os cumprimentos dos parentes e amigos e só então percebe como Margot está linda, radiante e pela primeira vez com o olhar altivo. Sente-se incomodada com a felicidade da amiga, que parecia ser maior que a sua.

"Quem você pensa que é, sua espiga de milho metida à merda?", pensa e beija a amiga.

Abraçam-se e então lhe diz ao pé do ouvido:

— Aproveite enquanto pode, querida!

Sorri.

Recorda-se de ter sentido um prazer todo especial em dizer aquilo sabendo que a complexada ia desabar...

Meneia a cabeça lentamente em sinal de deboche ao se recordar de ter tentado consertar suas palavras...

— Você merece ser feliz, amiga!

— Babaca! — murmura e sorri maliciosamente ao se lembrar do abraço que deu no noivo e do que lhe sussurrou ao pé do ouvido...

— Você está gostoso demais! Também quero.

Respira fundo, meneia a cabeça afastando as lembranças e resolve sair. O celular toca, não reconhece o número fixo, mas atende:

— Alô?

— Que tal a gente se encontrar hoje à noite lá no resort?

Reconhece a voz sexy do italiano e sorri.

— Oi, amorzinho... Hoje não vai dar. Tenho um assunto pra resolver.

— Ahn... Posso saber do que se trata?

— A curiosidade matou o gato. Tchau. — diz a moça e desliga o aparelho.

Veste um conjuntinho de malha com uma blusa de mangas compridas e capuz, calça os tênis, posiciona-se em frente ao espelho e mira-se por um tempo.

— Você está linda, princesa! — murmura e gira o corpo.

Estaca-se em frente aos armários do marido. Seu foco agora está no estojo de madeira envernizado no canto esquerdo do maleiro...

Ψ

Por volta de 16h33, Margot estaciona o carro na garagem e entra em casa visivelmente nervosa. Fala rapidamente com Dona Marta e sobe para a suíte, onde se tranca. Confere que apagou o vídeo e as mensagens do celular e pousa-o sobre a mesinha de cabeceira.

— Desgraçada! — murmura.

Hesitante, para em frente à janela e mira o calçadão. O tempo continua piorando, mas estiado. Vê Rebecca aparecer por trás da cerca viva, deter-se defronte à sua residência e acenar com um sorriso largo estampado no rosto: retribui o aceno instintivamente.

Rebecca entra na propriedade e desaparece do seu campo de visão. A ruivinha sente o coração acelerar descompassadamente e faz exercícios respiratórios até se acalmar. Lembra-se das cenas tórridas que presenciou no vídeo e seu semblante volta a ficar rígido.

"Isso não vai ficar assim, não!", pensa e senta-se na cama: a mente está fervilhando...

Ouve duas batidas na porta seguidas da voz de Dona Marta:

— Dona Margot, Dona Rebecca está aqui querendo falar com a senhora.

A ruivinha retira a carranca do rosto e entreabre a porta.

— Diga a Rebecca que eu já estou descendo.

A senhora aquiesce e volta para o térreo. Margot fecha a porta, vai até o sanitário e lava o rosto demoradamente tentando se acalmar. Troca de roupas condicionando sua mente e sai do quarto com o celular em mãos.

Rebecca, quando vê Margot despontar na escada, corre até ela com um sorriso largo no rosto. As duas abraçam-se.

— Está tudo bem com você, amiga? Dona Marta me disse que você acordou com enxaqueca.

— Já estou melhor. Que bom que você veio, Rebecca, Marcelo chega lá pelas 19h e você bem que podia ficar aqui me fazendo companhia.

— Claro, amiga! Eu também estou sozinha em casa. Celé está de folga hoje e Sergio só retorna amanhã.

— Então venha tomar um café comigo.

Ψ

Sergio embarca em um taxi para o aeroporto por volta das 17h e enfrenta um trânsito carregado. Aborrecido e ansioso, tenta abstrair-se dos problemas navegando pelo Facebook e pelo Instagram.

Um *bip* leva-o ao WhatsApp e depara-se com as mensagens:

(Nando Costa): Vídeo.

(Nando Costa): Eles vão se encontrar novamente hoje, após as 23h, na sua casa ou na casa dele.

"Que merda é essa, hein?! Quem é esse tal de Nando Costa?!", pensa e aperta o *play*.

Atônito, o homem franze o cenho assistindo às cenas tórridas protagonizadas pela esposa e pelo sócio. Sente uma angústia desmedida e um nó na garganta. Perplexo, desliga o aparelho e fixa o olhar na direção do trânsito. Fecha os olhos e cobre o rosto com as duas mãos.

"Isso não pode ser verdade!", pensa e meneia a cabeça lentamente. *"Quem é esse tal de Nando Costa? Como é que Rebecca deixou isso acontecer?!"*.

Perde-se remoendo as cenas do vídeo; a preocupação e a perplexidade dão lugar a uma súbita excitação.

"Droga!", pensa e ajeita-se, escabreado, no banco do táxi.

Após minutos angustiantes, entra no saguão do Aeroporto de Guarulhos com passadas lentas e corre as vistas de um lado ao outro, atordoado, olhando para as pessoas como se cada uma delas soubesse do estilo hedonista de viver da esposa e da sua complacência. Senta-se na primeira cadeira que encontra e respira fundo tentando organizar as ideias. Por fim, confirma as horas e vai fazer o check-in.

Encontra o balcão sem filas, sendo rapidamente atendido. Ato contínuo, bilhete em mãos, segue para o portão de embarque ainda zonzo, com a mente fervilhando. Atormentado, passa pelo portão de embarque e acomoda-se em um dos bancos na sala de espera. Confere mais uma vez o horário, são 18h, e mira um dos painéis com a programação de voos: o seu está confirmado para as 19h. Ajeita a mala de mão entre as pernas e abre o celular para rever o vídeo...

Sisudo e excitado com as cenas tórridas, envia algumas mensagens para a esposa.

(Sergio): Um cel de um tal de Nando Costa mandou esse vídeo.

(Sergio): Vídeo.

(Sergio): Que merda é essa?

(Sergio): Quem é esse cara?

O grandalhão desliga o celular e recosta-se na cadeira, pensativo.

Capítulo 16

O tempo escureceu rapidamente com o céu sendo tomado por nuvens cinzentas com aspecto ameaçador. Começa a garoar e o cheiro de terra molhada misturado à maresia invade a mansão dos Gomes. Margot e Rebecca acomodaram-se no sofá da sala de estar; Dona Marta está ocupada preparando o café e arrumando a mesa para o jantar.

— Você se lembra de quando eu conheci Marcelo? — questiona Margot.

— Claro, amiga! Foi no aniversário de seu pai, por quê?

— Faz pouco mais de três anos, mas me lembro como se fosse hoje. Aquele foi um dia muito especial pra mim, assim como o dia do meu casamento. — comenta Margot em tom melancólico.

— Eu me lembro do seu casamento, amiga. Você estava linda naquele vestido de noiva. Também me lembro como se fosse hoje. Marcelo olhava pra você de um jeito todo especial... Dava pra ver que ele estava perdidamente apaixonado por você. Confesso que fiquei com uma pontinha de inveja. — a ruivinha arqueia a sobrancelha. — Sergio nunca me olhou daquele jeito.

— Eu também estava apaixonada, Rebecca, e naquela época eu acreditava que o amor era capaz... — Margot interrompe a fala e comprime os lábios, mostrando-se reflexiva.

— Era capaz de quê, amiga?

— Eu achava que o amor era capaz de superar qualquer coisa. Hoje, já não sei mais.

— Está acontecendo alguma coisa, amiga?! Estou achando você assim, meio desanimada... Sei lá.

Margot respira fundo, meneia a cabeça lentamente e torce a boca como se estivesse refletindo e medindo as palavras.

— Deixa pra lá. E você e Sergio?

— Ahn... Sei lá, amiga. Eu gosto dele, ele faz tudo pra me agradar, mas falta alguma coisa, sei lá.

— Ontem vi vocês brigarem pelo menos umas duas vezes.

— Tereza tem sido o pivô das nossas brigas. A verdade é que não aquento mais aquela garota e acho que é isso que está atrapalhando meu relacionamento com Sergio.

— Mas o que é que Tereza tem feito assim, Rebecca?!

— Você sabe como eu sou, né, amiga? — murmura ela e olha em direção à cozinha. — De vez em quando em arranjo um namoradinho aqui, outro ali, mas tudo coisa boba. Eu não sou idiota de trocar Sergio por nenhum desses garanhões de porta de boate! E vou te dizer uma coisa, Sergio sempre fez vistas grossas para minhas aventuras, só que agora a pivetinha da filha dele está fazendo terrorismo, querendo escancarar meu estilo de vida, e claro, Sergio se sente constrangido, na obrigação de se posicionar e acaba querendo interferir na minha vida e isso eu não vou admitir.

— Cuidado, amiga, que você vai acabar se dando mal com essa sua filosofia de vida.

— Que nada, amiga, todos eles comem aqui na minha mão. Faço deles o que eu quiser e quando quiser!

— Às vezes, eu queria ser assim como você.

— Assim como, amiga?!

— Liberada e desapegada.

Rebecca sorri, empertiga a coluna e ajeita os cabelos.

— Eu quero é ser feliz e não estou nem aí pra ninguém, amiga. Quem gosta de mim sou eu!

Margot silencia e comprime os lábios, pensativa.

— Vamos ver seu álbum de casamento, amiga? — sugere Rebecca.

— Boa ideia! Quem sabe eu melhore esse astral. — retruca Margot e levanta-se.

A loirinha escuta uma sequência de três *bips* e liga o celular. Abre as mensagens do WhatsApp, franze a testa e lê:

(Sergio): Um cel de um tal de Nando Costa mandou esse vídeo.

(Sergio): Vídeo.

Rebecca assiste apenas o início do vídeo e o reconhece.

(Sergio): Que merda é essa?

(Sergio): Quem é esse tal de Nando Costa?

Margot nota o semblante agora enrubescido da moça enrijecer.

— Tudo bem, Rebecca? — questiona, intrigada.

Rebecca desliga o celular, encara a amiga com o olhar interrogativo, questão de milésimos de segundos, e volta a sorrir.

— Tudo bem, amiga. Vamos ver as fotos?

Margot fica apreensiva com o jeito dissimulado da amiga, mas decide agir com a mesma hipocrisia.

— Está no escritório, amiga. Venha comigo.

Ψ

A chuva aumenta de intensidade obrigando Marcelo a reduzir a velocidade do carro na pista escura e com pouquíssimo movimento. Foca no reflexo da luz dos faróis sobre a sinalização branca e amarela da pista.

Tenso e preocupado, sua mente revisita um passado não muito distante...

> *A porta do centro cirúrgico abre-se para a passagem da maca com uma paciente. Reconhece a jovem pálida, rostinho sardento e cabelos presos com uma touca cirúrgica. A moça de aspecto fragilizado, olhos fechados, está quieta e pouco reage aos movimentos da maca até ser acomodada no leito do apartamento: Dona Emma de um lado e ele do outro.*
>
> *Recorda-se perfeitamente das palavras da sogra:*
>
> *— Minha filha, o médico disse que está tudo bem. Você vai ter que fazer alguns exames, mas ele garante que você está curada!*
>
> *Lembra-se das lágrimas escorrendo na face da esposa e da sua voz sofrida:*
>
> *— Nunca mais vou poder ter um filho, minha mãe.*
>
> *Recorda-se também de seus olhinhos castanho-claros brilhando em meio às lágrimas, de ter segurado em sua mão e dito:*
>
> *— O mais importante é que você está bem, Tê! Nada mais importa.*
>
> *— Você queria tanto um filho e eu não vou poder te dar um.*
>
> *— Não podemos ter tudo na vida e temos que aprender a lidar com isso, amor. Juntos, vamos conseguir superar. Eu te amo muito... E isso é o que importa agora.*

Faróis altos aproximam-se em sentido contrário e ofuscam a visão do rapaz, forçando-o a esvaziar a mente e focar na pista. Cruza com uma carreta em sentido contrário e sente seu carro ser empurrado para o acostamento.

— Merda! — esbraveja.

Manobra com destreza o Audi de volta à pista e acelera moderadamente. A chuva não dá trégua e logo aparecem os relâmpagos e trovões assombrando. Minutos depois, entra na pista secundária que leva ao condomínio Praia dos Coqueiros. São mais quatro quilômetros dirigindo até alcançar a portaria. Por fim, contorna a rotatória e segue à direita até alcançar a rua H.

A rua está com baixa visibilidade em meio ao aguaceiro, deserta e com pontos de alagamento. Dirige devagar, preocupado em encontrar uma forma de se livrar dos assédios de Rebecca. Passa por sua residência e continua em frente até alcançar a mansão dos Wasen.

Intrigado, freia o Audi e contempla o casarão com as luzes apagadas. Acelera o carro, faz o retorno no final da rua e, mais uma vez, para em frente à mansão às escuras e foca no carro estacionado na garagem.

"É o carro de Rebecca. Onde será que ela se meteu?!", pensa.

Por fim, acelera em direção à sua residência e estaciona o carro na garagem. Comprime os lábios e sai preocupado batendo a porta atrás de si. Entra em casa, dependura o chaveiro no claviculário e se aproxima da mesa de jantar posta para três pessoas. Franze a testa, intrigado.

Dona Marta aparece na porta da cozinha e se assusta.

— Oxente! — diz ela com os olhos arregalados. — Nem ouvi o senhor chegar. Deus é mais!

— Cadê Margot, Dona Marta?

— Dona Margot está no escritório com Dona Rebecca.

— Rebecca está aqui?!

— Sim, senhor. Ela chegou de tardinha e ficou aí fazendo companhia pra Dona Margot.

Marcelo franze o cenho e comprime os lábios. Por fim, assente e olha, indeciso, para a porta do escritório fechada.

"O que essa maluca está fazendo aqui, hein?!", pensa e vai até lá; Dona Marta volta para a cozinha.

O rapaz encosta-se na porta, hesitante. Por fim, entra e detém-se, empertigado, um passo à frente. Margot, aspecto soturno, está sentada na sua cadeira e Rebecca em frente à mesa folheando o álbum de casamento do casal.

Margot e Marcelo encaram-se, questão de segundos, Rebecca vira o rosto e sorri. Segue-se um silêncio mórbido...

— Que cara é essa, amor? — diz Margot com voz estranha.

Rebecca levanta-se, ficando de costas para a amiga. Sensualiza discretamente, fazendo caras e bocas.

— Tudo bem, amor, eu só não esperava encontrar Rebecca aqui. — retruca ele; os olhares são alternados entre a esposa e a amiga.

Margot levanta-se e aproxima-se do marido.

— Pedi para Rebecca me fazer companhia e ela vai jantar com a gente.

Marcelo olha a esposa nos olhos, sente que há algo estranho naquele olhar, mas não tece nenhum comentário diante da amiga.

— Está tudo bem com você? — questiona ele em tom baixo.

Margot comprime os lábios e assente com um pequeno aceno.

— Tudo bem, Rebecca? — diz ele formalmente.

— Tudo ótimo! — retruca ela empostando a voz.

Marcelo assente, mas não esconde seu desagrado.

— Então eu vou tomar um banho e já desço para o jantar. — diz o rapaz e lança um olhar severo para a loira; ela sorri ironicamente e abaixa os olhos para o piso.

Ψ

Os três sentam-se à mesa. Marcelo na cabeceira, Margot à sua direita e Rebecca à esquerda. Elas servem-se com salada e suco e ele, com sopa e pão. Os três fazem a refeição calados e introspectivos.

A chuva aumenta de intensidade. Um lampejo invade a mansão, seguido de um forte estrondo que reverbera forte no ambiente misturado ao chiado persistente da chuva torrencial. A ruivinha empertiga o corpo, assustada.

— Misericórdia, senhor! Dona Marta — vozeia ela. —, abaixe essas cortinas, por favor, Dona Marta.

A empregada aciona o controle remoto e retorna para a cozinha. Rebecca respira fundo fazendo cara de preocupada e comenta:

— E agora, como é que eu volto pra casa, hein, gente?

— Depois Marcelo te leva, amiga. Não é, amor?! — escabreado, o rapaz assente e encara a moça. — Pode jantar com calma que depois eu quero te mostrar umas coisas.

— Coisas? Que coisas?!

— Mais alguns álbuns de fotografia.

— Eu adoro álbuns de fotografia, amiga.

Marcelo termina a sopa e levanta-se.

— Vou assistir um pouco de TV. — diz ele e lança um olhar severo para Rebecca; ela abaixa as vistas.

O rapaz afasta-se e a loira espevitada projeta o corpo em direção à amiga e murmura:

— Será que Marcelo está chateado porque estou aqui com você?

— Deve ser alguma outra coisa, Rebecca. — retruca ela, com voz tensa. — Marcelo adora você.

Rebecca olha de soslaio para o rapaz sentado no sofá com os pés apoiados em uma banqueta. Sorri e dá de ombros. Termina sua refeição, usa o guardanapo para limpar a boca e comenta:

— A salada estava ótima, amiga!

Margot também encerra sua refeição e levanta-se.

— Vamos para o escritório, amiga.

Em seguida, dirige-se à empregada:

— Ajeite as coisas aí, Dona Marta, e vá descansar.

Ψ

Marcelo vê a esposa e a amiga trancarem-se no escritório e sente-se cada vez mais tenso e preocupado com a desfaçatez de Rebecca e suas atitudes invasivas.

"O que que essa maluca está pretendendo, hein?", pensa e vai até o portal principal da sala de estar.

Puxa a cortina de lado e observa a chuva lavando o deque e a lona que cobre a piscina já coberta de água. Um clarão e uma trovoada fazem o rapaz se afastar e retornar para o sofá. Senta-se em frente à TV, mas está preocupado demais para ater-se a ela. Recosta-se, coloca os pés sobre a banqueta e cruza os braços. Inicialmente, observa Dona Marta retirando os pratos e talheres da mesa, mas logo se distancia mergulhado nas lembranças de seus encontros furtivos com Rebecca...

Meneia a cabeça chateado e passeia pelos canais da TV usando o controle remoto. Entretém-se com isso por alguns minutos até ouvir a voz de Dona Marta:

— O senhor precisa de mais alguma coisa, Seu Marcelo?

O rapaz ajeita-se no sofá.

— Não, Dona Marta, pode ir descansar. E cuidado com esse piso molhado aí fora, pra não escorregar.

— Tem perigo não, Seu Marcelo. Boa noite!

— Boa noite, Dona Marta.

Capítulo 17

Pontualmente, às 21h30, o avião toca na pista do Aeroporto Internacional de Salvador, para alívio da tripulação e passageiros que enfrentaram tempo fechado durante as manobras de aproximação e pouso. Após muitas palmas, um burburinho forma-se dentro da aeronave que taxia pela pista em direção ao hangar de desembarque.

Assim que estaciona ao lado de um dos *fingers*, a maioria dos passageiros levanta-se na ânsia de retirar as malas e pertences dos gaveteiros. Sergio, ao contrário, mantém-se sentado, de olho no celular. Procura por mensagens da esposa e encontra outra do número desconhecido, mas com o mesmo conteúdo:

(Anônimo): Você sabe o que sua esposa está fazendo agora?

"Droga! Será que isso é coisa de Tereza?", pensa e respira fundo. *"Assim não dá pra ser feliz."*

Lembra-se, então, do vídeo que recebeu. Comprime os lábios e meneia a cabeça lentamente, preocupado.

As pessoas começam a desembarcar e o grandalhão da careca brilhosa finalmente se levanta. Consegue uma brecha entre o amontoado de pessoas, retira a mala e a pasta executiva do gaveteiro e segue o fluxo. Está apressado e ansioso.

Dirige-se para o estacionamento, paga pela estadia e segue a passos rápidos para o carro. Acomoda a bagagem no porta-malas e entra na Mercedes com o coração acelerado. Bate a porta, confere as horas, são 21h55, respira fundo algumas vezes tentando se acalmar e liga o motor. Manobra o veículo e dirige lentamente em direção à saída. O celular toca assim que alcança a catraca. Insere o ticket na máquina e acelera em frente.

Antes de alcançar os bambuzais, encosta o veículo no meio-fio e atende a chamada:

— Alô?

— Sergio, meu filho, tentei ligar mais cedo, mas estava dando fora de área...

— Aconteceu alguma coisa?!

— Era pra saber se podia deixar Tereza sair pra se encontrar com o namorado, mas ela acabou saindo assim mesmo. Você sabe como ela é geniosa.

— Ela disse pra onde ia?

— Disse que ia na casa de uma amiga que está fazendo aniversário.

— Tudo bem, minha mãe, não tem problema.

— Você volta quando, meu filho?

— A princípio, amanhã à tarde, mas estou vendo se antecipo para amanhã cedo. Eu fiquei de ligar, mas não deu. Ainda estou envolvido com o trabalho.

— Tá bom então, meu filho.

— Tchau, minha mãe.

— Deus te abençoe, meu filho. Até amanhã.

Sergio desliga o celular e acelera a Mercedes pela avenida do bambuzal. O tempo está nublado e está chuviscando, porém logo após o pedágio, a chuva aumenta de intensidade, deixando Sergio ainda mais tenso e preocupado.

Ψ

Rebecca folheia os álbuns em que aparece ao lado de Margot, as duas ainda solteiras nos encontros da faculdade e nas festinhas de aniversário. A ruivinha sempre sisuda e introspectiva, apenas observa calada a amiga folheando e tecendo comentários descontraídos, até que esbarram em uma foto ao lado de um rapaz. Em frações de segundos, a mente de Margot volta no tempo...

> *Lembra-se de quando descobriu que Rebecca estava saindo com o rapaz e da tristeza profunda que sentiu como se estivesse lhe rasgando a alma. Recorda-se das lágrimas brotando e rolando pela face pálida, do brilho nos olhos verdes da amiga, do olhar altivo e da sua desfaçatez, desculpando-se:*
>
> *— Nada é mais importante que nossa amizade, amiga!*

Rebecca enrijece os músculos faciais e encara a amiga por frações de segundos, intrigada com o jeitão introspectivo e ao mesmo tempo inquisidor.

A loira recupera a pose, sorri e comenta:

— Por que você ainda guarda essa foto, amiga?!

— São só lembranças.

— Essa não é uma boa lembrança. Eu me arrependi muito do que aconteceu.

— Hoje sou o somatório das coisas boas e ruins que aconteceram, amiga. Negar isso seria como negar a mim mesma!

— Nossa, amiga! — exclama Rebecca e vira a página do álbum.

A tempestade está cada vez mais forte. Uma série de lampejos, seguidos de estrondos simultâneos, invadem a mansão fazendo vibrar os vidros do janelão.

— Eita... Parece que o mundo está se acabando lá fora. — comenta Rebecca e encara momentaneamente a janela.

— Sabe de uma coisa amiga? Parece que eu vou ganhar outro anel no dia dos namorados. — diz Margot murmurando em tom conspiratório.

Rebecca arqueia a sobrancelha e encara a amiga interrogativamente.

— Eu encontrei uma nota fiscal da joalheria nas coisas de Marcelo com a compra de dois anéis. — Rebecca enrubesce momentaneamente, mas rapidamente se recupera. — Um dos anéis é o que ganhei, com certeza. O outro está descrito como anel de ouro 18K com safiras azuis.

Rebecca volta a enrubescer e instintivamente olha para o anel em seu dedo anelar esquerdo ao lado da aliança de casamento.

— Olha só que coincidência! Misericórdia, amiga! Se você ganhar um anel igual a esse, eu juro que devolvo o meu.

Margot encara a amiga, dá de ombros e retruca:

— Por mim não precisa, amiga.

— Eu, hein!

Margot olha para o relógio de pulso, são 22h50, e comenta:

— Amiga, eu estou começando a ficar com dor de cabeça e preciso me deitar um pouquinho.

— Deixa eu guardar esses álbuns pra você, amiga. — retruca Rebecca.

— Pode deixar aí em cima da mesa. Amanhã vem uma faxineira pra dar uma geral nesse escritório, aí eu ajeito tudo. Vamos lá pra sala.

Marcelo está cochilando recostado no sofá, cabeça apoiada em uma almofada encostada na parede, os pés cruzados sobre a banqueta e os braços cruzados sobre o tórax.

— Marcelo.

O rapaz acorda assustado e esfrega os olhos. Ele levanta-se e a esposa continua falando:

— Eu estou com um pouco de dor de cabeça e vou tomar alguma coisa e deitar. Assim que o tempo melhorar um pouco, você leva Rebecca em casa ou então você dorme aqui, amiga. Tem roupas no quarto de hóspedes e você pode pegar o que você quiser.

— Não sei, amiga. Você se importa, Marcelo, que eu durma aqui? — diz ela fazendo cara de vítima.

Marcelo dá de ombros e gesticula sem saber o que responder.

— Tem suco, leite, queijo e iogurte na geladeira. — diz Margot. — Veja o que você quer e coma alguma coisa. Boa noite.

— Boa noite, amiga!

— Eu vou te ajudar a se acomodar, amor. Rebecca já é de casa e vai ficar à vontade. — diz ele e lança um olhar repreensivo para a moça que sorri cinicamente.

Ψ

Sergio alcança a entrada de Praia do Forte sob um forte temporal sendo obrigado a reduzir a velocidade do carro. Um raio risca o céu nublado jogando um flash de luz sobre a pista escura. Ato contínuo, vem um forte estrondo.

"Misericórdia!".

Angustiado, o homem confere as horas no painel do carro e pragueja:

— Merda de tempo!

Minutos depois, alcança a entrada de Imbassaí e encosta o carro ao ouvir um *bip*.

Abre o celular e lê:

> *(Rebecca): Está chovendo muito aqui em Costa do Sauipe. Talvez eu fique na casa de Margot.*
>
> *(Rebecca): Te amo.*

— Droga! — desliga o celular e acelera o carro retornando para a pista.

Ψ

Rebecca cruza os braços e observa o casal subindo as escadas até desaparecer na sala de estar íntima. Mais clarões e uma sequência de trovoadas reverberam forte no interior da mansão.

A loirinha senta-se no sofá, pensativa.

"Então você descobriu meu caso com Marcelo e está tramando alguma coisa, não é sua vadia?", pensa e confere as horas: são 23h06.

Ψ

Sergio finalmente passa pela portaria do condomínio Praia dos Coqueiros e acessa a Rua H completamente deserta e timidamente iluminada. Dirige devagar observando os casarões à esquerda: a maioria às escuras. Sua mente fervilha preocupado com o vídeo enviado por um entranho.

Um flash joga luz sobre o condomínio seguido de um forte estrondo que ecoa forte no descampado. Entre um susto e outro, alcança o casarão dos Gomes. As luzes estão parcialmente acesas; o coração dispara. Sente um misto de medo e desejo.

Acelera a Mercedes em frente e, três quadras depois, estaciona o carro na garagem de casa. Sua mente está tão focada na esposa que não dá importância ao Audi A3 preto estacionado em frente a sua residência, do outro lado da rua. Desliga os faróis, o motor e só então percebe que a mansão está às escuras. Sente-se trêmulo, mas salta apressado do carro e aventura-se no temporal. Contorna a mansão pela lateral e alcança o varandão com as roupas encharcadas.

"Droga de chuva!".

As cortinas que protegem os painéis de vidro da sala de estar estão levantadas deixando à vista o interior da mansão completamente quieto e na penumbra. Um ruído estranho perdido entre o chiado da chuva torrencial deixa o grandalhão sobressaltado.

Sergio corre os olhos em volta apreensivo: só penumbra, escuridão e sombras que se movimentam ao sabor dos ventos, criando figuras tremulantes assustadoras. Gira o corpo e entra na mansão pela cozinha. Retira os sapatos, aciona o controle para abaixar as cortinas e sobe apressado para a suíte. Com o coração acelerado retira toda a roupa encharcada e veste um conjunto de malha preta com um blusão de mangas compridas e capuz. Calça tênis e por fim veste uma capa plástica.

Lembra-se da esposa e de suas palavras ao telefone: "*Volte hoje à noite, que eu tenho uma surpresa pra você. Daquelas que você adora!*" e experimenta um misto de sentimentos que se alternam entre intrigado, ansioso, preocupado e excitado. Anda de um lado ao outro da suíte tentando organizar as ideias e, por fim, desce as escadas apressado.

Atravessa a sala de estar com passadas largas, puxa o capuz para a cabeça e sai pela porta da cozinha deixando-a aberta. Estaca-se no varandão, coração acelerado, fixa-se na escuridão à frente e mais uma vez se preocupa com as sombras em torno da cerca viva que contorna a propriedade.

Um relâmpago seguido de forte trovoada faz o homem hesitar. Assustado, olha de um lado ao outro mais uma vez, toma coragem e corre para o calçadão. Dobra à esquerda e volta a correr, agora em direção à mansão dos Gomes.

Experimenta a emoção do rosto sendo lavado pela chuva torrencial e o corpo empurrado pelas rajadas de vento. Sente a adrenalina no sangue...

Ψ

Margot entra na suíte de olho no relógio sobre a mesinha de cabeceira: são 23h10. Introspectiva, passa para o closet, troca de roupas, vestindo uma camisola e senta-se na cama do casal. Retira quatro comprimidos da cartela de Rivotril, deixa a caixa sobre a mesinha e se levanta.

— Amor, você precisa parar com esses tranquilizantes. — diz Marcelo. — Isso vai te fazer mal.

— Ainda preciso deles, mas é só por um tempo. — retruca ela com voz amarga e serve-se com um copo de água do frigobar.

Toma os quatro comprimidos e volta a sentar-se na cama.

— O que está acontecendo, hein, Tê?! Você não está bem e convida Rebecca para dormir aqui.

— Que diferença faz?! — retruca ela e deita-se de barriga para cima.

— Como assim?!

Margot mostra-se indiferente. Gira o corpo, olhos fechados, fica de lado e diz:

— Apague a luz, por favor.

Marcelo pensa em retrucar, mas desiste. Confere as horas, são 23h25, e apaga a luz do quarto. Lembra-se de Rebecca, meneia a cabeça e vai até o janelão. Afasta as aletas da persiana e observa, preocupado, a chuva torrencial castigando a área externa da propriedade timidamente iluminada. Nota a dependência dos empregados completamente às escuras e deduz que Dona Marta já se deitou.

Um súbito lampejo invade o quarto pelas frestas da persiana; o estrondo chega abafado, mas faz o rapaz recuar. Ele gira o corpo e contempla a esposa na penumbra: sente remorso.

"Droga!", pensa e sai do quarto fechando a porta atrás de si.

As luzes da mansão estão apagadas, tudo na penumbra, mas enxerga o corpo esbelto e nu apoiado no guarda-corpo da escada. Os cabelos loiros ganham um brilho especial com a réstia de luz que invade o ambiente pelas gretas das aletas da persiana: o rapaz engole em seco e hesita.

Rebecca gesticula sensualmente e desce as escadas sem pressa: ele vem atrás. A loira posiciona-se em frente ao sofá em L e dança sensualmente como se estivesse ao som de música romântica erótica. Gira o torço, contorcendo-se delicadamente e os cabelos loiros compridos gingam de um lado ao outro. Ela estica os braços para cima, serpenteia... Gira o torço mais uma vez, ficando frente a frente com o rapaz hipnotizado pelo corpo nu e sensual banhado por réstias de luz.

Capítulo 18

Minutos antes...

Em meio ao temporal que assola o litoral norte, um Honda Fit preto entra na rua H, às 23h08, e segue em baixa velocidade até o final da rua. Faz o retorno na pequena rotatória e encosta no meio-fio em frente a um terreno baldio antes da mansão dos Wasen. Desliga o motor do veículo, preocupada com o casarão às escuras, e estranha a Mercedes estacionada na garagem. Dá de ombros e volta sua mente para a madrasta.

"O que que você está aprontando, hein, sua vadia?!", pensa e veste uma capa plástica disposta a enfrentar o aguaceiro para investigar.

Joga o capuz sobre a cabeça, sai do carro batendo a porta atrás de si e corre até a cerca viva da propriedade. Nota o Audi A3 preto com os vidros escurecidos do outro lado da rua. Estranha, mas segue em frente, esgueirando-se lado a lado com os arbustos. Curvada, pisa com cuidado na grama encharcada, um passo após o outro, até alcançar as vidraças que protegem a sala de estar. Acomoda-se agachada entre as ixorias e observa as cortinas abaixadas, tudo silencioso e na maior escuridão.

A tormenta castiga a moça furtiva arcada sobre o próprio corpo. O frio doe-lhe nos ossos com as rajadas de vento borrifando água gélida em seu rosto. Começa a tremer e a bater o queixo. Indecisa sobre o que fazer, levanta-se e corre com o corpo curvado pelas sombras passando pelo varandão, pela área da piscina até alcançar os fundos da propriedade. Embrenha-se novamente entre as ixorias e observa o casarão completamente às escuras. Sente medo e mais frio.

Nota luz no janelão da suíte, mas logo tudo vira um breu só. Um homem aparece na porta da cozinha e detém-se no varandão, desconfiado, olhando de um lado ao outro como se procurasse por algo ou alguém em meio às sombras. O sujeito está com roupas de malha, tênis e uma capa de chuva com capuz sobre a cabeça, escondendo-lhe o rosto.

Um relampejo joga luz na face do indivíduo seguido de forte trovoada. O homem dá um passo atrás; a moça oculta nas sombras estremece.

"Pai!", pensa ela.

Amedrontada e preocupada em não ser descoberta, a moça furtiva esforça-se para se manter imóvel, mas o frio sob o aguaceiro é um desafio a mais a vencer.

Sergio sai correndo em direção ao calçadão, dobra à esquerda e segue em frente trotando.

"Mas o que é que está acontecendo aqui, hein?!", pensa Tereza.

Intrigada, resolve seguir o pai.

O calçadão parece infindável sob o aguaceiro e os ventos teimam em empurrar o grandalhão em direção às margens do Joanes. Os clarões, as trovoadas e o chiado constante da chuva torrencial criam um cenário sombrio e aterrorizante. Sergio está obcecado e não reduz o ritmo da corrida até alcançar a propriedade dos Gomes, arfando de cansaço e excesso de adrenalina no sangue. Esconde-se encostado à cerca viva e observa o casarão às escuras: o jardim está timidamente iluminado por uma única lâmpada e as sombras e a penumbra tornam-se suas fiéis aliadas.

Aproxima-se sorrateiramente da lateral da casa com as cortinas totalmente abaixadas, com exceção do último módulo, um painel de vidro mais estreito com a cortina parcialmente levantada, e mira o interior da mansão a tempo de ver a esposa dançando completamente nua para o sócio, ambos envoltos em sombras e penumbra. Sente o coração acelerar e uma excitação sem precedentes.

Marcelo enlaça a moça pela cintura, mas ela se desvencilha serpenteando sensualmente o corpo e sobe as escadas apressada até a parte intermediária. Gira o corpo e continua com o gingado provocativo. O rapaz experimenta um misto de desespero e excitação. Gesticula para que a moça retorne, ela ignora os apelos e desaparece na penumbra da sala íntima. Refém da situação, ele sobe atrás.

O grandalhão está confuso e ao mesmo tempo louco de excitação. Passa para o varandão e segue em direção à cozinha. Respira fundo para controlar os batimentos cardíacos, gira a maçaneta e abre a porta. Olha desconfiado em direção ao calçadão e entra na mansão.

Tereza esgueira-se pelos cantos da cerca viva de ixorias e percorre a propriedade pelas sombras, correndo com o corpo curvado até alcançar a lateral da mansão. Nota a cortina parcialmente levantada, aproxima-se sorrateiramente e espia pelo canto do janelão a tempo de ver o vulto do pai na penumbra do casarão, de pé em frente à porta da cozinha, envolto na capa de chuva, com o capuz cobrindo-lhe a cabeça: o rosto não passa de uma mancha negra. Não entende o que está acontecendo. Sente o coração acelerado e a respiração difícil.

"Que merda é essa, hein?", pensa e recua de volta às ixorias, nas quais volta a se embrenhar.

Raios riscam o céu e trovoadas reverberam fortemente.

Ψ

Marcelo sobe as escadas, desesperado: são 23h36. Assim que alcança o topo do segundo lance de escadas, detém-se ao ver a loira deitada no sofá da sala íntima. Ela sorri e gesticula para que ele venha até ela.

O rapaz olha para a porta da suíte fechada e deduz que a esposa já dormiu sob o efeito dos soníferos. Retira a camiseta, jogando-a com força no chão, retira a bermuda e, por fim, a cueca, deixando o membro ereto à vista. Em seguida, ajoelha-se ao lado da moça, acaricia seus seios, beija sua boca suavemente e admira seus olhos verdes brilharem na penumbra.

Rebecca continua sensualizando e passa a língua nos lábios. O rapaz possuído por um desejo incontrolável, projeta-se para cima da loira esguia e esforça-se para penetrá-la, mas a moça não facilita e continua contorcendo-se sensualmente. Ele aperta-lhe o pescoço com raiva das provocações, ela abre as pernas, ele penetra-a com força... Ela trinca os dentes, fecha os olhos... Enfia a mão esquerda entre a almofada e o encosto do sofá... Empunha a pistola envolta em um saco plástico, encosta na cabeça do homem ensandecido e aperta o gatilho. Às 23h43, um som seco mistura-se ao chiado da chuva torrencial.

Rebecca empurra o corpo para o chão e fica de pé, completamente nua, segurando a pistola envolta no saco plástico, observando o corpo inerte.

Um lampejo expõe por milésimos de segundos o rosto ensanguentado e os olhos arregalados do rapaz. Ela dá meia-volta, semblante rígido, caminha lentamente para a suíte, abre a porta, deposita a arma ensacada em cima do aparador e se aproxima de Margot.

"Agora é sua vez, sua mosca morta!", pensa e vira o corpo da amiga de barriga para cima; Margot suspira como se fosse despertar.

Em seguida, retira a camisola e a calcinha da ruivinha entorpecida e joga no pé da cama. Por fim, sai da suíte e desce as escadas calmamente.

Ψ

Novos lampejos seguem-se, os trovões aumentam de intensidade e o aguaceiro começa a alagar o jardim. Tereza continua escondida nas sombras espiando a mansão e vê o vulto do pai seguir com passadas lentas até o pé da escada e lá estacar-se por alguns segundos. Às 23h45, aparecem as pernas de uma mulher na parte intermediária da escada. Sergio mantém-se quieto por um tempo, mas logo sobe as escadas e para em frente a ela.

A intrusa deduz que o casal está muito próximo um do outro... Aparentemente quietos. Em seguida, vê a capa do pai ser jogada escada abaixo, depois a blusa... Ele abaixa-se e retira os tênis e joga-os para trás... Tira as calças, a cueca... E aproxima-se da mulher. São segundos tensos até ver as pernas femininas girarem e subirem as escadas com um gingado inconfundível.

"Rebecca?!", pensa.

Ato contínuo, o pai sobe atrás.

Mais um forte clarão e um estrondo ensurdecedor faz a garota render-se ao frio e ao medo. São 23h46. Trêmula e intrigada, evade-se apressada rumo à rua e retorna correndo em direção a seu carro.

Ofegante, para em frente à casa do pai e mais uma vez encara a mansão totalmente às escuras. Corre até seu carro, entra, bate a porta com força e se livra da capa molhada jogando-a no piso do carona. Retira os tênis e as meias encharcadas e usa uma flanela para enxugar o rosto e as mãos. Liga o motor do veículo, o aquecedor interno, limpa os vidros laterais embaçados com a flanela e arranca em direção à portaria.

Ψ

Instantes antes...

Um repentino flash de luz exibe o corpo esguio e bem torneado da jovem lasciva, cabelos loiros esvoaçantes, olhos verdes sedutores e penetrantes, de pé na parte intermediária das escadas. O estrondo reverbera fortemente no interior do casarão e a jovem esboça um sorriso diabólico. Empertiga o corpo como uma víbora prestes a dar seu golpe mortal e acena para o marido embriagado pela luxúria.

O homem dominado pela excitação sem precedentes sente o pênis latejando. Nada mais importa naquele instante insano. Sobe as escadas, agarra-se à mulher como se fosse a própria deusa de Vênus e beijam-se ardentemente.

Ela arranca-lhe a capa e a blusa. Ele abaixa-se, retira os tênis e joga-os para trás... Retira as calças... A blusa... A cueca... E voltam a agarrar-se... Rebecca desvencilha-se sensualizando, gira o corpo e sobe as escadas; o marido sobe atrás.

Às 23h46, Sergio entra na sala íntima sem notar o corpo estendido sobre o taboado, envolto em sombras ao lado do sofá, e segue a esposa que o conduz rumo à porta aberta da suíte. Dissimulada, entra no quarto, empunha a pistola deixada sobre o aparador e a esconde atrás do próprio corpo.

O grandalhão entra atrás e vê a silhueta de Margot completamente nua com as pernas semiabertas, mas sua mente perturbada só processa sexo e ele alisa o pênis.

— Marcelo me penetrou... Agora é sua vez de penetrar a mulher dele. — diz ela ao pé do ouvido do homem perturbado. — Marcelo está me esperando no outro quarto. Depois você vai poder espiar... Como você gosta.

O homem não hesita. Apoia-se na cama com as duas mãos, passa a língua na vagina da mulher, ela movimenta-se por ato reflexo, ele avança sobre o corpo desfalecido, lambe seu umbigo e logo alcança os seios. Por fim, força a penetração.

A ruivinha parece querer acordar do torpor e esboça uma reação e um gemido, ele excita-se ainda mais e a penetra com mais força e acelera o vaivém como um cão sedento até ejacular. No auge da insanidade, ergue o tronco arfando, olhos fechados, e fica sobre Margot com as pernas dobradas. Rebecca segura na mão do homem apoiando-a sobre a pistola. Ele não entende... Ela segura firme a mão dele, aproxima o cano da arma da sua fronte e aperta o gatilho. Às 23h56, um estampido seco e abafado joga o corpo do homem para o lado. Ato contínuo, Rebecca atira mais duas vezes contra o peito da amiga entorpecida e contempla os dois cadáveres por um tempo.

— Fim da linha, sua sonsa! — murmura com voz raivosa. — Seu castelo caiu!

Respira fundo e vai até a janela. Afasta as aletas da persiana e vê a casa dos empregados totalmente às escuras, a área da piscina timidamente iluminada e deserta e a chuva torrencial encharcando o gramado da propriedade.

Aproxima-se novamente dos corpos sobre a cama, retira o plástico que envolve a arma e a posiciona embaixo da mão direita do corpo do marido.

— A culpa é da pivetinha da sua filha. — murmura e retira-se da suíte.

Aproxima-se do cadáver de Marcelo inerte ao lado do sofá, deita com cuidado sobre o corpo nu do defunto, segura sua mão direita, crava a unha em seu pescoço e puxa forte para baixo: trinca os dentes fazendo cara de dor. Ato contínuo, usa a mão esquerda do morto para aranhar o outro lado do pescoço. Por fim, arranha o peito do cadáver com as próprias unhas, arranca-lhe fios de cabelos e levanta-se com um sorriso sínico no rosto.

Contempla o corpo mais uma vez e desce para a sala de estar. Veste suas roupas, calça os tênis e sai pela cozinha deixando a porta aberta. Lança-se no temporal correndo em direção à sua residência. Percorre os 300 metros em menos de dois minutos, indiferente aos ventos fortes e ao aguaceiro e entra na mansão pela cozinha. Arfando, liga para o celular do marido deixando o aparelho chamar várias vezes e desliga. Em seguida, envia mensagens pelo WhatsApp:

(Rebecca): Amor, aconteceu uma coisa horrível.

(Rebecca): Margot foi dormir e Marcelo foi muito agressivo comigo.

(Rebecca): Estou com medo.

(Rebecca): Estou em casa. Onde você está?

Rebecca desliga o aparelho e sobe apressada para a suíte.

Capítulo 19

Terça-feira, 9 de junho de 2015.

O tempo nublado na região de Lauro de Freitas dá lugar a uma chuva fina e persistente. Um lampejo seguido de forte trovoada invade o sobrado dos Wasen dando sinais de que o tempo vai piorar nas próximas horas. Dona Helena está acordada e apressa-se em fechar a cortina do portal da varanda.

— Já passou de meia-noite, Miro! O que que a gente faz?

— Você conhece muito bem a sua neta, Helena. Essa não é a primeira vez que ela sai e volta de madrugada. Esses jovens mudam de planos assim como quem troca de roupa.

— Olha esse tempo. Miro, parece que vai cair um temporal e essa menina na rua até uma hora dessas sem dar notícias. Meu Deus!

— Se o pai não dá jeito, não somos nós que vamos dar, Helena. Agora é ter calma e esperar.

Uma sequência de lampejos e trovoadas faz Dona Helena correr para o quarto e se agarrar ao terço.

— Valha-me, Nossa Senhora! — diz ela e põe-se a rezar.

O telefone fixo toca e Seu Laudemiro atende:

— Alô?

— Vô, é Tereza.

— Onde é que você está, menina?!

— Eu estou em um posto de gasolina aqui em Guarajuba.

— Posto de gasolina?! Aconteceu alguma coisa?!

— Tá chovendo muito e eu vou demorar de chegar aí. Avisa minha vó que eu estou esperando a chuva melhorar um pouco.

— Deixa esse celular ligado, menina.

— Tá ligado, vô. É que aqui tem lugar que não pega.

— Tá bom. Cuidado com essa pista molhada. Vê se dirige devagar e com atenção.

— Pode deixar, vô. Tchau.

— Tchau.

— E aí, Miro, cadê Tereza?

— Tereza disse que está em um posto de gasolina lá em Guarajuba. Parece que está chovendo muito forte e ela está dando um tempo pra vir.

— Misericórdia, senhor! Será que Tereza foi mesmo pra o aniversário da colega ou foi lá pra Costa do Sauipe encrencar com Rebecca?

— Eu já não sei de mais nada, viu Helena. A gente precisa ter uma conversa séria com Sergio.

Dona Helena abre um pouco a cortina do portal da varanda e espia o céu escuro e a chuva ganhando volume.

— A chuva parece que está piorando, Miro. Que horas essa menina vai chegar aqui, pelo amor de Deus?!

— Acho melhor você se acalmar, Helena. Tudo vai depender da chuva e da hora que Tereza sair de lá.

— Misericórdia, senhor!

Ψ

Tereza desliga o celular e recosta-se no banco do carro tentando reorganizar as ideias. Está confusa e angustiada com o que viu.

"Meu Deus, o que que meu pai e Rebecca estavam fazendo lá na casa de Margot, hein?", pensa. *"Não faz sentido. Rebecca é uma vagabunda, mas Margot... Tem alguma coisa errada aí!"*.

Aflita e confusa, a jovem calça sandálias e sai do carro. Entra na área de conveniência do posto, confere as horas, são 0h20, e segue até o balcão. O salão está frio, apesar de relativamente movimentado. Os vidros estão embaçados e o ruído da chuva sobre as telhas de amianto invade o recinto e se mistura ao burburinho dos motoristas preocupados.

Tereza pede um chocolate quente à atendente e acomoda-se em uma das mesinhas. Repassa mentalmente sua aventura no condomínio Praia dos Coqueiros e meneia a cabeça cada vez mais confusa.

"O que que meu pai estava fazendo lá na casa de Margot com aquela vagabunda, hein?", pensa e liga para o celular do pai insistentemente.

"Que merda é essa, hein?!", pensa. *"Aquela vadia deve estar tramando alguma coisa."*.

Sorve um gole do chocolate e recorda-se de outra viagem que o pai fez e de suas brigas com Rebecca.

> *Estava na companhia do namorado e mais dois casais de amigos e decidiram encerrar a noitada de sábado com mais bebidas e um bom mergulho na piscina da mansão. Já passava de 1h quando Rebecca apareceu na porta do varandão, vestida com um hobby de cetim branco, cabelos presos e cara de zangada.*
>
> *Lembra-se perfeitamente da voz irada da madrasta:*
>
> *— Quem autorizou essa baderna aqui, hein, Tereza?*
>
> *— Essa casa é minha também, está ouvindo, e não preciso pedir autorização a ninguém, muito menos a você.*
>
> *— Escuta bem o que vou lhe dizer, sua pirralha. Essa casa é minha. Minha! Ouviu bem? E vocês, caiam fora daqui, agora!*
>
> *Recorda-se também da reação do pai no retorno:*
>
> *— Você tem que respeitar Rebecca, Tereza. Você não pode simplesmente agir como se ela não existisse. Ela tem todo o direito de reclamar, afinal essa casa é dela. Lembre-se disso! Dela!*

"Vadia!", pensa, toma mais um gole do chocolate quente e faz mais uma ligação para o celular do pai, sem sucesso.

Tereza termina a bebida e retorna para o carro de cabeça quente de tanto refletir sobre os últimos acontecimentos. Por fim, a chuva diminui de intensidade e a moça decide encarar a viagem de volta para a casa dos avós.

Capítulo 20

O dia amanheceu cinzento e carrancudo. Resta uma garoa persistente e os estragos provocados pelo temporal que castigou o litoral norte na noite passada. Os sinais são evidentes na propriedade dos Wasen. Formou-se uma poça d'água sobre a lona que cobre a piscina, o gramado está encharcado e o piso do varandão imundo, tomado de resíduos de terra vegetal, muita folhagem e flores arrancadas e espalhadas por todos os lados. Rebecca não se permitiu dormir. Está com a aparência cansada, com hematomas e arranhões no pescoço e os olhos estão inchados de tanto chorar.

Acomodada em sua cama, voltou a ligar para o número do marido às 6h20 e depois às 7h10. Por fim, manda novas mensagens pelo WhatsApp:

(Rebecca): Onde você está, amor?

(Rebecca): Vc disse que ia voltar ontem à noite.

(Rebecca): Preciso falar com vc urgente.

(Rebecca): Me ligue, por favor.

A loira, agora preocupada e aflita, sente ardência no pescoço e levanta-se. Vai até o closet, acende a luz e observa as marcas vermelhas e o semblante abatido.

"Você está ótima!", pensa e sorri ironicamente.

Rebecca retorna até o janelão da suíte, puxa as aletas de lado e observa as marcas da tempestade na piscina, o tempo fechado e a garoa persistente. Dá meia-volta e desce para sala de estar: as cortinas continuam abaixadas e o cômodo parcamente tomado pela luz do dia.

Aproxima-se do sofá, corre os olhos em volta e deita-se usando uma das almofadas como travesseiro. Fecha os olhos e repassa mentalmente a dinâmica da noite anterior. Faz isso exaustivamente até ser vencida pelo cansaço. Por fim, cochila.

Ψ

Na mansão dos Gomes os vestígios da tempestade também estão visíveis e surpreendem Dona Marta ao sair do quarto.

— Misericórdia, senhor! — murmura e contempla horrorizada o rastro de sujeira.

Passa pela edícula da churrasqueira, pisa com cuidado no chão molhado e vai diretamente para a cozinha. Estranha a porta aberta e o piso sujo. Franze a testa, deixa as sandálias na varanda e entra descalça. A casa está silenciosa e na penumbra.

Preocupada, aciona o controle remoto das cortinas e aguarda a luminosidade do dia invadir a sala. Assusta-se com as roupas espalhadas pelo piso.

— Misericórdia, senhor!

Intrigada, adentra o cômodo na intenção de recolher as vestimentas.

"Essas roupas não são de Seu Marcelo!", pensa e olha para o guarda-corpo da escada no segundo piso: tudo à meia-luz.

Cismada, volta a encarar a bagunça na sala e confere as horas no relógio de pulso.

"A essa hora, Seu Marcelo já devia estar acordado.", pensa e sobe as escadas com passadas lentas. Alcança o vão intermediário, horrorizada com mais peças de roupas pelo piso.

Nota a porta da suíte aberta e detém-se preocupada em estar sendo invasiva. Dá um passo atrás e gira o corpo para retornar, mas suas vistas recaem sobre o cadáver nu do patrão estendido aos pés do sofá.

— AHHHH!!! — grita apavorada e desce as escadas correndo.

Sai pela porta da sala de estar aos berros:

— SOCORRO! SOCORRO! ME AJUDEM!

Ψ

Dona Celestina salta do carrinho elétrico em frente à mansão dos Wasen com a bolsa a tiracolo e a sombrinha em mãos.

— Meu Deus! — resmunga ao ver a sujeirada no piso da garagem e sobre os carros.

Adentra a propriedade pela lateral, pisando no gramado encharcado, e assusta-se ainda mais com a imundice no varandão.

— Valha-me, meu Santo Antônio!

Deixa a sombrinha aberta no piso da varanda, segue até a porta da cozinha, retira os sapatos e entra na cozinha descalça apesar da sujeira no piso cerâmico. Estranha tudo estar arrumado, exatamente como havia deixado no dia anterior.

— Eu, hein!

A cearense franze a testa, aproxima-se da porta da sala de estar e vê Rebecca ainda de camisola dormindo no sofá. Intrigada, aproxima-se da patroa e assusta-se com os hematomas em seu rosto. Cobre a boca para conter um grito e corre as vistas em volta. Olha em direção às escadas que levam ao segundo piso, tudo quieto e silencioso, e volta-se para a loirinha adormecida.

— Dona Rebecca...

A moça acorda assustada, e senta-se no sofá. Põe-se a chorar ao reconhecer a empregada.

— Aconteceu uma coisa horrível, Celé, e não consigo falar com Sergio. — diz ela com voz embargada.

— O que foi que aconteceu, Dona Rebecca?! Que marcas são essas no seu pescoço?!

Rebecca levanta-se e cobre o rosto com as duas mãos. Meneia a cabeça insistentemente e continua choramingando, visivelmente nervosa.

— A senhora e Tereza brigaram de novo, foi isso?!

— Não é nada disso, Celé. — diz entre soluços.

— Então eu vou ligar pra Dona Helena.

Rebecca gira o corpo e sobe as escadas apressada. Joga-se na cama aos prantos.

Capítulo 21

Sexta-feira, 12 de junho de 2015.

Três dias depois...

Em clima tenso e de muita comoção, amigos e familiares do casal Marcelo e Margot Gomes e do falecido Sergio Wasen reúnem-se para velar os corpos no cemitério Jardim da Saudade, em Salvador. As cerimônias são conduzidas em capelas distintas e horários ligeiramente diferentes, mas há um clima de animosidade velada entre as famílias, afora a guerra declarada entre Rebecca e Tereza que ganhou novos contornos com acusação mútua pela tragédia.

O tempo nublado com aspecto sombrio e triste cobriu a cidade jogando uma brisa fria e úmida sobre o cemitério. O sol escondeu-se atrás da turvação cinzenta lançando uma faixa alaranjada com tons marrons na linha do horizonte.

Os corpos do casal Marcelo e Margot Gomes foram os primeiros a serem conduzidos para a sepultura em uma procissão que arrastou a família Suero e a família Gomes pela viela com calçamento de paralelepípedos em uma caminhada lenta e melancólica. Foi uma exéquias longa e silenciosa entre a capela e a sepultura próxima ao centro de cremação. Os caixões foram acomodados sob a tenda mortuária, os familiares distribuíram-se em volta da sepultura e o padre conduziu a última oração de forma pragmática, encerrando o rito da celebração eucarística em poucos minutos. As urnas mortuárias, então, foram içadas à sepultura sob muita comoção e desespero dos amigos e familiares.

A dispersão da cerimônia coincidiu com a chegada do cortejo com o corpo de Sergio Wasen a uma das sepulturas próximas. É uma procissão tímida, com a presença de alguns poucos familiares do falecido: a esposa, Rebecca, acompanhada dos pais, Sr. Kevin e Dona Rosana, a filha, Tereza, e os pais e a irmã do falecido, Sr. Laudemiro, Dona Helena e Sabrina, respectivamente.

Juntaram-se à cerimônia em torno da tenda mortuária Murilo, Raquel, Júlio e Maria Rita. A jovem Tereza, visivelmente abatida, manteve-se afastada da multidão, solitária e cabisbaixa, apesar da insistência dos avós para que se aproximasse do caixão para a última prece.

O padre conduz a última oração para o seleto grupo de familiares, no qual Rebecca chama a atenção não só pela vestimenta sóbria em tons de preto, um terninho com saia justa na altura dos joelhos, lenço sobre os cabelos loiros e sapatos altos valorizando o corpo esbelto e bem torneado, mas também pelo choro dramático e persistente abraçada à mãe do falecido, também muito abatida.

Distante e discreta, de pé na parte alta do cemitério, próxima a uma das árvores, está a inspetora Ginny Martinez, uma negra esbelta e sisuda com os cabelos trançados estilo boxeadora, observando a movimentação das famílias.

Júlio e a esposa aproximam-se da moça, eles encaram-se e, por fim, abraçam-se.

— Meus pêsames, Tereza. — diz Júlio.

A moça desata a chorar e murmura entre soluços:

— Meu pai não fez aquilo... Não fez.

— Também acho que não. — retruca o rapaz com voz firme. — Na verdade, acho que todos eles foram vítimas de alguma armação. Depois do enterro, quero conversar com você sobre esse inquérito, tudo bem?

A jovem soturna, olhos marejados, assente com um pequeno gesto. Maria Rita também abraça a moça, mas as duas se mantêm caladas e chorosas e logo se voltam para a cerimônia.

O sol mergulha por completo por trás da cidade e a faixa alaranjada desaparece aos poucos dando lugar a um céu enegrecido. O padre encerra o rito eucarístico e o caixão desce para a sepultura acentuando os choros e lamentos.

Aos poucos as pessoas vão se dispersando. Tereza, Júlio e Maria Rita são os últimos a deixar a área do sepultamento e caminham juntos, passos lentos, pela senda de paralelepípedos entre os gramados das sepulturas. Ao alcançarem a rua que leva ao estacionamento e à capela, são abordados por uma senhora negra, altiva e elegantemente trajada.

— Meus pêsames, Tereza. — diz ela com voz forte, sisuda, e estende a mão. — Sou Sabrina, irmã de seu pai, se lembra de mim?

A moça faz cara de espanto, olhar interrogativo, mas aceita o cumprimento e aperta a mão da senhora distinta.

— Nos conhecemos no casamento do seu pai com Rebecca e nos falamos rapidamente.

— Desculpe, tia Sabrina, não reconheci a senhora nessa roupa e com os cabelos presos.

— Tudo bem. Não quis abordá-la lá no velório, mas preciso conversar com você sobre alguns assuntos de seu interesse. Em particular. — complementa ela, encarando Júlio e a esposa de soslaio.

— Esse é Júlio, irmão de Marcelo e a esposa dele, Maria Rita. Se é sobre meu pai, pode falar na frente deles.

— Bem, estou hospedada em um hotel próximo à casa de meu pai e pretendo ficar aqui em Salvador pelo menos até a próxima segunda-feira. Sergio deixou um testamento em vida aos meus cuidados e vou precisar falar com você e Rebecca para apresentar o documento formalmente.

— Testamento?! Meu pai fez uma partilha de bens em vida, é isso?!

— Sim, mas não conheço o teor do testamento. Ele está em um envelope lacrado. Sergio não comentou sobre o assunto e eu também não questionei. Esse documento deverá ser aberto e lido na sua presença e na presença de Rebecca e pretendo fazer isso lá no hotel. Pode ser amanhã às 18h?

— Claro! — retruca Tereza. — Meu pai nunca falou em testamento... Estranho!

— Normalmente essas coisas acontecem assim. De qualquer forma, tomei a liberdade de falar com meu pai e ele vai participar como testemunha. Sugiro que você leve mais alguém, talvez o senhor possa acompanhá-la.

— Claro! — retruca Júlio. — Se for da vontade de Tereza.

— É claro que sim! Você foi o único da família que se mostrou solidário em defesa de meu pai. Claro que sim!

— Bem, de qualquer forma, gostaria de conversar com você hoje à noite, por volta das 20h, lá no hotel. Soube que você foi intimada a prestar depoimento amanhã e preciso conversar com você sobre isso. Aqui está o endereço. — diz ela e entrega um cartão do hotel.

— Você pode vir comigo, Júlio?

— Se você quiser... Pra mim, não tem problema algum. — retruca o rapaz.

— Preciso de alguém ao meu lado com a cabeça melhor que a minha. Se você puder vir e Maria Rita não se opor, eu gostaria, sim, que você me acompanhasse.

— Tudo bem, então. — retruca Júlio; a esposa assente gestualmente.

— Se está bem para Tereza, está bem para mim também. — afirma Sabrina. — Sendo assim, vejo vocês mais tarde. Tchau! — diz a senhora e atravessa a viela com passadas curtas e cautelosas; caminha por mais dois metros pelo passeio à esquerda e sobe as escadarias que levam para outra ruela na parte mais alta do cemitério.

— Ela se parece com Sergio! — comenta Júlio com ar de preocupado.

— Ela mora no Rio de Janeiro. Estive com tia Sabrina apenas uma vez, que eu me lembre. — diz a moça com voz embargada. — Você vai poder mesmo ir comigo a esse encontro?

— Claro! — retruca Júlio. — Deixe-me ver esse cartão.

— É pertinho da casa de meus avós. — diz a jovem e entrega o cartão.

O rapaz confere o endereço e comenta:

— Acho que sei onde fica. Eu te pego às 19h30. Está bom assim?

Tereza assente, encara a esposa do rapaz e diz:

— Está tudo bem pra você, Rita?

— Claro! Júlio vai te ajudar, sim!

— Obrigada a vocês dois.

— É seu pai de um lado e meu irmão e minha cunhada do outro, Tereza. — retruca Júlio. — Prestei depoimento ontem e não estou gostando do rumo que as investigações estão tomando.

— Confesso que estou com medo desse depoimento amanhã. Meus avós estiveram na delegacia hoje cedo e souberam pelo advogado que Rebecca está me acusando de incitar meu pai contra ela e que isso deve ter motivado o que aconteceu.

— Dr. Orlando me falou sobre isso. Ele é o advogado que está acompanhando o caso a pedido do Dr. Rubens. Aliás, ele ofereceu os serviços do Dr. Orlando para dar todo o suporte jurídico que você precisar. Eu sei que seus avós têm um advogado, mas se precisar é só falar.

— Bem, Dr. Marcio ficou de me acompanhar amanhã, mas a verdade é que estou preocupada.

— Vamos andando para o estacionamento, que já está escurecendo. — diz o rapaz e segura no braço da moça; os três começam a andar a passos lentos pelo meio do calçamento. — Sim, mas me diga, o que é que está te preocupando?

— Naquela noite, eu estive lá no condomínio com a intenção de flagrar Rebecca com algum amante...

Ψ

Tereza relata em detalhes tudo o que presenciou na noite dos crimes. Júlio e Maria Rita limitam-se a ouvir cabisbaixos ao longo da caminhada. Assim que alcançam o carro de Tereza estacionado em uma vaga próxima ao prédio da administração e dos velórios, a moça conclui o relato comentando:

— A polícia com certeza já sabe que estive lá no condomínio. Dr. Marcio está ciente desse fato e me aconselhou a não omitir nada, porém eu não disse nada a ele sobre as mensagens que mandei pra meu pai usando um perfil falso.

— Mensagens?!

— Eu estava muito revoltada com aquela vadia... O fato é que eu sabia que ela tinha um amante e confesso que queria provocar o rompimento deles. Mandei várias mensagens para meu pai, questionando se ele sabia onde Rebecca estava e o que ela estava fazendo. — a moça começa a chorar. — Nunca ia imaginar que algo desse tipo pudesse acontecer.

— Tereza... — diz Júlio.

— Tudo o que eu queria era afastar meu pai daquela vadia que só estava interessada no dinheiro dele.

— Tereza, não acho que essas mensagens sejam responsáveis pela tragédia que aconteceu. Está me parecendo que foi apena uma infeliz coincidência, até porque acho que seu pai não se importava muito com o jeitão espevitado de Rebecca. E digo isso com o devido respeito. Cada um conduz sua vida como bem quiser e não sou eu quem vai julgá-lo.

— O que que eu faço, hein?

— Acho que você não deve esconder nada da polícia, mas quem pode te aconselhar melhor é o advogado. De qualquer forma, me parece mais sensato que a polícia saiba por você. Afinal, você não tem nada a ver com esses crimes e certamente a polícia vai periciar o celular do seu pai, o de Rebecca e vai encontrar essas mensagens. Daí para chegar ao celular que originou as tais mensagens não deve ser difícil para a polícia.

— Tudo bem. Você tem razão. Assim que chegar em casa, eu ligo para Dr. Marcio.

— Pronto. Então, entre 19h30 e 19h40, eu te pego e vamos lá conversar com sua tia.

— Obrigada, Júlio, não sei o que seria de mim sem seu apoio. Obrigada, Rita.

Maria Rita sorri ligeiramente e abaixa as vistas.

— Até mais, então. — diz Júlio e abre a porta do carro para a moça.

Capítulo 22

Às 19h45, Júlio manobra o Honda Civic preto e estaciona-o em frente ao sobrado dos Wasen, em Lauro de Freitas. Buzina duas vezes e Tereza aparece na varanda do segundo piso. Ela acena e desaparece atrás do parapeito. Reaparece esbaforida, batendo forte no vidro do carona com os dedos fechados. Havia pressa e nervosismo naquele gesto.

O rapaz estica-se e abre a porta; ela joga-se no banco do carona, visivelmente agitada.

— Desculpe, Júlio, mas parece que vou explodir a qualquer momento de tanta agonia.

O rapaz confere as horas e torce a boca.

— Eu me atrasei um pouco — diz ele e liga o motor do carro —, mas estamos no horário. O hotel é aqui pertinho.

— Eu sei! O problema sou eu mesma. — diz ela, recosta-se no banco, respira fundo e coloca o cinto de segurança.

Júlio observa a moça e só então nota como ela parece mais envelhecida com os cabelos trançados ao estilo boxeadora. Meneia a cabeça e arranca o carro. Fazem o percurso de dois quilômetros, calados, e exatos cinco minutos depois, o rapaz estaciona o carro em frente ao hotel. Tereza salta apressada, bate a porta e encara a portaria do outro lado da rua. Júlio contorna o veículo, segura a moça pelo braço e atravessam a rua juntos.

Identificam-se na recepção em meio ao burburinho de um grupo de turistas. A jovem atendente encaminha-os para o bar do restaurante, um ambiente com iluminação amarela indireta, atmosfera relaxante e acolhedora com música ambiente. Sabrina apressa-se em levantar-se e acenar para o casal e eles juntam-se à anfitriã acomodada em um dos cantos do salão.

— Sentem-se. — diz Sabrina.

Em seguida, a senhora altiva e sisuda aponta para dois jornais dobrados sobre a mesa.

— As manchetes, que já devem ser do conhecimento de vocês, dão uma boa ideia dos rumos que as investigações estão tomando. — Júlio abre um dos jornais e lê a manchete; Tereza abre o outro. — O caso está sendo tratado como crime passional com requinte de estupro e suicídio. Segundo dados preliminares que obtive com uma delegada amiga minha, acredita-se que Sergio descobriu que Rebecca mantinha um caso com Marcelo e se vingou daquela forma. Executou o cara, estuprou a esposa, a matou e em seguida, se suicidou.

— Meu pai tinha vários defeitos, mas ele não estupraria e mataria uma mulher ou mataria um homem por vingança. — diz Tereza e joga o jornal sobre a mesa.

— Na verdade — diz Júlio. —, Sergio era o tipo de homem que parecia não se incomodar com essas possíveis aventuras da esposa, logo, esses crimes, incluindo estupro seguido de suicídio, são totalmente improváveis.

— Essa é a questão, Seu Júlio. — retruca Sabrina. — Eu e Sergio sempre tivemos uma relação muito próxima, apesar de morarmos em cidades diferentes. Sempre que ele ia ao Rio, nós nos encontrávamos e conversávamos muito. Diferentemente da maioria dos irmãos, ele me confidenciava coisas. O fato é que Sergio sabia que Rebecca tinha casos esporádicos e que apesar de ele nunca ter dito explicitamente isso a ela, ele me disse que fazia vistas grossas e até estimulava a esposa a se exibir e a provocar outros homens. Isso o estimulava e, segundo ele, fazia com que a vida sexual deles fosse mais apimentada, vamos dizer assim. O fato concreto é que não acredito nessa história de assassinato e estupro seguido de suicídio, mas é o que o resultado preliminar da perícia está apontando. A verdade é que Sergio não conseguia assumir esse estilo de vida abertamente. Ele tinha receio de ser censurado pelos pais e principalmente por você, Tereza, que sempre o responsabilizou pela morte de Sofia. — a moça comprime os lábios e abaixa as vistas. — Mas não te chamei aqui para te acusar ou julgar, mas para alertá-la de que Rebecca está te acusando de pressionar seu pai e que isso, segundo ela, foi a motivação para que ele cometesse esses crimes bárbaros e o suicídio, o que eu não acredito. Como é de seu conhecimento, a polícia está ouvindo todos da família ou pessoas que tiveram algum tipo de relacionamento com Sergio, Margot e Rebecca. Dona Marta já foi ouvida e relatou as brigas de vocês e suas acusações à Rebecca. O fato é que Rebecca está saindo de vítima nessa história. E tem mais uma coisa. A polícia analisou os celulares de Rebecca, de Margot, de Marcelo e de Sergio. Tudo faz crer que o estopim da tragédia foi um anel que Marcelo comprou para Rebecca e que ela mostrou para Margot como sendo um presente de um admirador secreto. E para complicar, foram encontradas mensagens de um celular ainda não identificado provocando Sergio, insinuando que Rebecca o estaria traindo, sem falar do vídeo no qual Rebecca aparece ao lado de Marcelo no motel protagonizando cenas de sexo. Parece que esse vídeo foi enviado de um celular de Belo Horizonte.

— Belo Horizonte?! Estranho! — comenta Júlio; Sabrina assente gestualmente.

Tereza respira fundo, mostra-se preocupada, e comenta:

— Não sei nada sobre esse vídeo, mas fui eu quem mandou algumas mensagens pra meu pai e vou dizer isso à polícia amanhã no meu depoimento. Eu sabia que Rebecca tinha um amante. Eu vi a vadia com um cara uma vez lá no Shopping Salvador Norte e segui os dois até um motel, mas não tenho como provar isso e tampouco sei quem é o cara.

Sabrina meneia a cabeça lentamente e comprime os lábios. Júlio comenta:

— Eu já prestei meu depoimento, mas a polícia parece convencida de que Sergio cometeu os crimes e se suicidou. Eu disse que Marcelo tinha me procurado dizendo que ele estava sendo pressionado por Rebecca a continuar com o romance e cada vez que ele falava em encerrar o caso, ela fazia algum tipo de ameaça velada, do tipo entrar na casa dele, tirar fotos na cama do casal e depois enviar para Marcelo como chantagem. Ela filmou um encontro deles no motel sem a anuência de Marcelo e também usou isso para pressioná-lo.

— O problema, Júlio, é que Rebecca não esconde nada disso. — retruca Sabrina. — Ela afirmou no depoimento tudo isso. Disse que ela fazia isso como uma brincadeira e provocação sem medir as consequências. Ela também disse que o marido sabia dos relacionamentos dela, que ele não se importava, mas que ele vinha sendo pressionado pela filha, como já falei, e que ela entende que foi o medo de se expor publicamente e ter que se explicar diante da família que o fez tomar essa atitude extrema.

— Pois eu acho que Rebecca está por trás desses crimes! — afirma Tereza.

— Particularmente, também acho, Tereza. — diz Sabrina. — Apesar de saber que Sergio amava Rebecca, meu santo nunca cruzou com o daquela mulher. O problema é provar isso.

— Merda! — murmura Tereza.

— O que a senhora acha que a gente deve fazer? — questiona Júlio.

Sabrina meneia a cabeça e vira-se para Tereza.

— Bem, a polícia já sabe que você esteve na mansão naquela noite, Tereza. O horário que você registrou a saída do condomínio está dentro da faixa de horário estimada pelos peritos para os crimes. Eles não conseguiram estabelecer um horário preciso, pois os corpos demoraram a ser encontrados e há alguns fatos ainda não esclarecidos. Por exemplo, Rebecca e Dona Marta afirmam que os aparelhos de ar-condicionado estavam ligados, no entanto a polícia encontrou os aparelhos desligados. De qualquer forma, a perícia não conseguiu nada que te colocasse na cena do crime, Tereza, o que é bom. Enfim, Rebecca está bem assessorada e você também precisa de um bom advogado criminalista. Alguém experiente. Por mais que eu queira acreditar na isenção do delegado e dos investigadores, são pessoas que podem cometer erros e precisamos de alguém atento às manobras do advogado de Rebecca, que podem te prejudicar.

— A senhora conheceu o Dr. Marcio lá na casa de vô Laudemiro. Não sei se ele tem essa experiência.

— Andei pesquisando sobre esse tal de Dr. Marcio e até onde sei, ele não tem muita experiência nessa área de criminalística.

— Dr. Rubens, o pai de Margot, ofereceu os trabalhos do Dr. Orlando Ricci. — diz Júlio.

— Conheço Dr. Orlando Ricci. Fomos colegas de faculdade. Se eu fosse você, aceitaria essa oferta do Dr. Rubens, Tereza, e trocaria de advogado.

— O que você acha, Júlio?

— Concordo com Dona Sabrina. Posso ligar para Dr. Rubens e Dr. Orlando já te acompanha no depoimento de amanhã. Depois é só dispensar o Dr. Marcio.

— Se vocês acham melhor, então vamos fazer assim.

— Bem, era isso por hoje. Consegui reservar uma sala aqui no hotel para amanhã e, a princípio, fica confirmado o horário das 18h para fazermos a abertura e leitura do testamento. — diz Sabrina e levanta-se, sisuda; Júlio e Tereza também se levantam.

— Vamos então, Tereza. — diz Júlio. — Eu vou aproveitar e ligar para Dr. Rubens para deixar o advogado prevenido para amanhã. Qual o horário que você deve estar na delegacia?

— Às 9h.

— Bem, então vamos nos apressar. Com certeza o Dr. Orlando vai querer conversar com você antes do interrogatório.

— Até amanhã, tia Sabrina — diz Tereza —, eu não sei como te agradecer.

— Deixe para me agradecer quando tudo isso se esclarecer e colocarmos um ponto final nessa história.

— Até amanhã, Dona Sabrina. — diz Júlio e estende a mão.

Os dois apertam as mãos ligeiramente.

— Até amanhã e obrigada por estar apoiando minha sobrinha.

O rapaz assente gestualmente, segura no ombro da moça e saem apressados do restaurante.

No carro, Tereza comenta:

— Por que meu pai faria um testamento em vida sendo que as únicas beneficiárias são Rebecca e eu?

Júlio respira fundo e reflete rapidamente sobre o assunto.

— Talvez ele queira te proteger na partilha.

— Será?! E ele pode fazer isso?

— Sinceramente, não sei, Tereza.

Capítulo 23

Sábado, 13 de junho de 2015.

A inspetora Ginny Martinez adentra a delegacia por volta das 8h com cara de poucos amigos e se limita a acenar para um e outro colega que lhe dirige a palavra. Aproxima-se da sua mesa, joga um exemplar de jornal sobre o tampo e retira o blusão jeans sem perder de vista seu parceiro sentado à frente da mesa do delegado. Torce a boca ao ver o Dr. Nicodemus enfiado dentro de um terno preto, gravata vermelha, ar de superioridade que lhe é peculiar, gesticular apontando para um calhamaço de papéis que segura em uma das mãos.

Vai até a mesa do cafezinho, abastece um copo plástico de 300 ml pela metade e volta para sua mesa, na qual se acomoda e abre o jornal na página policial. Bebe um gole do café e recosta-se para ler a matéria sobre o "Crime da Rua H", nome dado pela imprensa sensacionalista.

Gasta alguns minutos lendo a extensa matéria e fica cada vez mais incomodada com o rumo que a imprensa está dando ao caso.

— Bando de abutres sem escrúpulos! — murmura entre os dentes.

Fecha o jornal e termina de tomar o café, pensativa.

Respira fundo e vai até a sala do delegado.

— Senta aí, Martinez. — diz o homem, com autoridade.

— Bom dia, delegado. — retruca ela e dá uma tapinha no ombro do parceiro.

— E aí, Ginny, tudo bem? — diz Gustavo, um sujeito branquelo da tez avermelhada, rosto redondo, alto e forte. O sujeito usa camisa quadriculada folgada, sua marca registrada, calça social branca e sapatos pretos.

A negra carrancuda torce a boca, senta-se ao lado do parceiro e responde:

— Tudo mal! Eu queria saber com base em que a imprensa está afirmando que os crimes da Rua H se tratam de um caso passional com o requinte de estupro seguido de suicídio? Alguém pode me explicar?!

— Você já leu o relatório da perícia, Martinez?! — questiona o delegado ironicamente e gira a cadeira para se servir de café na mesinha de apoio lateral. O homem é dono de um rosto quadrado, bigodes e barbicha bem aparados, cabelos crespos com corte baixo e penteados para trás.

— A menos que eu tenha perdido a capacidade de leitura e interpretação de texto — retruca rispidamente a inspetora. —, o laudo é inconclusivo. Tem brechas que ainda não foram explicadas. Na verdade, tenho minhas dúvidas quanto à qualidade desse relatório, delegado. O fato é que isso que a imprensa está fazendo é um absurdo!

O delegado franze o cenho, pousa três copos de café sobre o tampo, circula a mesa para fechar a porta da saleta e volta a se sentar. Acende um cigarro, dá uma longa tragada e solta fumaça pela boca demoradamente.

— Estávamos conversando exatamente sobre isso, Martinez. — comenta o delegado. — Infelizmente o laudo da perícia veio a público e a imprensa fez a interpretação que bem lhe convém. Mas, a bem da verdade, creio que não vamos chegar a nada diferente disso. Agora... Você insinuar que o laudo não tem qualidade, acho melhor você mudar o tom, inspetora.

Martinez franze a testa e encara o delegado desafiadoramente.

— Martinez — diz Gustavo e gira o corpo na cadeira ficando de frente para a colega. —, o vídeo em que Marcelo aparece no motel com Rebecca foi enviado ao celular de Sergio lá da pracinha em frente à igrejinha São Sebastião, que fica lá na Vila Sauipe. Mais ou menos a 10 km da residência dos Gomes. Já localizamos o dono do aparelho. O sujeito afirma que naquele dia perdeu o aparelho e que o encontrou em uma poça de lama em frente à porta do carro que ele tinha alugado. O sujeito é de Belo Horizonte e estava de férias no Complexo Sauipe. Descobrimos também pelo GPS do celular de Margot que ela esteve nessa mesma pracinha. A mãe de Margot afirmou que ela passou o dia em sua residência e que à tarde, saiu dizendo que iria para casa. Na verdade, ela saiu do condomínio às 15h23 e retornou às 16h25. — diz ele conferindo os dados em uma cadernetinha. — O horário que o vídeo foi enviado está dentro dessa faixa de tempo, perfeitamente coerente. Provavelmente Margot descobriu o romance do marido com a melhor amiga e tramou algum tipo de vingança enviando o vídeo para Sergio usando o celular de um estranho. Provavelmente foi algo feito por oportunidade. Ela achou o celular do sujeito e enviou o vídeo. Há vestígios de mensagens e vídeos apagados nos celulares de Margot, de Marcelo e do cara lá de Minas Gerais. Enfim, tudo indica que Margot armou um plano que saiu do controle e ela acabou executada junto com o marido.

— Isso apenas confirma o que já suspeitávamos. — retruca Martinez. — Que Margot descobriu a traição do marido. Mas quem matou os três?! Pra mim não está claro que o sujeito cometeu os crimes e se suicidou! O laudo é dúbio e depois tem o perfil do cara. Nada combina. A irmã dele depôs e afirmou que o sujeito era um tipo de voyeur compulsivo e que curtia o exibicionismo da esposa. Um sujeito com esse perfil não vai assassinar duas pessoas e tirar a própria vida por causa de uma trepada da mulher. Pô! Indicativo de suicídio, pra mim, é frágil. A perícia sequer consegue estabelecer a hora exata das mortes. O laudo aponta uma faixa de mais ou menos 30 minutos. Nesse meio-tempo muita coisa pode ter acontecido. Rebecca não tem nenhuma testemunha que confirme ou negue tudo que ela está afirmando. A filha de Sergio esteve no condomínio na noite dos assassinatos, mas essa imprecisão de tempo não nos permite sequer afirmar se ela estava ou não no local na hora exata em que tudo aconteceu... Alguém já parou pra pensar que Rebecca pode ter executado os três e simulado todas aquelas agressões?!

— E o que me diz da Tereza? — questiona Gustavo.

— Não há indícios de que Tereza tenha estado na cena do crime, ora! — retruca Martinez rispidamente. — E tem outra coisa, a bronca da moça era com a madrasta e não com o pai ou com o casal Gomes.

Gustavo meneia a cabeça e dá de ombros. O delegado traga mais uma vez e solta uma baforada de fumaça. O homem está visivelmente incomodado com o posicionamento incisivo da inspetora Martinez, mas se esforça para manter a calma e o tom de voz baixo.

— Bem, tudo o que foi relatado por Rebecca foi confirmado pela empregada da residência. — afirma o delegado. — Margot convidou Rebecca para ficar em sua casa à espera do marido, provavelmente como parte do plano de vingança. E a moça não omitiu nada. Tudo o que descobrimos em relação aos vídeos, mensagens e encontros amorosos ela confirmou por livre e espontânea vontade em seu depoimento. O que podemos concluir é que o marido não aprovava o relacionamento dela com o sócio, passou em sua residência, pegou a arma e foi para a residência dos Gomes. Quando chegou lá, não encontrou Rebecca, mas encontrou Marcelo ainda nu, provavelmente deitado no sofá da sala de estar íntima onde foi executado por Sergio com um tiro à queima roupa na cabeça. Acredito que na sequência ele entrou no quarto do casal, encontrou Margot dormindo, dopada, diga-se de passagem, despiu a moça, a estuprou e a executou sumariamente com um tiro na cabeça. Ato contínuo... Se suicidou. Pelo que Rebecca relatou, Marcelo estava aborrecido devido às *selfies* e ao vídeo que ela fez e foi agressivo com ela. Na verdade, ela afirmou que foi violentada naquela noite e que ela voltou para casa apavorada, correndo pelo calçadão da praia. Essa é a razão pela qual não se encontrou com o marido que provavelmente entrou na mansão dos Gomes pela frente.

— Não vejo as coisas com essa clareza, delegado.

— Qual seria a motivação de Rebecca para cometer um triplo assassinato, hein, Martinez?! O homem fazia tudo o que ela queria e, segundo as testemunhas, que já ouvimos, a moça levava a vida do jeito que bem entendia... Me explica aí, Martinez!

A negra enfezada meneia a cabeça.

— Eu é que quero que vocês me expliquem qual foi a motivação para os crimes seguidos de suicídio praticados por Sergio. O homem era um voyeur compulsivo, isso dito pela própria irmã e confirmado pelos depoimentos de Rebecca, que mostram que o marido sabia dos casos dela e as mensagens trocadas reforçam isso, como o senhor mesmo disse. Rebecca avisou que estava na casa dos Gomes e pediu para ele vir... Está faltando pedra nesse tabuleiro. — pondera Martinez. — Não vejo a coisa com a mesma clareza que o senhor, delegado. Ao contrário, acho que Rebecca articulou, sim, o triplo assassinato, o problema é que não há uma motivação clara, já que ela e Tereza são as únicas beneficiárias do patrimônio deixado pelo marido.

O delegado recosta-se na cadeira, carrancudo. Solta uma baforada e fala em meio à nuvem de fumaça:

— Bem, é o que temos até o momento, Martinez. — diz ele.

— Na verdade não temos nada até o presente momento, delegado. Vamos ouvir o que a filha do cidadão, a Tereza, tem a nos dizer. Quem sabe ela consiga clarear minhas ideias?

— Está em suas mãos, Martinez. Já que você está com tantas dúvidas... É você quem vai interrogar a moça.

Ψ

Por volta das 10h10, Tereza e o advogado adentram a sala do interrogatório. A jovem negra com ar de preocupada chama a atenção pelo penteado similar ao da inspetora Ginny Martinez, embora seu penteado termine com duas tranças abaixo dos ombros, ao contrário de Martinez, cujas tranças são curtas e interligadas entre si.

O delegado, Dr. Nicodemus Olivo, cumprimenta o advogado, Dr. Orlando Ricci, com um discreto aperto de mãos, apesar de serem velhos conhecidos.

— Sente-se aqui. — diz o delegado a Tereza, apontando para a cadeira próxima ao escrivão; o advogado senta-se em uma das cadeiras laterais, praticamente de frente para sua cliente.

Martinez levanta-se e o delegado comenta:

— A inspetora Ginny Martinez vai conduzir o interrogatório, mas a senhorita poderá ser interpelada pelo inspetor Gustavo Pratini ou por mim, tudo bem? — diz ele encarando a interrogada.

A moça assente gestualmente. Martinez aproxima-se e senta-se de lado sobre o beiral do tampo da mesa.

— Tereza Miranda Wasen, irei me dirigir à senhorita apenas como Tereza, tudo bem?

— Tudo bem.

— Srta. Tereza, preciso que você me relate com detalhes como foi o seu dia na segunda-feira passada, 8 de junho.

Tensa, a moça olha para o advogado e ele assente com um pequeno aceno de cabeça.

— Eu cheguei na faculdade por volta das 7h. Tinha dormido mal e ainda estava muito chateada por ter sido punida por meu pai por causa daquela vadia.

— Quem, Srta. Tereza? — intervém Martinez.

— Rebecca. Meu pai disse que cortaria minha mesada... Aí eu resolvi continuar mandando as mensagens pra ele.

— Que mensagens são essas, senhorita?

A moça olha novamente para o advogado e ele assente gestualmente. Ela enfia a mão no bolso da jaqueta, retira um celular e pousa-o sobre a mesa.

— Eu enviei várias mensagens para meu pai por esse celular. Eu sabia que Rebecca tinha um amante, ela vivia flertando com tudo quanto é homem e eu queria que meu pai terminasse com ela. — diz ela, retira o chip do bolso e coloca-o ao lado do aparelho.

Martinez acena para o parceiro e ele recolhe o aparelho e o chip, usando luvas plásticas, e ensaca o material como prova.

— Como eram essas mensagens, senhorita?

A moça respira fundo e comprime os lábios.

— Algo do tipo *"Você sabe o que sua esposa está fazendo agora?"*.

Martinez levanta-se, impassível, cruza os braços e continua inquirindo:

— Então, às 7h, a senhorita enviou a primeira mensagem para seu pai?

— Já tinha enviado outras mensagens com o mesmo teor no dia anterior, mas na segunda, essa foi a primeira vez. Enviei outra por volta do meio-dia e outra às 20h mais ou menos. Foi quando decidi ir ao condomínio ver se flagrava a vadia com alguém.

— Troque a palavra vadia pelo nome da pessoa, senhorita, por favor! — retruca a inspetora Martinez severamente.

— A vadia chama-se Rebecca! — diz desafiadoramente.

Martinez torce a boca e respira fundo; Dr. Orlando Ricci meneia a cabeça de forma repreensiva.

— Continue, senhorita, por favor.

— Eu disse a minha vó que iria ao aniversário de uma amiga em Guarajuba, mas fui para o condomínio em Costa do Sauipe, decidida a flagrar a vadia, quer dizer... Rebecca. Quando eu cheguei lá, estava chovendo muito forte, um temporal, na verdade. Passei em frente à mansão dos Gomes e deu pra ver que tinha luz na casa. Já na mansão de meu pai, estava tudo apagado, inclusive a área externa. Vi o carro de meu pai na garagem, a princípio estranhei, porque ele sempre vai para o aeroporto com o carro dele, mas na hora pensei que ele podia ter ido com alguém e não liguei. Deixei meu carro um pouco afastado, vesti uma capa plástica...

Ψ

Tereza relata por alguns minutos a dinâmica dos fatos até o momento em que sai do condomínio.

— A senhorita tem certeza de que era seu pai o homem que você viu sair da sua residência e correr em direção à casa dos Gomes? — questiona Martinez — Você disse que estava tudo escuro.

— Sim. Tenho certeza de que era ele. Uma sequência de relâmpagos jogou luz no rosto dele e eu vi claramente.

A inspetora Ginny Martinez mune-se com outro copo de café e continua andando de um lado ao outro, inquirindo.

— Então a senhorita viu seu pai abaixado na lateral da mansão dos Gomes... depois ele foi para o varandão e entrou na casa pela porta da cozinha, é isso?

— Isso!

— E quando você se aproximou... O que de fato a senhorita viu ao espiar para dentro da mansão?

Tereza meneia a cabeça e respira fundo. Por fim, diz:

— Eu vi o vulto do meu pai na penumbra de pé em frente à porta da cozinha. Ele ainda estava com a capa de chuva e com o capuz cobrindo a cabeça. Fiquei confusa, não entendi o que estava acontecendo. Ele ficou ali parado um tempinho como se tentasse escutar alguma coisa, sei lá... Depois ele foi até as escadas e lá ficou por alguns segundos olhando para o alto. Depois eu vi aparecer os pés de uma mulher na parte intermediária da escada... Meu pai então subiu as escadas... Só dava pra ver as pernas do joelho pra baixo. Entendi que era Rebecca... Eles pareciam se abraçar... Até que meu pai tirou as roupas e subiu as escadas atrás dela.

A inspetora franze a testa e aproxima-se da depoente.

— A senhorita reconheceu Rebecca como sendo essa mulher apenas pelas pernas?!

— Só dava pra ver dos joelhos para baixo, mas eu supus que era ela, ora. Não entendi muito bem o que estava rolando ali... O temporal estava piorando com muitos relâmpagos e trovões... Eu estava com medo e muito frio. Aí eu saí pela lateral da casa e voltei correndo pra meu carro. Aí, fui embora.

— Srta. Tereza, isso é muito importante. Você tem certeza de que as pernas que você viu eram de Rebecca?

— Eu conheço muito bem o jeitão daquela vadia, inspetora!

Martinez franze o cenho e pondera:

— Segundo o que a senhorita disse, a casa estava às escuras... Você pode ter se enganado ou estar sugestionada.

— Acho que eram as pernas de Rebecca, inspetora.

— A senhorita acha?!

— Eu conheço muito bem o jeitão daquela vadia. Era ela. Era Rebecca quem estava lá! Tenho certeza disso!

A inspetora respira fundo, empertiga o corpo, semblante fechado, e diz:

— Tenho uma última pergunta a fazer, Srta. Tereza. Sabemos que a senhorita é filha única e que com a morte do falecido os bens deixados serão divididos entre você e Rebecca. É isso mesmo?

— Mais ou menos.

— Mais ou menos?! Você se importaria de comentar sobre isso?

A moça olha para o advogado e ele assente gestualmente.

— Bem, tudo o que eu sei é que meu pai deixou um testamento em vida aos cuidados da irmã dele, tia Sabrina. Ainda não sei o teor desse documento. A leitura do testamento vai ser hoje à noite.

A inspetora respira fundo, encara o delegado, vai até a mesinha do café e serve-se novamente. Dr. Nicodemus inicia uma nova rodada de perguntas em um ritual cansativo e repetitivo.

Uma hora depois, ele conclui:

— Você gostaria de fazer mais alguma pergunta, inspetor Gustavo?

— Não! — responde ele laconicamente.

— Inspetora Martinez... — volta a dizer o delegado.

— Não tenho mais nada a questionar por ora, Dr. Nico, mas lembro que será necessária uma perícia no veículo e no celular da Srta. Tereza.

O delegado levanta-se, ajeita a gravata e diz:

— Já temos um mandado judicial, Dr. Orlando, e precisamos que deixem o veículo da senhorita e o celular.

— Sem problemas, Dr. Nico. Eu já havia alertado minha cliente de que isso seria necessário.

— Ótimo! De qualquer sorte, é possível que tenhamos que ouvir a Srta. Tereza novamente, caso surja algum fato novo que precise de esclarecimento, é claro.

— Tudo bem. Sem problema algum.

Ψ

Assim que deixam a sala do interrogatório, Dr. Orlando diz:

— Vou deixá-la em casa, Srta. Tereza.

A moça assente e acompanha-o até o estacionamento. Antes de alcançarem o carro, são abordados pela inspetora Ginny Martinez, que se aproxima apressada.

— Srta. Tereza.

Dr. Orlando e Tereza viram-se.

— Fique com meu cartão, por favor, senhorita. Se precisar de algo ou caso se lembre de mais alguma coisa, por favor, me ligue.

— Caso minha cliente precise de algo, faremos isso oficialmente, inspetora. — retruca o advogado rispidamente.

— Claro, doutor! É um direito dos senhores. De qualquer forma, aqui está. — diz ela e estende a mão com o cartão.

Tereza hesita...

— Estou tentando ajudar, senhorita. — diz Martinez e arqueia a sobrancelha.

Por fim, a moça aceita o cartão e guarda-o na bolsa. A inspetora encara o advogado rapidamente, gira o corpo e se afasta.

Assim que entram no carro, Dr. Orlando Ricci liga o motor e comenta:

— Já analisei todos os depoimentos desse processo, Srta. Tereza, e seu depoimento mostrou um ponto conflitante com o depoimento de Dona Rebecca. Baseado no que a senhorita me disse e repetiu aqui na delegacia, Dona Rebecca estava na cena do crime até o momento em que você resolveu voltar para casa. Ocorre que Dona Rebecca garantiu que ela não se encontrou com o marido naquela noite. O problema é que essa briga entre vocês enfraquece seu depoimento e isso pode ser benéfico para Dona Rebecca. Sugiro à senhorita que se mantenha longe dessa moça e evite chamá-la de "vadia". Nesse momento, isso não ajuda em nada. Preciso que me ajude para que eu possa ajudá-la.

— Desculpe, Dr. Orlando. Eu sei que o senhor tinha me alertado sobre isso, mas eu não consegui me conter.

— Bem, pense nisso. Outra coisa, evite falar diretamente com a inspetora Ginny Martinez, para não se complicar.

— Tudo bem.

Capítulo 24

À noite já havia se alastrado sobre Lauro de Freitas quando Tereza, Maria Rita e Júlio entraram na recepção do hotel. A atendente no balcão da recepção reconhece Júlio e Tereza e os recebe exibindo um sorriso largo.

— Boa noite, vocês querem falar com a Sr.ª Sabrina, não é isso?

— Isso. — diz Júlio.

— Como é mesmo o nome do senhor?

— Júlio Gomes.

— Um momento, Seu Júlio, que eu vou solicitar uma pessoa para acompanhá-los. — diz a atendente e afasta-se um pouco para o extremo do balcão.

A moça tecla um número no telefone, fala alguma coisa e instantes depois, uma moça trajando um terninho cinza com uma blusa branca aparece sorridente em frente ao balcão.

— Por favor, Célia, leve Seu Júlio e essas duas senhoras para a sala de convenções dois.

A atendente embarca os três visitantes em um dos elevadores e saem no hall do primeiro piso, uma área acarpetada com iluminação indireta, um sofá em L, duas poltronas, uma mesinha de centro, quadros de Carybé espalhados pelas paredes e um corredor com duas portas de 1,20 metros de largura em ambos os lados.

— Segunda porta, à direita. — diz a *concierge* e aponta.

Tereza está tensa e estaca-se, hesitante.

— Rebecca vai estar aí. O que eu faço, hein?

— Com licença. — diz a *concierge*, gira o corpo e retorna ao elevador; a porta fecha-se logo em seguida.

— Tereza, até prova em contrário, Rebecca também é vítima dessa tragédia. É melhor você ignorá-la nesse momento. — aconselha Júlio.

— Aquela vadia não tem nada de inocente.

— É melhor você se controlar, Tereza. Se ela tiver algum envolvimento no que aconteceu, a polícia vai descobrir. — pondera Maria Rita.

— Não tenho tanta certeza assim, Rita.

— Tereza, é melhor você se controlar. — reforça Júlio.

— É, eu sei. Dr. Orlando já me alertou sobre isso.

Júlio é o primeiro a entrar na sala. Sabrina está de pé conversando com o pai, Sr. Laudemiro, e Rebecca acomodou-se à mesa ao lado do advogado e do pai, Sr. Kevin. Todos voltam a atenção para o rapaz e Rebecca se levanta quando Tereza e Maria Rita entram. Um silêncio mórbido se segue: Tereza com o olhar miúdo e desafiador; Rebecca, sempre altiva, elegantemente vestida com um terninho preto, saia justa cinco dedos acima dos joelhos, sapatos altos, exibindo um rosto insípido por trás dos olhos verdes brilhantes.

— Sentem-se, por favor. — diz Sabrina e posiciona-se na cabeceira da mesa, de pé.

Laudemiro cumprimenta gestualmente Júlio e Maria Rita e senta-se ao lado de Kevin. Júlio, Maria Rita e Tereza sentam-se no lado oposto da mesa.

— Bem, vou procurar ser breve. — diz Sabrina. — Aqui está a procuração, me dando plenos poderes como testamenteira. — Sabrina entrega o documento ao advogado de Rebecca, Dr. Iuri Michalski — E aqui — aponta para um envelope pardo —, está o testamento. Como podem ver, devidamente lacrado. Segundo meu falecido irmão, existe uma cópia deste documento no cofre do escritório na mansão do condomínio Praia dos Coqueiros, em Costa do Sauipe. A senha do cofre está neste envelope. — Sabrina aponta para o envelope ao lado da pasta branca. Suponho que nem você, Rebecca, e nem você, Tereza, tenham tido acesso ao cofre até o presente momento.

Tereza meneia a cabeça negativamente e Rebecca comenta:

— Sergio sempre dizia que na hora certa eu teria acesso à senha. Infelizmente, suponho que seja agora. — diz ela fazendo cara de vítima.

Sabrina assente.

— Bem, peço que todos aqui presentes atestem o lacre dos envelopes. — Sabrina arrasta os dois envelopes para o centro da mesa. — Em seguida, farei a leitura.

Os dois envelopes circulam a mesa de mão em mão; olhares desconfiados e até mesmo inquisidores são trocados. Rebecca não se intimida e encara a todos com altivez, apesar de manter um semblante sóbrio beirando ao melancólico. Tereza esforça-se para não encarar a madrasta, mas se sente enojada com sua desfaçatez e resolve encará-la. Trinca os dentes e aperta os olhos desafiadoramente. A loira arqueia a sobrancelha ironicamente e esboça um leve sorriso provocativo.

— Tereza... — murmura Júlio ao pé do ouvido da moça e segura em sua mão; ela retrai-se e abaixa as vistas.

Sabrina abre o envelope, saca o testamento e inicia a leitura:

> *Eu, Sergio Miranda Wasen, casado, natural de Santo Antonio de Jesus, Bahia, filho de Helena Miranda Wasen e Laudemiro Silveira Wasen, portador da carteira de identidade... Pelo presente nomeio, constituo e aponto Sabrina Miranda Wasen como Executora deste Testamento... Eu transmito às pessoas nomeadas abaixo as seguintes propriedades:*
>
> *À Rebecca Vaz Wasen, esposa, transfiro a mansão no condomínio Praia dos Coqueiros, rua H, n.° 40, em Costa do Sauipe, município de Mata de São João, Bahia; o carro de uso pessoal; os investimentos e saldo bancário na conta do Banco do Brasil e do Santander...* — Estão especificados aqui os dados bancários. — *Uma apólice de seguro de vida firmado com o Banco do Brasil, apólice número...* — Segue aqui o número. — Tereza franze a testa; Rebecca mantém-se impassível. — *E faz jus a pensão vitalícia da Previdência Privada contratada junto ao Banco do Brasil...* — Aqui estão também os dados da Previdência Privada. — *Como condição para garantir a posse desses bens, Rebecca Vaz Wasen se obriga a pagar uma pensão mensal e vitalícia a Tereza Miranda Wasen no valor de R$5.000, reajustados anualmente pelo IPCA...* — Rebecca franze a testa e Tereza gesticula com os lábios a palavra "vadia"; as duas encaram-se desafiadoramente. — *O não cumprimento sem justa causa, mesmo que parcialmente, reverte esses bens para Tereza Miranda Wasen.*
>
> *À Tereza Miranda Wasen, filha, transfiro a cobertura do prédio mansão Vincente Minnelli, no Horto Florestal, Salvador, Bahia e as cotas de sócio proprietário da SGMW Telecomunicações e Engenharia LTDA.*

Sabrina meneia a cabeça lentamente, respira fundo e continua:

— Enfim...

> *Sergio Miranda Wasen tem idade legal para assinar este Testamento, está em pleno gozo das suas faculdades mentais e assinou este documento por vontade própria e livre de qualquer influência ou obrigação. Declaramos que ele assinou este Testamento em nossa*

presença e que então o assinamos como testemunhas na presença um do outro, todos presentes ao mesmo tempo.

Assinado: Sergio Miranda Wasen.

— Bem, é isso, pessoal. Esse original fica com Tereza, e você, Rebecca, fica com esta carta que contém a senha do cofre. Lá, você vai encontrar a sua via do testamento. De qualquer forma, tem mais duas cópias aqui no envelope e você pode ficar com uma delas.

Tereza levanta-se de rompante e diz:

— Isso não vai ficar assim, sua vadia! — com os olhos injetados, gira o corpo e sai apressada da sala.

Júlio levanta-se, respira fundo, olha rapidamente para Sabrina, comprime os lábios, preocupado, encara ligeiramente Rebecca, ela faz cara de vítima, faz sinal para a esposa, ela levanta-se, e diz:

— Com licença. — o rapaz retira-se conduzindo a esposa pelo braço.

Alcançam Tereza aos prantos na porta da recepção do hotel sob o olhar preocupado dos funcionários.

— Calma, Tereza... — diz Júlio.

— Calma, uma droga! — retruca ela com voz embargada.

A moça atravessa a rua correndo e acomoda-se no banco traseiro do Cruze.

— Vocês viram o que meu pai fez?! Além de Rebecca ficar com a melhor parte da herança, ainda fiquei presa àquela vadia.

— Eu dava tudo pra saber o valor desse seguro de vida. — comenta Maria Rita.

— Mais cedo ou mais tarde, isso virá à tona. — diz Júlio.

— Eu sei exatamente o que eu vou fazer. — diz Tereza.

Júlio olha para a esposa, ela arqueia a sobrancelha preocupada, observa a expressão abatida da moça pelo retrovisor e diz:

— Não faça nenhuma bobagem para não se arrepender depois, Tereza. Se você não concorda com o testamento, é melhor recorrer à justiça.

— Pode deixar que eu não vou fazer nenhuma bobagem, mas de braços cruzados é que não vou ficar.

Ψ

Dr. Iuri levanta-se e comenta:

— Ficarei com uma cópia do testamento, Sr.ª Sabrina, se não se importa.

— Aqui está. Tomarei as medidas necessárias para garantir o cumprimento da vontade do meu irmão e manterei o senhor informado. — afirma Sabrina e encara Rebecca com olhar inquisidor; a loira torce a boca e levanta-se.

— Estarei em minha residência, caso precise de algo. — diz ela com voz altiva.

— A senhora precisa providenciar alguns documentos e assinar outros, mas resolvo isso com seu advogado. Não se preocupe.

— Não estou preocupada. Sua sobrinha é quem parece bem preocupada e de praxe... desajustada mentalmente.

— Não estou interessada no que você pensa sobre minha sobrinha, Rebecca.

— Pois devia! — retruca a loira e sai da sala ao lado do pai; Dr. Iuri despede-se gestualmente e também se retira.

Laudemiro aproxima-se da filha e comenta:

— Até quando Rebecca e Tereza vão se digladiar, hein?!

— Não sei, meu pai, mas uma coisa eu te digo: não gosto dessa mulherzinha exibida!

Ψ

Tereza entra em casa, emburrada, com os olhos injetados. A avó está acomodada no sofá da sala com o terço em mãos rezando, tentando aplacar a dor da perda do filho.

Levanta-se preocupada com o jeitão soturno da neta.

— Teca, minha filha, que cara é essa?! — diz ela com voz fragilizada.

— Nada não, vó.

— Cadê seu avô?!

— Deve estar vindo aí. — retruca ela e retira-se para seu quarto.

Joga a bolsa sobre a cama, entra no banheiro e lava o rosto demoradamente. Enxuga-se e vai até o portal da varanda da suíte. Apoia-se na parede e contempla a imensidão escura sobre o mar. Um ponto luminoso minúsculo aparece intermitente em meio ao breu; a moça fixa-se nesse ponto e sua mente remói as lembranças do fatídico dia em que se esgueirou pelas sombras.

> *Lembra-se de o pai seguir com passadas lentas até o pé da escada e lá estacar-se por alguns segundos. Em seguida, aparecem as pernas de uma mulher na parte intermediária da escada. O pai fica quieto por um tempo, mas logo sobe as escadas e para em frente à mulher, aparentemente quietos. Em seguida, vê a capa do pai ser jogada escada abaixo... Depois a blusa... Ele abaixa-se e retira os tênis e joga-os para trás... Tira as calças... A cueca... E aproximam-se novamente um do outro. Por fim, a mulher sobe as escadas e o pai sobe atrás...*

"Vadia! Só pode ser você... Assassina desgraçada!", pensa e senta-se na cama ao lado da mesinha de cabeceira.

Puxa a bolsa para junto de si, procura pelo cartão da inspetora Martinez e faz uma ligação, que é atendida no terceiro toque:

...

— Boa noite, inspetora, é Tereza. Prestei depoimento hoje cedo lá na delegacia e preciso falar com a senhora.

...

— O mais rápido possível. Agora!

...

— A senhora tem o meu endereço?

...

— Certo. Estou esperando. Quando a senhora chegar, dê uma buzinada que eu apareço. É que ainda estou sem o celular.

...

— Tudo bem!

Tereza bate o telefone no gancho e sai da suíte. A avó está de pé, próxima ao guarda-corpo da varanda da sala e vai até ela.

— Vó, eu vou ficar lá embaixo esperando uma amiga.

— Você vai sair agora, minha filha? Tá ficando tarde.

— Não vó. Eu vou conversar um pouco com ela aqui mesmo, só isso.

— Ahn... E seu avô que não chega?

— Vó, meu avô ficou com tia Sabrina. Daqui a pouco ele chega. Não é o carro dele que está chegando aí? — Tereza aponta para a rua.

— Graças a Deus, Teca, acho que é seu avô.

— Bem, eu vou comer alguma coisa lá na cozinha enquanto minha amiga não chega.

— Vai, minha filha.

Ψ

Por volta das 22h10, a inspetora Ginny Martinez estaciona o carro em frente ao sobrado. Nota luz na parte inferior do casarão e buzina duas vezes. A porta principal abre-se e uma jovem espia pela greta, hesitante.

A rua está quieta, a noite, escura, e corre uma brisa fria em direção ao mar. A inspetora salta do carro e aproxima-se do portão.

Tereza reconhece a mulher e vai recebê-la.

— Boa noite, inspetora. Obrigada por ter vindo. Entre. — diz Tereza e abre o portão.

A negra alta e sisuda responde gestualmente, avalia a rua deserta e entra. A moça fecha o portão e a conduz até o casarão.

— Acho que meus avós já se deitaram. Vamos conversar no escritório do meu avô. — diz ela.

Martinez corre os olhos pela ampla sala em tom pastel com dois sofás grandes em couro branco, uma mesinha de centro em imbuia, duas cadeiras com estofado azul turquesa, um tapetão, uma mesa de jantar para oito pessoas ao lado de um espelho ocupando boa parte da parede, alguns quadros, objetos de decoração discretos e iluminação indireta. Respira fundo, segue a moça e adentram o escritório.

Tereza fecha a porta atrás de si e aponta para uma das cadeiras em frente à mesa.

— Sente-se, por favor.

Mais uma vez a inspetora olha em volta e fixa-se por instantes na estante repleta de livros. Finalmente, senta-se e encara a jovem acomodada do outro lado da mesa.

— Seus avós e seu advogado sabem que estou aqui?

— Não. Certamente que Dr. Orlando ia querer estar presente... Enfim. Hoje tomei conhecimento do testamento que meu pai deixou em vida. Confesso que fiquei surpresa, ao contrário de Rebecca que não muda aquela cara de mulher sofrida.

Martinez franze a testa.

— Rebecca já sabia do teor do testamento, é isso?

— Não tenho como provar isso, inspetora, mas acho que sim. Por isso te chamei aqui reservadamente. Tia Sabrina é a testamenteira e disse que meu pai mantinha essa coisa do testamento em sigilo e que tem uma cópia no cofre na mansão de Costa do Sauipe. Em tese, Rebecca recebeu a senha hoje, mas alguma coisa me diz que aquela víbora sabia do teor do testamento, e mais, que ela seria beneficiária de um seguro de vida em detrimento a mim.

— Baseada em que a senhorita afirma que Rebecca tinha conhecimento desse testamento?

— Pelo jeitão dela, ora! Rebecca não demonstrou nenhuma surpresa ao saber do teor do testamento.

— Infelizmente preciso de algo mais concreto, Srta. Tereza. A propósito, como ficou a partilha de bens?

— Rebecca ficou com a mansão de Costa do Sauipe, com os investimentos bancários, uma pensão vitalícia e faz jus ao tal seguro de vida. Eu fiquei com as cotas da empresa que meu pai era sócio, um apartamento em Salvador e Rebecca tem que me dar uma pensão de R$ 5.000.

— Entendi. E a senhorita acha que foi prejudicada na partilha, é isso?

— Isso, apesar de não saber o valor dos investimentos e do saldo bancário que meu pai deixou. Tampouco sei o valor do seguro de vida, mas acredito que Rebecca foi beneficiada em detrimento a mim e ela sabia disso.

— Entendi. Então a senhorita acredita que o valor das ações da empresa e o apartamento é inferior aos bens herdados por Rebecca?

— Isso.

Martinez torce a boca e respira fundo, cética.

— Sendo bem objetiva, Srta. Tereza, você acredita que Rebecca assassinou seu pai e o casal Gomes por conta desse patrimônio e desse seguro de vida?

— Sim! Inspetora, tenho certeza de que a mulher que estava lá na mansão dos Gomes era Rebecca. Tudo bem que estava tudo escuro e na penumbra, eu só consegui ver do joelho pra baixo, mas eu conheço aquele jeito pedante e insinuante de Rebecca caminhar. Tenho certeza de que era ela e não Margot ou qualquer outra mulher.

— Infelizmente, é a sua palavra contra a dela. Já conversamos com os vizinhos e com a própria segurança do condomínio e ninguém viu nada. Eu arriscaria dizer que foi um crime por oportunidade. Aquela foi uma noite perfeita. O temporal interrompeu a ronda dos seguranças, as trovoadas e o ruído da chuva com certeza abafaram os tiros, enfim... Não temos nada de concreto até agora. O próprio relatório da perícia é inconclusivo e sugere que seu pai executou o amante, estuprou a esposa dele, a executou e se suicidou.

— Isso não é verdade, inspetora! Minha tia Sabrina me disse que meu pai confidenciava coisas e disse que ele não se importava com as safadezas de Rebecca. Ele não tinha motivo algum para cometer aqueles crimes.

— Sei. Se a senhorita soubesse que seu pai aprovava esse estilo de vida de Rebecca, digo, antes dos crimes, você também aprovaria?

— Não... Acho que não... Mas isso agora não importa mais. Na verdade, acho que Rebecca armou pra meu pai e que Marcelo e Margot foram usados.

A inspetora comprime os lábios, meneia a cabeça e pondera:

— Não há nada que indique que Marcelo e Margot tivessem uma relação aberta que justifique seu pai ter ido até a casa deles naquela noite, entrar e subir para os quartos sem ser convidado.

— Por isso que acho que foi tudo uma armação de Rebecca. Acho que meu pai foi atraído pra lá com o objetivo de ser assassinado. Marcelo e Margot foram a isca.

— Srta. Tereza, tudo indica que Margot articulou aquele encontro e que foi ela quem enviou o vídeo e as mensagens para seu pai dizendo que Rebecca e Marcelo se encontrariam lá ou na casa dela. Tudo indica que foi Margot quem atraiu Rebecca para a residência dela e a manteve em sua casa até a chegada do marido. A partir daí, o que podemos inferir é que Margot tomou os tranquilizantes, foi dormir e deixou o marido com Rebecca, provavelmente apostando que seu pai chegaria a tempo de flagrar os dois. Não consigo imaginar o que Margot pretendia com isso. Se era só arruinar com o casamento de Rebecca ou se ela queria que Sergio matasse os dois. De qualquer forma, como explicar o fato de seu pai ter mantido relação sexual com Margot com ela drogada?

Tereza levanta-se e começa a andar de um lado para o outro. A inspetora também se levanta e cruza os braços.

— A senhora acredita que meu pai matou o sócio por ciúmes, estuprou a esposa dele, a matou e se suicidou, é isso?

— O que eu acho, não importa, Srta. Tereza. O fato é que ainda temos algumas perguntas sem respostas e um laudo pericial que sugere suicídio após estupro e duplo assassinato. A autópsia confirmou que Margot estava dopada. Me diga… Como explicar o fato de seu pai ter penetrado Margot nessa condição?!

— Sei lá! Rebecca pode ter induzido ele a fazer isso. Acho que Rebecca matou Marcelo, atraiu meu pai para o segundo piso, o induziu a possuir Margot e depois executou os dois.

— São apenas suposições, Srta. Tereza. Rebecca apresentou marcas pelo corpo que comprovam que ela foi agarrada à força por Marcelo. Pela versão dela, Marcelo estava enfurecido por causa do vídeo que ela fez no motel sem autorização e das *selfies* que ela fez no quarto dele. Ela disse que voltou correndo pelo calçadão em pleno temporal porque ficou assustada com as agressões que sofreu, o que nos leva a crer que seu pai entrou na casa pela frente. Infelizmente ninguém viu nada, a não ser a senhorita. Enfim, o que é possível deduzir é que seu pai surpreendeu Marcelo nu no sofá da sala do segundo piso e o executou sumariamente. Em seguida, estuprou Margot, a executou e se suicidou.

— Isso não é verdade, inspetora! — retruca em tom firme. — Não faz sentido algum!

— Também não faz sentido Rebecca matar seu pai e mais duas pessoas. Até onde sabemos, seu pai e Rebecca viviam bem e as brigas do casal giravam em torno de você, Tereza. Ademais, até prova em contrário, ela não sabia do testamento ou do seguro de vida.

— Inspetora, e se tiver mais alguém envolvido nisso?

— Como assim?!

— Em março desse ano eu vi Rebecca se encontrar com um homem lá no Shopping Salvador Norte. Eu segui os dois e eles foram para um motel lá perto. E se ela matou meu pai pra ficar com a mansão, a grana e com esse cara?

Martinez respira fundo e meneia a cabeça lentamente, cética quanto a essa possibilidade.

— Você sabe quem é esse sujeito?

— Não, mas eu o reconheceria se o visse novamente. Era um cara loiro bonitão e elegante. O cara parecia um modelo estrangeiro.

Martinez comprime os lábios e levanta-se.

— Sinto muito, Srta. Tereza, mas não podemos empreender busca a um sujeito apenas porque ele se encontrou com Rebecca três meses atrás. Lamento.

— Quer dizer que essa vadia vai sair impune, é isso?!

Martinez franze a testa e responde rispidamente:

— Há algo mais que você queira me dizer, Srta. Tereza?!

Tereza cruza os braços, meneia a cabeça e respira fundo decepcionada.

— Não, inspetora. Desculpe-me por tê-la feito vir até aqui.

— Não se preocupe com isso. Me acompanhe até a saída, por favor.

Capítulo 25

Martinez retorna para seu apartamento com a mente fervilhando, tentando juntar as peças do quebra-cabeça. Retira o blusão de couro e vai até o banheiro lavar o rosto. Retorna à sala com as últimas palavras de Tereza ecoando em sua cabeça: *"E se ela matou meu pai pra ficar com a mansão, a grana e com esse cara?"*.

— Merda! — resmunga e senta-se no sofá.

Por fim, faz uma ligação:

— *Nico.*

— Dr. Nico, é a inspetora Martinez.

— *O que foi agora, Martinez?!*

— É sobre o caso da Rua H.

— *Ahn...*

— Sergio, o cara que se suicidou, deixou um testamento beneficiando Rebecca com a Mansão da Costa de Sauipe, com os investimentos do marido, o saldo em conta corrente e um seguro de vida. A filha, Tereza, acha que foi prejudicada na partilha e sugere que Rebecca matou o pai para ficar com o patrimônio, a grana e o amante. Acho prudente fazer uma perícia na casa dela. Aliás, não entendo porque ainda não fizemos isso.

— *Sei... A filha ficou com o quê?*

— Um apartamento em Salvador, a participação na empresa do pai e com uma pensão de R$ 5.000 a ser paga mensalmente por Rebecca.

— *Baseado em que você está afirmando que a filha foi prejudicada, Martinez?*

— Bem, doutor, é apenas um palpite, mas acho...

— *Você enlouqueceu, Martinez?!* — retruca o delegado rispidamente interrompendo a fala da inspetora. — *Você acha mesmo que algum juiz em sã consciência vai emitir um mandado de busca e apreensão baseado no que você acha? Principalmente nesse caso em que essa moça, a Tereza, não esconde a raiva que sente pela madrasta. Provavelmente, essa é mais uma tentativa de constranger e prejudicar Rebecca.*

— Mas Dr. Nico...

— Esqueça, Martinez! Boa noite. — retruca o delegado e bate o telefone.

— Merda! — resmunga a inspetora e faz outra ligação.

— Diga aí, Ginny.

— Guga, estive há pouco com aquela moça, a Tereza, e ela insiste naquele caso do tal amante que ela viu com Rebecca lá no Shopping Salvador Norte. Ela acha que Rebecca pode ter matado o pai para ficar com o cara e a grana. O marido deixou um testamento em que ela fica com a mansão de Sauipe, os investimentos e um seguro de vida. Tereza ficou com um apartamento em Salvador, com a participação na empresa do pai e uma mesada de R$ 5.000 a ser paga pela madrasta.

— E daí?!

— Como "e daí"?! Realmente eu não sei quantificar nada... Não sei o valor do seguro de vida, mas era importante saber se Rebecca sabia ou não que seria beneficiada nesse testamento. Liguei para Dr. Nico na esperança dele conseguir um mandado de busca, mas o homem ficou foi brabo.

— Você já devia saber que ele não ia concordar, Ginny. Na verdade, acho que o delegado está sob pressão para encerrar esse caso o mais rápido possível e ele não vai fazer nada que possa criar mais polêmica. Você sabe que esse é um caso complexo e que Rebecca e Tereza são inimigas declaradas. Nada que uma diga contra a outra pode ser levado em consideração, a menos que você tenha provas robustas. Você sabe disso, Martinez.

— Merda! Você conseguiu progredir com a investigação sobre aquele carro que estava estacionado em frente à mansão dos Wasen?

— Bem, o carro foi alugado em uma pequena locadora e pago em cash. Os dados utilizados no cadastro são de um homem que já faleceu há pelo menos 10 anos. Ele foi descrito como branco, loiro, alto, forte, olhos azuis e rosto quadrado. Segundo o gerente dessa locadora, o sujeito tinha um sotaque carregado como se fosse espanhol ou italiano. Provavelmente um estrangeiro. E o segurança lá da portaria do condomínio Praia dos Coqueiros descreveu o elemento da mesma forma. Disse que tentou falar com a mansão dos Wasen pelo interfone, mas não conseguiu. Segundo ele, parece que o temporal provocou alguma pane e a central ficou muda. Disse que liberou o cara porque ele alegou ser primo da moça, era distinto e apresentou documento de identidade.

— E os dados que esse cara usou pra se registrar na portaria?

— É um outro nome, Ginny, mas igualmente falso. Ou seja, não temos nada. Aposto que se Rebecca for questionada, ela vai negar conhecer o cara.

— Tem coisa aí, Guga. O sujeito que Tereza descreve como o possível amante de Rebecca também é loiro com jeitão de estrangeiro. Não gosto dessas coincidências. E as câmeras de segurança da entrada do condomínio?

— Dr. Nico disse que ia conseguir um mandado de busca e apreensão. Provavelmente só na segunda, agora. O homem disse que não vai incomodar o juiz no domingo para algo que pode ser feito na segunda-feira.

— Merda!

— É melhor você se acalmar, Ginny.

— Tem razão. Boa noite, Guga.

— Boa noite, Ginny.

Capítulo 26

Terça-feira, 16 de junho de 2015.

Três dias despois...

O delegado Nicodemus Olivo, a inspetora Ginny Martinez e o inspetor Gustavo Pratini estão reunidos com o chefe do departamento de polícia técnica, Dr. Miguel Sanches. Ele exibe as imagens das câmeras de segurança do condomínio Praia dos Coqueiros e comenta:

— Essas são as imagens em que identificamos a entrada do Audi A3 preto no condomínio Praia dos Coqueiros. Infelizmente, as câmeras de segurança não conseguiram registrar o rosto do suspeito. Primeiro, temos o quebra-sol abaixado, o carro está com as luzes internas apagadas e o para-brisa está encharcado, gerando muitos reflexos. No retorno, além da iluminação interna do carro estar apagada, todos os vidros estavam fechados. Enfim, essas imagens servem apenas para indicar que alguém esteve nas proximidades da residência dos Wasen no período provável em que os crimes ocorreram, nada mais.

Martinez meneia a cabeça negativamente e comprimes os lábios, desapontada com o resultado das análises. Dr. Miguel conclui sua apresentação com as seguintes palavras:

— Ainda hoje enviarei o relatório final das análises, Dr. Nico.

— Tudo bem. Obrigado, Dr. Miguel.

Miguel fecha o notebook e deixa a sala. Dr. Nicodemus acende um cigarro, traga fortemente e comenta:

— Voltamos à estaca zero, Martinez. Veja isso. — diz ele e joga uma pasta sobre a mesa.

A inspetora abre a pasta e lê o documento. O inspetor Gustavo arqueia a sobrancelha, curioso.

— Como você pode ver, Martinez, Tereza não foi prejudicada na partilha. O valor do apartamento de alto luxo que ela herdou está avaliado acima do valor da mansão do Condomínio Praia dos Coqueiros e o valor de mercado das cotas da empresa SGMW Telecomunicações e Engenharia LTDA praticamente se igualam ao valor do seguro de vida e aos investimentos herdados por Rebecca. Eu diria que a partilha foi mais do que justa e igualitária. Ou seja, Tereza não tem motivo algum para reclamar da partilha.

Martinez revê os números, meneia a cabeça e repassa o documento para o parceiro.

— E o que Rebecca disse sobre o cara que entrou no condomínio se dizendo primo dela?

— Conversei com Dr. Iuri Michausky e ele me garantiu que a cliente dele desconhece o fato e que ela reafirma a sua disposição em contribuir com as investigações. Enfim, como disse antes, não há nada que justifique um mandado de busca na residência da moça. Ela é tão vítima quanto a filha do homem, a Tereza.

— E esse cara que entrou no condomínio se dizendo primo de Rebecca?

— Bem, até prova em contrário, não passou de uma tentativa de roubou frustrada. Provavelmente o temporal fez o sujeito desistir.

Martinez levanta-se e diz rispidamente:

— Eu não estou convencida disso, delegado!

— Acho bom você se acalmar, inspetora. Está cheio de abutres aí fora farejando uma palavra errada pra criar uma manchete sensacionalista. Tudo o que eu não preciso agora é de mais lenha nessa fogueira. Fui claro?

Martinez franze a testa e ameaça retrucar, mas o inspetor Gustavo se levanta e diz:

— Está claro, Dr. Nico.

O homem solta uma baforada, encarando desafiadoramente a inspetora.

— Está claro, Martinez?!

— Sim, senhor! — resmunga ela e gira o corpo para sair da sala.

— Esse caso da Rua H está caminhando para ser encerrado e quero que você aproveite para tirar suas férias já no próximo mês.

— O quê?! Eu não quero férias agora.

O delegado levanta-se visivelmente irritado, aproxima-se da inspetora com o cigarro entre os dentes, dá uma tragada forte e, após soltar uma nuvem de fumaça pela boca, diz:

— Você está com duas férias acumuladas, inspetora Martinez, de forma que não estou perguntando se a senhora quer tirar férias, eu estou dizendo que a senhora vai tirar as suas férias a partir de primeiro de julho. Fui claro?!

Gustavo aproxima-se, segura a inspetora pelo braço e diz:

— É melhor você se acalmar, Ginny.

A negra enfezada meneia a cabeça, gira o corpo e sai da sala deixando a porta aberta.

Ψ

Martinez e Gustavo acomodam-se na mesa de um restaurante às margens da Estrada do Coco. A inspetora está enfezada e pensativa.

— O delegado disse que quer conversar com a gente amanhã cedo. — diz o inspetor Gustavo.

— O que que aquele babaca quer agora, hein?!

— O homem está sob pressão, Ginny. Não sei exatamente do que se trata, mas ele só liberou a gente porque ele tinha uma reunião agora à tarde com alguém da corregedoria. Acho que é sobre aquele caso envolvendo o cupincha dele, o Cabeça de Bola. O que se comenta pelos corredores é que o caso repercutiu negativamente no alto comando da Polícia Federal e a corregedoria foi envolvida para investigar.

— Não sei não, viu Guga, mas estou sentindo cheiro de merda boiando em volta do delegado. Aliás, dele e daquele merda do Cabeça de Bola.

A atendente aproxima-se e Gustavo diz, apontando para o cardápio:

— Um filé com fritas e uma Coca-Cola.

— Pra mim também. — emenda Martinez.

A moça anota o pedido e afasta-se.

— Esse caso do Cabeça de Bola está muito esquisito. — pondera Martinez. — Parece que o cara foi reconhecido pela mulher que estava com o Dragão na noite do crime. Ele e mais três policiais estão sendo investigados pela corregedoria e, segundo eu soube, a Polícia Federal vai assumir o caso. Parece que o Dragão estava na pista de uma quadrilha de tráfico de drogas internacional e estava passando informações diretamente para a PF. Por fora.

— "Por fora"? Como?!

— Sem o conhecimento do Dr. Nico, ora.

— E por que ele estava fazendo isso?

— Essa é a pergunta que não quer calar, Guga.

— Por um acaso você acha que o delegado está envolvido em alguma operação ilegal?

Martinez respira fundo e meneia a cabeça.

— Não sei, Guga, mas o delegado tem umas posições muito esquisitas às vezes. Esses crimes da Rua H, por exemplo. O delegado está muito apressado em encerrar o caso.

— Martinez, você vai e volta e bate sempre na mesma tecla. O fato é que não temos nada contra Rebecca. Na minha opinião, o caso se resume a crime passional seguido de suicídio. O resto é briga de comadre e ponto final!

— E esse cara que esteve no condomínio no horário do crime?

— Coincidência, ora. O fato do cara ter dado o nome de Rebecca na portaria não significa que eles se conheciam. Está na cara que o sujeito é um marginal. Pra mim, foi uma falha grave da segurança do condomínio, isso sim! Provavelmente a tempestade fez o elemento desistir e se evadir do local.

— Muito simplista essa sua maneira de ver as coisas, viu, Guga? Se eu não te conhecesse, ia dizer que você está protegendo essa tal de Rebecca.

— Você acha que o delegado está protegendo Rebecca? É isso?!

— Acho!

— A troco de quê, Martinez?

— Não sei, mas vou descobrir.

Capítulo 27

Terça-feira, 30 de junho de 2015.

Quatorze dias depois...

Martinez entra na sala dos investigadores, visivelmente mal-humorada. Não se dirige a ninguém e vai direto para a mesinha do café. Serve-se, sorve um gole da bebida e observa de soslaio o delegado ao telefone em sua sala de trabalho.

Gustavo aproxima-se.

— Bom dia, Ginny.

A inspetora meneia a cabeça, olha de um lado ao outro e murmura:

— Sabe o que eu acho, Guga? Que o delegado me obrigou a tirar férias para me afastar desse caso da Rua H.

— Ginny, você está há pelo menos uma semana de tocaia atrás da loira e não conseguiu absolutamente nada.

— Quem sabe eu esteja de tocaia no lugar errado?

— Como assim?!

— Nada não. Deixa pra lá.

— É melhor você relaxar, Ginny.

— Ahn... Relaxar, é?! Isso é o que o delegado está querendo. — murmura ela e vai para sua mesa.

Gustavo acompanha a negra enfezada e senta-se em frente.

— O que você pretende fazer nas suas férias?

Martinez torce a boca e ironiza:

— Vou aproveitar para mudar meu ponto de vista.

— Vai o quê?! Você tá de sacanagem comigo é, Ginny?

— Deixa essa porra pra lá, Guga. Acho que vou praticar motocross e pegar uma praia. Tem uma ideia melhor?

Gustavo recosta-se na cadeira e sorri.

— Se eu não te conhecesse, Martinez, até que acreditava.

— Pois acredite! — retruca ela em tom severo.

Ψ

Depois de um longo tempo dependurado ao telefone, o delegado Nicodemus bate o aparelho no gancho e acende um cigarro. Recosta-se, dá uma longa tragada e levanta-se, visivelmente enfezado. Da porta da saleta acena para a inspetora Martinez e volta a se acomodar na cadeira atrás da cortina de fumaça.

Martinez senta-se à frente da mesa e encara o homem interrogativamente.

— Estou encerrando esse inquérito sobre o crime da Rua H para encaminhá-lo ao Ministério Público. — diz ele. — Caso encerrado, inspetora! Você pode sair de férias, tranquila.

Martinez franze a testa e recosta-se na cadeira.

— Infelizmente, estou longe de ficar tranquila, delegado. O senhor sabe o que penso sobre esse caso.

— Sugiro que você esqueça isso, inspetora. Não conseguimos nada que indique que aquela moça estivesse na mansão na hora do crime.

— Também não conseguimos provar que não estava!

— Cumprimos todo o protocolo, inspetora, incluindo uma reconstituição do que aconteceu naquela noite. Acabou! Sugiro que guarde essa opinião pra você mesma, para seu próprio bem. Amanhã esse assunto vai estar em todos os jornais e não quero ter que lidar com especulações. Estamos entendidos?

Martinez levanta-se e diz:

— Mais alguma coisa, delegado?

O homem encara a negra enfezada à sua frente, traga o cigarro fortemente e solta a fumaça lentamente.

— É só isso, Martinez.

Capítulo 28

Quarta-feira, 1º de julho de 2015.

O dia amanheceu vibrante, com céu azulado e praticamente sem nuvens no litoral norte. Uma Honda CRF 450R preta com detalhes em vermelho quebra o silêncio no descampado ao atravessar a estrada de terra vermelha, deixando um rastro de poeira atrás de si, até alcançar as margens do Rio Joanes. A motoqueira manobra à esquerda e segue por trilhas em meio ao areal e a vegetação rasteira até alcançar um ponto de onde avista parte do condomínio Praia dos Coqueiros do outro lado do rio. Levanta a viseira do capacete, mira o condomínio de casas de luxo e murmura:

— Quem sabe mudando meu ponto de vista, eu consiga alguma coisa?

A negra enfiada em um macacão preto com duas faixas vermelhas na lateral, jaquetão de couro preto, botas pretas estilo *trekking*, capacetes pretos e mochila nas costas, encosta a moto sob um dos coqueiros protegida atrás de alguns arbustos, desvencilha-se do capacete, equipa-se com um boné, óculos escuros, máquina fotográfica e mira os fundos da mansão de número 40 com ajuda da teleobjetiva. Atrás de si, tem uma faixa de coqueiros, vegetação rasteira, gramíneas, pequenos arbustos, a faixa de areia e o mar. O silêncio e a quietude do local abrem espaço apenas para o ruído das ondas quebrando nos arrecifes e para as águas que avançam pelo areal em um eterno vaivém.

Ψ

Rebecca acorda com o despertador do celular: são 6h. Sonolenta, estica a mão até a mesinha de cabeceira e desliga o aparelho. Senta-se na cama e espreguiça-se. Confere mais uma vez o celular e nota que há mensagem do advogado. Sente o coração acelerar e levanta-se.

Abre o aplicativo e lê:

> *(Adv. Iuri Michalski): Inquérito policial encerrado como crime passional seguido de suicídio!*
>
> *(Adv. Iuri Michalski): Agora é aguardar um posicionamento do Ministério Público.*

— Yes! — exclama a loira e vai até o portal da varanda da suíte. Abre a cortina, escancara a porta, deixando entrar a brisa matinal, respira fundo e abre os braços, eufórica.

— Me aguarde, sua pivetinha! — vozeia a loira; a motoqueira fotografa a moça na varanda.

Rebecca volta para o quarto, toma um banho rápido, veste um conjuntinho de malha, tênis, prende os longos cabelos loiros como rabo de cavalo e desce para a cozinha. Aciona a abertura das cortinas da sala de estar e prepara um dejejum rápido: suco de laranja, duas fatias de pão integral e um ovo frito. Senta-se em frente à bancada da ilha e faz sua refeição matinal, rememorando os últimos seis meses. Sente-se aliviada por um lado, mas ao mesmo tempo incomodada. Meneia a cabeça, termina o café e vai até a sala de estar de onde faz uma ligação a partir do telefone fixo:

...

— Bom dia. Preciso falar com o quarto 4033, por favor.

...

— Téo... É Rebecca.

...

— O inquérito foi encerrado pela Polícia Civil, agora só depende do Ministério Público pra eu ficar livre desse processo de uma vez por todas.

...

— Agora?!

...

— Certo. A gente se encontra no meio do caminho.

...

— Já estou indo. Tchau!

Ψ

A pouca luminosidade que invadiu a mansão dos Suero foi suficiente para acordar Dr. Rubens. Sonolento, observa a esposa dormindo, confere as horas no relógio de cabeceira e tenta ficar um pouco mais na cama, mas as preocupações com os negócios da empresa o arrastam para o banho.

Veste calça e camisa social, coloca a gravata, penteia os cabelos grisalhos sem pressa e sai do quarto, esforçando-se para não acordar a esposa.

Antes de descer as escadas, abre a cortina que protege o painel de vidro que dá para os fundos da propriedade e contempla os coqueiros entre o Rio Joanes e o mar. Desvia sua atenção para o casal caminhando pelo calçadão e lembra-se da filha...

Melancólico, respira fundo, desce as escadas e acomoda-se na mesa para o café da manhã.

Dona Maria aparece com uma bandeja com café, leite, pão, queijo e presunto.

— Bom dia, Dr. Rubens. — diz ela e serve a mesa.

Dr. Rubens responde gestualmente com um sorriso contido e abre o jornal à procura do caderno esportivo, mas sua atenção recai sobre uma das manchetes de capa: "Inquérito que apura o caso dos Crimes da Rua H é encerrado pela Polícia Civil". O homem fecha o semblante, levanta-se e vai até o varandão lendo a matéria.

Dona Emma desce as escadas, vestida com um robe de seda branca sobre a camisola. Caminha com a mesma elegância e altivez de sempre, apesar de mais magra e sem o brilho natural dos olhos azuis. Preocupa-se ao ver o marido no varandão entretido com o jornal sem ter feito o desjejum.

— Bom dia, Dona Maria. Pode servir meu café, por favor. — diz ela e vai até o marido.

Respira fundo a brisa marinha e diz.

— Venha tomar o café, bem.

Dr. Rubens fecha o jornal com raiva, dobrando-o de qualquer jeito e acompanha a esposa até a mesa.

— Aconteceu alguma coisa, Rubens?!

O homem respira fundo e serve-se com café preto.

— A polícia encerrou o inquérito sustentando a tese de crime passional seguido de suicídio. Pode uma coisa dessas?!

— Meu Deus, Rubens! Quer dizer que aquela mulher vai sair de vítima nessa história?!

Dr. Rubens bebe uma xícara de café puro e levanta-se.

— Vou conversar com Dr. Orlando para saber os detalhes. — diz ele e sobe as escadas apressado. Pouco depois, aparece vestido com o paletó, entra no escritório e retorna com a pasta executiva em mãos.

— Mais tarde eu te ligo, Emma. — diz ele, beija a testa da esposa e sai apressado.

Ψ

A motoqueira acomodou-se no gramado e sente os primeiros sinais de cansaço pela posição incômoda. Confere as horas: são 7h05. Olha em volta, preocupada, mas o local está deserto e ouve-se apenas o barulho das ondas quebrando nas pedras e o ruído da brisa agitando as folhas pinadas dos coqueiros.

O sol começa a incomodar a mulher de tocaia quando nota movimento nos fundos da mansão de número 40. Através das potentes lentes da teleobjetiva, reconhece a loira vestida com calça comprida de malha cinza colada ao corpo, camiseta de proteção solar branca, tênis, viseira e óculos escuros. Ela caminha até o calçadão e depois empreende uma corrida à esquerda.

A negra sisuda aguarda seu alvo desaparecer em meio à vegetação para então colocar o capacete, subir na moto e acelerar em direção à praia. Alcança a trilha sobre a pequena elevação dos coqueiros e gramíneas entre o Rio Joanes e a praia e acelera na mesma direção que a loira seguiu. Instantes depois, reduz a velocidade da moto assim que avista a barraca de praia abandonada e para ao notar a loira atravessando a ponte de madeira que interliga o condomínio de casas à praia. Preocupada em não ser vista, manobra a moto para a parte mais baixa da trilha, próxima à margem do rio, e esconde-a deitada no solo. Livra-se do capacete, mune-se com um boné e a máquina fotográfica e protege-se atrás de alguns arbustos. Por fim, fotografa a moça, que desaparece atrás da vegetação e dos coqueiros assim que alcança a praia e reaparece pouco depois correndo pela areia.

A motoqueira resolve segui-la a pé, guardando uma boa distância de segurança e, um quilometro depois, flagra a moça encontrando um homem loiro cabeludo e abraçando-o.

— Te peguei, mocinha! — murmura a motoqueira escondida na parte alta da trilha.

O sujeito está usando um bermudão branco, camisão florido de mangas curtas, tênis, chapéu estilo panamá e óculos escuros.

A negra sorrateira e indiscreta apoia a teleobjetiva em um dos coqueiros e faz várias fotos do casal beijando-se na praia deserta. Ato contínuo, os dois retomam a corrida na mesma direção de onde o homem veio e desaparecerem na área reservada aos hospedes do resort Costa do Sauipe.

A motoqueira meneia a cabeça e sorri satisfeita.

— Então é por aqui que você dá suas escapulidas, hein, mocinha? — murmura a negra sisuda e retorna ao local onde deixou a moto.

Ψ

Uma hora depois, Dr. Rubens caminha pelo corredor da empresa, enfezado e mal fala com as pessoas.

Assim que pousa sua pasta sobre a mesa, a secretária dirige-lhe a palavra:

— Bom dia, Dr. Rubens. Dr. Orlando Ricci ligou há pouco procurando pelo senhor.

— Ligue para ele, por favor, Dona Ana.

— Dr. Júlio e Dona Tereza estão na sala de reuniões esperando pelo senhor.

O homem respira fundo e confere as horas.

— Tudo bem. Transfira a ligação pra lá, por favor.

Dr. Rubens adentra a sala de rompante e encontra Tereza lendo o jornal e Júlio de pé ao lado da mesa do cafezinho.

— Bom dia? — diz ele.

— Bom dia, Dr. Rubens. — responde Júlio. — O senhor já soube da decisão da polícia de encerrar o inquérito que apura os crimes lá dá Rua H?

Dr. Rubens comprime os lábios e assente.

Tereza levanta-se e esbraveja:

— Isso é um absurdo, gente! Tenho certeza de que aquela vadia estava lá quando meu pai entrou na mansão.

O telefone toca. Dr. Rubens atende-o gesticulando para que Júlio e Tereza aguardem. Troca poucas palavras com seu interlocutor, mais ouve do que fala e sua expressão facial é tensa e preocupante. Por fim, bate o telefone no gancho e senta-se à cabeceira da mesa, enfezado. Júlio e Tereza também se sentam, cada um de um lado.

O homem respira fundo, puxa os cabelos grisalhos para trás com as duas mãos e comenta:

— Era o Dr. Orlando Ricci. Segundo ele, a polícia concluiu o inquérito policial como crime passional. Duplo assassinato seguido de suicídio.

— Isso é um absurdo, Dr. Rubens! Eu vi Rebecca com meu pai naquela noite.

— Infelizmente, Tereza, essa rixa sua com Rebecca fragilizou seu depoimento. Na verdade, é a sua palavra contra a dela. Não há provas materiais que comprovem o que você diz. Infelizmente.

— Essa mulher não pode sair impune, Dr. Rubens. Ela criou uma situação em que todos saíram de ruins e ela de vítima. — pondera Tereza. — Rebecca assediava Marcelo e praticamente o forçou a ter um caso com ela. Marcelo até procurou Júlio para desabafar.

— É isso mesmo, Dr. Rubens. Meu irmão estava sendo pressionado. Ele queria se afastar, mas ela o estava ameaçando. Todos sabemos que Marcelo tinha a mente fraca para o lado de um rabo de saia, mas ele amava Margot e queria sair dessa. Rebecca era obsessiva e o estava ameaçando.

— E Margot ainda foi colocada como mentora de um plano para matar Marcelo e Rebecca. — complementa Tereza. — Isso não pode ficar assim, Dr. Rubens! Essa mulher não pode sair de boazinha. Ela ficou com mais de R$ 1.000.000 em investimentos que eram de meu pai, R$ 500.000 do seguro de vida, uma aposentadoria vitalícia de R$ 30.000 mensais mais a mansão de Costa do Sauipe, que deve estar valendo mais de R$ 2.000.000.

Júlio levanta-se, tranca a porta da sala de reuniões e volta a se sentar.

— Sabe qual a minha vontade? — diz Júlio mantendo a testa franzida, o olhar miúdo e voz tensa e mastigada. — Minha vontade é mandar acabar com a vida daquela vadia! Por Deus!

— Se ninguém tomar uma providência com essa vadia, eu sou capaz de fazer uma loucura. — murmura Tereza.

— Não podemos deixar isso terminar assim. — reafirma Júlio. — Temos que pensar em alguma coisa.

Dr. Rubens meneia a cabeça, desanimado.

— Segundo Dr. Orlando, temos que aguardar o Ministério Público se manifestar. Há duas possibilidades: o Ministério Público solicitar mais investigações à Polícia Civil ou arquivar o caso.

— Meu Deus! — diz Tereza. — Não é possível que a polícia não tenha encontrado nada que incrimine essa mulher.

Júlio levanta-se e começa a andar de um lado ao outro, nervoso.

— Pessoal — diz Dr. Rubens. —, vamos esfriar a cabeça e pensar melhor. Que tal a gente se encontrar amanhã à noite lá em casa para discutir o assunto? Vou voltar a conversar com Dr. Orlando para entender melhor a situação e ver se temos alguma coisa a fazer, no âmbito da justiça, é claro.

Júlio respira fundo e assente.

— Tudo bem. Amanhã à noite. — diz ele.

— O que me diz, Tereza?

— Tudo bem, Dr. Rubens. Eu irei.

— Eu espero vocês às 20h, tudo bem?

Os dois assentem, apesar de Tereza mostrar-se visivelmente contrariada.

— Eu não posso acreditar que não se possa fazer nada para punir essa vadia. Rebecca é uma assassina, gente! Ela matou meu pai, seu irmão e sua filha, Dr. Rubens!

O homem cobre o rosto com as duas mãos, respira fundo e diz:

— Não precisa me lembrar disso, Tereza. Outra coisa, a sala de seu pai continua fechada a seu pedido, mas precisamos repaginar isso. Você precisa tirar um tempo e verificar o que te interessa e o que podemos descartar. O fato é que precisamos do espaço, que pode, inclusive, vir a ser ocupado por você.

— O senhor tem razão, Dr. Rubens. Não dá para ficar ocupando uma sala de reuniões *ad aeternun*.

Dr. Rubens levanta-se, respira fundo e comenta antes de deixar a sala:

— Tínhamos nossas desavenças, mas Sergio era inegavelmente um excelente profissional. Vejo que você tem muito dessa capacidade administrativa tão peculiar a seu pai. Aliado a isso, vejo que você é uma pessoa forte e determinada, que sabe exatamente aonde quer chegar. Não vejo a hora de ver você concluir seu curso e assumir sua posição aqui na empresa em tempo integral.

— Obrigada, Dr. Rubens.

— Com licença. — diz ele e retira-se da sala.

Júlio volta a sentar-se.

— Precisamos retomar nossas vidas, mas enquanto não resolvermos essa questão de Rebecca... Sinto-me preso a esse passado.

Tereza respira fundo e comenta:

— Dr. Júlio tem razão. Precisamos começar a virar essa página. Eu tenho esse escritório aqui e você tem aquele casarão lá em Costa do Sauipe. Ambos trancados como se o tempo tivesse parado.

— Dr. Júlio disse que, se eu quiser, ele compra a Mansão lá de Sauipe, mas estou pensando em reformá-la por completo e ir morar lá. Marcelo gostava muito daquele lugar, assim como Margot. Aliás, todos nós gostávamos de estar lá e Rita está disposta a se mudar. Não quero simplesmente me desfazer da mansão e passar uma borracha no passado.

— Bem, se algum dia você decidir vendê-la e Dr. Júlio desistir… Eu estou na fila.

Júlio sorri.

— Tudo bem, mas o certo mesmo é que eu vá reformá-la. Na verdade, já estou fazendo alguns orçamentos nesse sentido.

— Acho que vocês devem fazer isso mesmo, Júlio, reformar a mansão e ocupá-la novamente.

O rapaz assente e levanta-se.

— Bem, eu vou pra minha sala. Se precisar de alguma coisa, é só dizer.

Capítulo 29

A negra sisuda repõe o capacete, coloca a mochila nas costas e acelera a moto em direção ao resort, seguindo a trilha entre os coqueiros, e três minutos depois, estaciona ao lado de uma das barracas do empreendimento. Em alerta, troca o capacete por um boné, coloca os óculos escuros e corre as vistas pela praia, que começa a ganhar um novo colorido com a presença dos primeiros banhistas. Respira fundo, dependura a câmera no pescoço e sobe as escadas de madeira rústica em direção ao calçadão que margeia o empreendimento.

— Senhora, bom dia. — diz um dos seguranças do resort. — Lamento, mas o espaço é reservado aos hóspedes.

A mulher enfezada mira a ponte que leva às piscinas, confere as horas, são 7h55, e apresenta seu distintivo.

— Sou a inspetora Ginny Martinez, da homicídios, e preciso ir até a recepção. Estou procurando por um elemento que a princípio está hospedado nesta ala. — diz ela apontando para a edificação que desponta sobre as palmeiras e coqueiros.

Os dois homens entreolham-se, um deles diz:

— Vou acompanhá-la até a recepção e a senhora conversa com o gerente. Venha comigo, por favor.

O grupo caminha pelo passeio entre o gramado e os prédios, cruzam a área das piscinas e, no quarto módulo, entram no hall dos elevadores. Sobem para o nível um e pouco depois o segurança bate à porta da gerência e abre a porta. Por fim, anuncia:

— Essa policial veio pela praia e disse que precisava falar com o senhor.

Martinez adentra a sala e apresenta sua credencial. O segurança retira-se e fecha a porta atrás de si. O gerente olha rapidamente para a carteira com a insígnia da Polícia Civil, aponta para uma das cadeiras em frente à mesa e diz:

— Em que posso ajudá-la, senhora?

A negra sisuda retira a mochila das costas e senta-se.

— Sou a inspetora Ginny Martinez, da homicídios, e preciso localizar uma pessoa que provavelmente está hospedada aqui.

— E a senhora tem o nome dessa pessoa?

— Esse é o problema. Como é o nome do senhor?

— Cezar.

— Bem, Sr. Cezar, o problema é que não sei o nome desse elemento. Apenas tenho uma foto dele e da moça que entrou aqui em sua companhia. Aqui está. — a inspetora mostra uma foto do casal no visor da câmera.

O homem grisalho ajeita os óculos no rosto redondo e bem escanhoado, observa a foto e comenta:

— Estamos com o resort lotado, inspetora, fica difícil lembrar do rosto de todos os hóspedes, até porque temos várias pessoas loiras hospedadas aqui, turistas de toda parte do mundo.

— Eu imagino que realmente seja complicado, Sr. Cezar. Gostaria que o senhor me autorizasse a circular pelas dependências do hotel na tentativa de localizá-lo. Prometo não importunar os hóspedes e nem ser inconveniente.

O homem franze a testa.

— A senhora tem algum mandado de busca ou coisa do tipo?

— Por enquanto, não, mas de posse de um mandado não vou me preocupar em ser discreta.

O homem recosta-se na cadeira, retira os óculos e encara a inspetora, visivelmente indeciso.

— Caso concorde, trocarei essas roupas para ser menos inconveniente. — diz ela e arqueia a sobrancelha.

O homem instintivamente olha para a mochila no colo da policial.

— Tudo bem, inspetora. Roupas discretas e nada de armas à vista, certo?

Martinez assente.

— Use essa pulseira para que a senhora possa circular pelas dependências do hotel com direito a serviços de bar e restaurante. — o gerente coloca uma pulseira no pulso da inspetora. — Cortesia da casa. E pode usar esse sanitário para se trocar, por favor. — diz o homem e aponta para a direita.

Ψ

Martinez troca o macacão por calça jeans, camiseta de malha branca e um camisão com mangas arregaçadas cobrindo o coldre axilar. Ajeita o boné sobre os cabelos trançados, coloca os óculos escuros e retorna ao saguão principal.

Empertigada, a negra esbelta olha em volta, o balcão e o salão estão razoavelmente movimentados com a chegada de grupos de turistas, e decide ir ao bar. Pede uma água mineral, ocupa uma das mesas e transfere as fotos da câmera para o celular sem perder de vista a movimentação de hóspedes no saguão. Em seguida, corre as vistas mais uma vez pelo hall e faz uma ligação.

— Alô?

— Bom dia, Srta. Tereza, é a inspetora Ginny Martinez.

— Ahn... Inspetora Martinez... — retruca com desdém. — *Por acaso a senhora me ligou para dizer que a polícia inocentou a vadia da Rebecca?*

— Não, senhorita, mas entendo perfeitamente a sua insatisfação. Na verdade, gostaria de lhe mandar umas fotos.

— Fotos?! Que fotos?!

— Talvez eu tenha localizado o tal amante de Rebecca e gostaria que a senhorita visse as fotos e me dissesse se reconhece o elemento ou não.

— Claro! Mas o inquérito não foi encerrado?!

— Sim, senhorita, o inquérito foi encerrado e agora está nas mãos do Ministério Público. Posso te enviar as fotos pelo WhatsApp?

— Tudo bem.

— Bem, vou te enviar e a senhorita pode me responder pelo próprio WhatsApp dizendo se reconhece ou não o sujeito. Depois a gente conversa melhor.

— Tudo bem.

— Até mais, Srta. Tereza. — diz Martinez e desliga o celular.

A inspetora envia as fotos, levanta-se e caminha sem pressa até o terraço. Encosta-se no peitoril para observar a área das piscinas e o corredor gramado que leva até a praia e gira o corpo em direção ao saguão. Olha atentamente a movimentação de hóspedes por um tempo e desce para a área das piscinas onde se acomoda em uma das mesas próximas ao acesso ao hall dos elevadores.

Em pouco tempo o local fica agitado e ruidoso, dificultando sua vigília. Preocupada, levanta-se, contorna as piscinas de olho nos hóspedes e retorna ao saguão principal: o salão e o balcão de atendimento continuam movimentados.

Após ouvir um *bip*, Martinez confere o celular e lê a mensagem no WhatsApp:

(Tereza): Sim, é ele! Onde você está?

Martinez respira fundo e responde a mensagem:

(Ginny): Obrigada. Te ligo assim que possível.

A inspetora gira o corpo e volta ao terraço.

Ψ

Tereza finalmente entra na saleta fechada desde o assassinato do pai e lembra-se da morte trágica da mãe. Sente remorso por ter culpado o pai todos aqueles anos. Agora a dor é maior, quase insuportável.

Deixa a mochila sobre uma das cadeiras, contorna a mesa, senta-se na cadeira do pai, recosta-se e contempla os objetos sobre o tampo: uma agenda pessoal com capa em couro marrom, um telefone, um porta-canetas com vários tipos de canetas, um porta-retratos emborcado sobre a mesa e um notebook fechado.

Lembra-se da última discussão que teve com o pai...

— Tereza, você enlouqueceu de vez?! Por que você pegou o celular de Rebecca, hein?!

— O senhor está cego, meu pai. Essa mulher não presta. NÃO PRESTA!

— Tereza, eu exijo que você me respeite e respeite Rebecca!

— Nunca vou respeitar aquela vadia. Nunca, tá ouvindo? O senhor pode me bater, me trancar, pode fazer o que o senhor quiser!

Soturna, meneia a cabeça e tenta afastar os pensamentos ruins. Lembra-se das fotos enviadas pela inspetora, liga para Júlio e pede para que ele venha até a sala.

O rapaz é rápido e logo os dois estão frente a frente.

— A inspetora Martinez me ligou agora há pouco.

— Quem?

— A inspetora que estava investigando o caso dos assassinatos. Ela encontrou o amante de Rebecca, o tal que eu vi lá no Shopping Salvador Norte em março. Ela me mandou algumas fotos. Veja isso.

Intrigado, o rapaz passa foto por foto no celular...

— Afinal, o que é que a inspetora está fazendo, hein? Esse caso não foi encerrado pela polícia?!

— Eu também não entendi nada. Ela me pediu pra confirmar se era o cara e disse que depois me ligava.

— Isso aqui está parecendo Costa do Sauipe. — diz ele examinando uma das fotos em que o casal aparece beijando-se na praia. No fundo aparece parte do mar e um conjunto de mesas com sombreiros padronizados.

Tereza estica o corpo sobre a mesa e reexamina a foto.

— Tem razão. Deve ser o resort Costa de Sauipe, que fica pertinho lá do condomínio. — Desgraçada!

— Será que a inspetora continua investigando Rebecca? — questiona Júlio.

— Será?! Bem, eu pretendia começar a dar uma olhada nas coisas aqui do escritório, mas vai ter que esperar um pouco. — diz a moça e tira o fone do gancho.

Tecla um número e a secretária atende:

— Alô?

— Dona Laís, sou eu, Tereza.

— Oi, Dona Tereza.

— Faça uma reserva pra mim no Resort Costa do Sauipe. Três dias a partir de hoje.

— Quarto simples?

— Isso. Estou saindo agora. Me dê um retorno pelo celular, por favor.

— Tudo bem!

Tereza pousa o telefone no gancho, levanta-se, Júlio também, e coloca a mochila nas costas.

— Bem, vou descobrir que história é essa e depois te ligo. — diz a moça e aponta para a porta. Os dois saem juntos.

— O que você pretende fazer, hein, Tereza?

— Vou descobrir o que essa inspetora está tramando, Júlio.

— Olha lá, hein. Não vá se meter em confusão.

— Não se preocupe, eu sei me cuidar. — retruca ela e sai apressada.

Capítulo 30

Ansiosa, Ginny Martinez apoia-se no guarda-corpo do terraço, corre as vistas pela área das piscinas e depois pela lateral do hotel. Foca no gramado que dá acesso ao hall dos elevadores por um tempo, mas a música rítmica e os apitos dos profissionais da recreação desviam seu olhar novamente para as piscinas. Divide, então, sua atenção com a ginástica dos turistas de meia-idade, com a entrada do hall dos elevadores no térreo e com o saguão principal.

O sol começa a esquentar e a incomodar a policial que retorna ao saguão principal e acomoda-se no balcão do bar. Continua olhando em volta, à procura do seu alvo e movimenta-se até a lojinha de artesanatos onde se detém por alguns instantes. Aprecia o mostruário e, de soslaio, mantém-se atenta ao entra e sai de hóspedes.

"Mais cedo ou mais tarde você vai ter que dar as caras!", pensa e caminha com passadas curtas rumo à entrada principal onde estaca-se para contemplar a área de estacionamento, os jardins e as pistas de acesso.

Impaciente, confere as horas, são 8h05, e retorna para o saguão principal. Acomoda-se em um dos sofazinhos de onde pode observar o hall dos elevadores e parte do balcão de atendimento com discrição e distrai-se revendo as fotos da campana...

Minutos depois, o casal finalmente aparece no corredor andando lado a lado, ambos sérios. Cruzam o hall dos elevadores e seguem em direção ao bar. O homem diz alguma coisa ao barman e afastam-se, cada um com um copo de suco em mãos, em direção ao terraço. Ocupam uma das mesas protegidas por um guarda-sol imenso e parecem conversar. O homem falando e gesticulando, a moça apenas ouvindo, assentindo e bebericando da bebida.

Ginny Martinez continua sentada, acompanhando discretamente a conversa. O homem bebe o último gole da bebida, levanta-se e aponta displicentemente para a direita. A moça levanta-se, e segue para as escadas laterais que levam às piscinas.

A inspetora fica de pé até ver o casal desaparecer do seu campo de visão. Acelera os passos até à mesa, coloca luvas na mão direita, puxa um saco plástico do bolso traseiro e ensaca as duas tulipas. Corre até o beiral do guarda-corpo e vê os dois caminhando pelo gramado em direção à praia.

Martinez respira fundo e volta para o saguão, apressada. Bate uma vez à porta da sala do gerente do empreendimento e entra. O homem está atendendo a um casal e levanta as vistas interrogativamente. O casal também se vira.

— Desculpe-me, senhor, mas preciso da mochila.

O gerente desculpa-se com o casal de hóspedes, pega a mochila atrás da sua mesa e sinaliza para que a inspetora se aproxime. Martinez desculpa-se mais uma vez, gestualmente, acomoda o saco plástico com as tulipas no interior da mochila, o gerente arqueia a sobrancelha, os hóspedes fazem cara de interrogação, e diz:

— São provas periciais, senhores. — diz ela e devolve a mochila ao gerente.

Gira o corpo, mas antes de sair, diz:

— Desculpem o incômodo.

Martinez retorna ao terraço, debruça-se no peitoril à procura do casal, mas eles já sumiram de vista. Desce as escadas, apressada, desvencilhando-se de alguns hóspedes e corre em direção à praia. Vence rapidamente os módulos de apartamentos e alcança as palmeiras que antecedem o calçadão. Cruza a pequena ponte de madeira andando e acelera os passos até alcançar o passeio a tempo de ver o casal andando pelo areal em direção ao condomínio Praia dos Coqueiros.

A negra enfezada respira fundo algumas vezes para recuperar o fôlego e regressa ao hotel. Desculpa-se rapidamente com o gerente, pega sua mochila e retorna para a praia de onde faz uma ligação.

Seu parceiro atende na segunda chamada:

— Gustavo!

— Preciso falar pessoalmente com você, Guga! Me encontre no estacionamento do supermercado na entrada de Praia do Forte.

— O que que você está aprontando, hein, Ginny?!

— Localizei o amante de Rebecca. Aquele elemento que Tereza disse que viu no Shopping Salvador Norte. Consegui coletar as digitais do cara e quero que você descubra quem é o elemento.

— O delegado sabe que você está conduzindo uma investigação por conta própria, Ginny? Sem falar que o caso está encerrado e que você está de férias.

— Você vem ou não, pô?!

— Merda, Ginny... Isso vai dar merda!

— Guga, a investigação foi encerrada pelo delegado, mas ainda não temos a posição do Ministério Público. Eu ainda tenho a esperança de que esse processo vai ser reaberto, sem falar que esse sujeito pode ser o mesmo que estava em frente à mansão dos Wasen na noite dos crimes. Temos que investigar isso.

— Isso é loucura, Ginny!

— Você vem ou não vem, pô?

—Tudo bem. Estou saindo agora.

Ψ

Uma jovem negra usando óculos escuros, bermudinha cáqui, blusa de renda branca, botinhas estilo *trekking* e mochila nas costas entra no salão principal do resort com passadas curtas e olhar atento. Corre os olhos em torno do saguão e apresenta-se no balcão de recepção:

— Tenho uma reserva feita agora há pouco. — diz ela e mostra a identidade.

A atendente abre um sorriso largo e confere o documento.

— Um momento, por favor, Srta. Tereza.

A jovem sorri e corre as vistas pelo saguão, preocupada em não se encontrar com Rebecca.

— Aqui está, senhorita. — diz a atendente. — Seus dados já foram preenchidos no ato da reserva. Estes são seus cartões para retirada de toalhas e a chave-cartão do seu quarto. A senhorita precisa de ajuda com as bagagens?

— Não, obrigada.

— Seu quarto fica aqui à esquerda, terceiro piso. Tem elevadores logo em frente ao hall.

— Tenho um amigo hospedado aqui, mas não estou conseguindo falar com ele pelo celular. Você reconhece esse rapaz? — inquire Tereza e mostra uma foto no celular.

A atendente sorri.

— Sim, me lembro dele. O Sr. Cossi, de tempos em tempos, se hospeda aqui.

— Você sabe se ele está no quarto?

— Não, mas posso interfonar.

— Não, não precisa. Vou me acomodar e depois eu mesma ligo para ele. Você pode me dizer qual o número do quarto, por favor?

— Ahn... Quatro mil e trinta e três, senhorita.

— Obrigada.

— Tudo bem. Tenha um bom dia, senhorita.

Tereza entra no elevador e segue direto para seu quarto. Deixa a mochila sobre a mesinha de apoio, abre as cortinas, a porta da varanda e debruça-se no peitoril para espiar a área externa. Detém-se inicialmente em um grupo de pessoas caminhando pelo gramado em direção à praia e depois na área das piscinas à direita. Respira fundo, olha para o céu completamente azul, sente o calorzão começando a incomodar e retorna para o quarto.

Senta-se na cama e disca o número do quarto 4033. Após a terceira chamada, desiste. Olha-se no espelho, prende os cabelos fazendo um coque baixo, confere as horas, são 10h20, guarda a chave-cartão no bolso de trás da bermuda e sai do quarto. O corredor está vazio e silencioso.

Tereza evita os elevadores e sobe as escadas para o quarto andar. Alcança o hall dos elevadores no momento em que a porta de um deles se abre e um casal de idosos se apressa em entrar. A moça respira fundo e solta a respiração lentamente por três vezes na tentativa de se acalmar um pouco.

Desconfiada, entra no corredor, confere o número dos primeiros quartos e segue em frente à procura do 4033. O passadiço está vazio, mas a moça caminha sem pressa, na verdade, temerosa. O coração continua acelerado, sempre atenta aos números afixados nas portas. Alcança o hall intermediário com acesso às escadas, olha em volta, preocupada, e aproxima-se do janelão de vidro pelo qual contempla a vista do resort.

Um ruído no corredor deixa a moça em estado de alerta. Ela espia e vê uma das camareiras saindo de um dos quartos arrastando o carrinho de limpeza. Em seguida, abre a porta do quarto em frente, entra e usa o carrinho para manter a porta aberta.

Tereza confere o número dos quartos e segue em frente. Passa lentamente pela porta aberta e vê a camareira de costas ajeitando o forro da cama e o cartão-mestre sobre o carrinho. Retorna, pega o cartão sorrateiramente, acelera os passos em frente e alcança o quarto 4033 com a plaquinha de "Não Perturbe" preso na maçaneta. Olha desconfiada para o longo corredor vazio, o coração está acelerado, passa o cartão-mestre no leitor e entra fechando a porta atrás de si.

Enfia o cartão no bolso da frente da bermuda e adentra o quarto com passadas curtas. Apesar de nervosa, corre as vistas atentamente pelo corredor de entrada: guarda-roupa e banheiro de um lado; frigobar e uma estante com o cofre eletrônico do outro. No piso, uma cestinha de lixo com várias latinhas de cerveja amassadas chama a atenção da jovem. Torce a boca, olha para trás, preocupada com a porta, e dá mais um passo à frente. Estaca-se na entrada do quarto: as cortinas e as portas da varanda estão abertas. Mira a cama desarrumada, a muda de roupas sobre o encosto da cadeira, mais algumas peças de roupas deixadas sobre o sofazinho e, finalmente, fixa-se na bagagem sobre a banqueta. Aproxima-se, abre a mala e assusta-se ao ver um coldre com uma pistola sobre as roupas.

"Misericórdia, senhor!", pensa.

Enfia a mão na bolsa da tampa e acha um passaporte. Observa a foto e o nome "Téo Cossi" e decide fotografá-lo com o celular. Devolve o passaporte para a bolsa, fotografa a mala com o coldre e a pistola e corre a mão por baixo das roupas, à procura de algo revelador, mas não encontra nada. Olha em torno e volta para o sanitário.

Corre as vistas pela bancada e volta para o corredor de entrada. Abre o guarda-roupa completamente vazio, gira o corpo e fixa-se no cofre eletrônico. Testa algumas combinações na tentativa de abri-lo, mas desiste na quarta tentativa. Fecha o guarda-roupa e retorna ao quarto. Olha cuidadosamente em volta...

Ψ

Téo e Rebecca retornam da praia e entram no hall dos elevadores do térreo. O rapaz continua sisudo e caladão. A moça não perde a pose e a altivez, apesar do semblante sério. Ela agora está vestida com uma bermudinha jeans, um top de malha azul turquesa e tênis. Os cabelos continuam presos, mas ela se preocupa em ajeitar insistentemente a franja. A porta do elevador abre-se e os dois entram. O rapaz aperta o número quatro e enfia as mãos nos bolsos da bermuda. A loira cruza os braços com o olhar fixo no piso.

Ψ

Tereza aproxima-se da mesinha de apoio e abre a gaveta. Não encontra nada de interessante e volta-se para a cama. Fixa-se em um bloco de notas sobre a mesinha de cabeceira. Aproxima-se e nota um número de telefone escrito à mão. Fotografa e decide que é hora de sair do quarto.

Vai até a porta, encosta o ouvido à procura de algum ruído externo e abre-a devagar. Espia com cuidado o corredor e vê a ponta do carrinho da faxineira e um casal no final do corredor vindo em sua direção. Reconhece os dois e fecha a porta com cuidado. O coração acelera e a única solução que lhe ocorre é se esconder no guarda-roupa. Entra, agacha-se no cantinho e fecha a porta. Liga o celular e desliga o som de chamada.

Instantes depois, escuta a porta do quarto abrindo-se, o movimento de pessoas no corredor e a porta fechando-se.

— Não dá pra fazer isso agora, Téo. — voz de Rebecca. — O caso acabou de ser encerrado pela polícia e a mídia ainda está fuçando atrás de notícias.

Ouve-se um ruído de água na pia do sanitário.

— Tem muita grana envolvida, Rebecca! — diz Téo com voz nervosa. — Essa grana que você ganhou aí é merda se eu conseguir... — a voz fica confusa e distante, misturada ao ruído de água. O tom de voz torna-se ameaçadora e arrastada, mas a maioria das palavras são ininteligíveis.

— Olha aqui, Rebecca! — a voz do rapaz volta a ficar audível. — Se você me criar problemas, eu acabo com sua raça.

— Você vai fazer o quê, hein?!

— Vou fazer com você o mesmo que você fez com seu maridinho e aqueles dois otários.

— Você não tem nada contra mim, seu desgraçado. — diz Rebecca com a voz tensa.

— Tem certeza que não?! Basta dizer pra polícia que vi seu maridinho entrando no casarão e que você saiu de lá poucos minutos depois correndo para sua mansãozinha de merda... E mais, que eu te ensinei como simular um suicídio para enganar a perícia. Tenho tudo gravado, Rebecca, para garantir que você não vai querer me passar pra trás.

— Você não faria isso. Ir à polícia seria seu fim! — voz severa de Rebecca.

— Temos um acordo, minha querida... E você vai cumprir com a sua parte, custe o que custar!

— Você não pode fazer isso comigo, Téo. Não era pra ser assim!

— Olha aqui, sua vadia de merda! Eu estou sendo pressionado e a corda vai quebrar do lado mais fraco, que é o seu. Fui claro?!

Um silêncio momentâneo e ouve-se, então, passadas rápidas e o ruído da porta sendo aberta.

— Rebecca! — voz raivosa de Téo.

Em seguida, Tereza ouve a porta bater e tudo volta a ficar silencioso.

"E agora, como é que eu saio daqui, hein?", pensa.

Trêmula, abre a porta do guarda-roupa bem devagar. Apura os ouvidos e sai do armário. Encosta o ouvido na porta... Abre... Espia... Vê o carrinho de limpeza, segura o cartão-mestre em mãos e sai. Fecha a porta atrás de si, joga o cartão no piso próximo ao carrinho e acelera os passos em direção ao hall intermediário. Pensa em descer as escadas, mas escuta a voz de Téo no piso inferior. Ouve também a voz chorosa de Rebecca e dá um passo atrás.

Nervosa, gira o corpo e corre em direção ao hall dos elevadores. Desiste do elevador e desce pelas escadas para o terceiro piso. Corre pelo corredor, passa pelo segundo hall de escadas e segue apressada para seu quarto. Arfando, enfia a mão no bolso da frente da bermuda, tira o cartão-chave e tenta abrir a porta, mas não consegue.

— Merda! — murmura.

Volta apressada em direção ao primeiro hall intermediário das escadas, mas se detém ao ouvir a voz do casal conversando. Encosta-se na parede a tempo de ouvir a fala de Rebecca:

— E quando vai ser isso?

— Ainda estou fechando os detalhes da operação, mas vai ser logo. Nos próximos dias.

— Tudo bem. Vou pra casa e depois você me diz o que eu tenho que fazer.

— É melhor assim, mocinha. À noite nos encontramos na ponte e vamos lá para o quiosque. Aí a gente acerta os detalhes.

Tereza escuta passadas de alguém descendo as escadas correndo e deduz serem de Rebecca. Respira fundo e retorna ao segundo hall dos elevadores, sem pressa, apesar de trêmula e o coração acelerado. Por fim, desiste do elevador e desce as escadas para o nível das piscinas.

Capítulo 31

Tereza sai do hall das escadas e vai diretamente para o restaurante acessando-o pela porta dos fundos. O local está bem movimentado e barulhento. Tensa, acomoda-se em uma mesa para dois no canto do salão e faz exercícios respiratórios discretamente para controlar os batimentos cardíacos. Confere as horas, são 11h45, e faz uma ligação para a inspetora Martinez em meio ao burburinho dos hóspedes. Após o quarto toque, nervosa, a moça desiste e manda uma mensagem pelo WhatsApp:

(Tereza): Preciso falar com vc urgente.

(Tereza): Estou no restaurante principal do resort Costa do Sauipe.

Em seguida, levanta-se e vai até a mesa de bebidas onde se serve com um copo de suco de laranja. Volta para a mesa e corre os olhos pelo salão, preocupada em não cruzar com Rebecca. Beberica do suco e distrai-se revendo as fotos que tirou no quarto...

O telefone toca e ela atende de imediato:

— Tereza.

— É a inspetora Martinez. Que história é essa de que a senhorita está no restaurante do resort Costa do Sauipe?!

— A senhora está onde, inspetora?

— Acabei de chegar no resort.

— Estou te esperando no restaurante. — diz a moça e desliga o celular.

Martinez entra pela porta principal e corre as vistas pelo salão à procura de Tereza. A moça acena e ela aproxima-se, sisuda como sempre.

— O que que você está fazendo aqui, Srta. Tereza?! — diz a inspetora em tom severo.

— Bem, eu descobri qual é o quarto que o amante de Rebecca está e fui até lá.

— Você o quê?!

— Eu invadi o quarto do sujeito, ora — murmura. —, e quase fui surpreendida por Téo e Rebecca.

— Téo?!

— Esse é o nome que está no passaporte do cara. Veja isso. — Tereza mostra as fotos. — Eu me escondi no guarda-roupa e ouvi os dois conversando. Na verdade, eles estavam brigando.

— Você enlouqueceu, Srta. Tereza?! Sequer sabemos com quem estamos lidando. O cara pode ser perigoso.

— Inspetora, o cara parece que está tramando alguma coisa envolvendo muita grana, algo que Rebecca não concordou. Ele ameaçou a vadia dizendo que se ela atrapalhasse os planos dele, ele ia fazer com ela o mesmo que ela fez com meu pai e com os Gomes. Ele ameaçou de contar à polícia que viu meu pai entrar na mansão e que ela saiu minutos depois e correu pra casa dela pelo calçadão. E disse ainda que ia contar pra polícia que ele ensinou como ela devia fazer para um assassinato parecer suicídio.

— Tem certeza, Srta. Tereza?!

A moça assente e complementa:

— Pela conversa deles, o cara parece que é procurado pela polícia.

— Por acaso a senhorita gravou essa conversa?

— Claro que não! Eu não fui lá preparada para isso, ora.

A inspetora meneia a cabeça.

— O problema, Srta. Tereza, é que continua sendo a sua palavra contra a de Rebecca. Precisamos de provas.

— Esse tal de Téo disse que gravou a conversa deles para o caso de Rebecca resolver sacaneá-lo. Eles combinaram de se encontrar hoje à noite na ponte e que depois iam para o quiosque acertar os detalhes da tal operação. Deve ser aquele quiosque abandonado próximo à ponte que leva para o condomínio Praia dos Coqueiros. À noite aquilo ali deve ficar deserto e um breu só.

— Ahn... Entendi.

— Outra coisa, inspetora, o cara tem sotaque parecendo que é italiano, sei lá. Estrangeiro, com certeza.

— Bem, o passaporte diz que o elemento é espanhol, mas vamos verificar isso com a Polinter. Vou repassar essas informações e as fotos para meu parceiro e vamos ver o que ele me diz.

— O cara entrou no restaurante agora, inspetora. — diz Tereza e abaixa a cabeça. — não olhe agora.

Martinez entra em estado de alerta.

— Ele está de costas agora, se servindo. — diz Tereza.

A inspetora muda de posição na mesa e acompanha discretamente a movimentação do homem loiro das feições másculas e porte avantajado. Seus cabelos lisos e compridos até os ombros chamam a atenção.

Martinez torce a boca e manda algumas mensagens para o parceiro:

> *(Ginny): Consegui essas fotos. (Fotos em anexo).*
>
> *(Ginny): O elemento tem sotaque estrangeiro. Talvez italiano. Provavelmente se trata de passaporte falso.*
>
> *(Ginny): Consulte os arquivos da Polinter, mas deixe o delegado fora disso.*

A inspetora desliga o celular e comenta:

— Eu vou monitorar esse elemento até descobrirmos quem de fato ele é e o que está tramando.

— Meu interesse é desmascarar a vadia da Rebecca. — retruca Tereza.

— Pelo que a senhorita me relatou, é uma questão de tempo chegarmos a Rebecca. Agora precisamos ter calma e quem sabe possamos pegar dois coelhos com uma só cajadada.

Entram novas mensagens no celular de Martinez. Ela lê:

> *(Gustavo): Se o delegado souber que você está conduzindo investigação por fora, vai dar merda!*

Martinez torce a boca e responde:

> *(Ginny): Pode deixar que eu seguro a onda!*
>
> *(Gustavo): Tudo bem! Já falei com o Caveirinha e ele disse que vai resolver a parada.*
>
> *(Ginny): Tô na cola do elemento. Qualquer novidade, me avisa.*

Martinez desliga o celular e diz:

— Srta. Tereza, nós vamos fazer o seguinte...

Capítulo 32

O sol começa a se esconder atrás do empreendimento quando Téo atende a uma chamada no celular. O grandalhão loiro está acomodado no barzinho próximo à piscina, esbanjando charme. Fala rapidamente, toma um gole do drink e levanta-se. Corre os olhos em volta, acende um cigarro e segue em direção ao hall dos elevadores. Sobe para o quarto andar.

O grandalhão loiro percorre o corredor com o cigarro entre os dentes e as mãos no bolso. Para em frente à porta do quarto 4033, olha de um lado ao outro, desconfiado e enfia o cartão no leitor. Destrava a porta, solta uma baforada e entra batendo a porta atrás de si. Retira um envelope pardo do cofre, confere o conteúdo, um maço de notas de R$ 100, e coloca-o no bolso da bermuda. Dá mais uma tragada no cigarro, solta a fumaça e vai até a mala em busca da pistola. Confere a munição e enfia-a entre a bermuda e o corpo.

O homem dá mais uma tragada no cigarro, coloca dois pentes de balas extras no bolso da bermuda e vai até a sacada da varanda de onde observa rapidamente a movimentação de hóspedes indo em direção à praia. Gira o corpo e sai do quarto deixando uma nuvem de fumaça atrás de si.

Téo acelera os passos no corredor, desce as escadas apressado e atravessa o saguão com passadas rápidas, mas atento à movimentação dos hóspedes. Um micro-ônibus do empreendimento estaciona em frente à entrada do salão e o grandalhão desvia para a esquerda seguindo pela calçada em direção ao estacionamento.

Martinez contorna o ônibus pela direita, atravessa o *porte-cochère* correndo, pula a mureta de proteção e atravessa o gramado do canteiro central usando as palmeiras como escudo. Atravessa a rua correndo e entoca-se entre arbustos e palmeiras do outro lado do estacionamento. Esgueirando-se em meio às plantas, apoia a teleobjetiva da câmera na cerca-viva de ixorias e mira no grandalhão loiro.

Téo aproxima-se de uma Tracker preta com os vidros escurecidos. A porta do motorista abre-se e um homem enfiado em um terno preto e com uma gravata vermelha aparece. O sujeito tem o rosto quadrado, bigodes e barbicha bem aparados, cabelos crespos com corte baixo e penteados para trás, e está usando óculos escuros.

"Não pode ser!", pensa a inspetora e faz várias fotos flagrando os dois homens cumprimentando-se e trocando algumas palavras.

O grandalhão loiro entrega um envelope pardo ao homem engravatado. Ele enfia a mão no invólucro, puxa um maço de notas de R$ 100 para fora e imediatamente o devolve para o envelope. Os dois despedem-se e a Tracker arranca em direção à portaria principal.

O grandalhão corre as vistas em volta e retorna para o saguão do hotel.

Martinez acompanha a movimentação entrincheirada atrás das ixorias e faz uma ligação usando o celular:

— Gustavo.

— Você sabe onde o delegado está?

— Saiu com o cupincha dele, por quê?

A inspetora hesita.

— Só pra saber. Conseguiu alguma coisa sobre o sujeito que te mandei?

— Sim! Você não vai acreditar.

— Diga logo, pô!

— O cara é um ex-oficial da polícia italiana e está sendo procurado pela Polinter, acusado de tráfico de drogas e armas. Esse nome que ele está usando é falso. O cara é da pesada. É melhor você cair fora dessa e envolver o delegado.

— Guga, ainda não! Preciso de um tempo antes de envolver o delegado.

— Isso vai dar merda, Ginny, pô! Você quer me fuder, é?!

— Segura a onda aí, que mais tarde te ligo.

Martinez desliga o celular e faz outra ligação:

— O cara pegou o elevador e foi para o quarto andar. — diz Tereza ao atender a chamada.

— Srta. Tereza, escute com atenção o que vou lhe dizer...

Ψ

Já escureceu quando o som distante e abafado de música vindo da vila invade o quarto da garota negra dos olhos azuis. Tereza está agitada andando de um lado para o outro. Os olhos teimam em mirar o celular deixado sobre a mesinha de cabeceira e sua mente insiste em repassar mentalmente o que a inspetora lhe disse. Sente medo.

"Agora eu vou até o fim, custe o que custar!", pensa.

Empunha o celular e passa para a varanda. Fica um tempo contemplando os pequenos holofotes de piso fincados intercaladamente no gramado até alcançar as palmeiras e coqueiros que antecedem a praia. É noite de lua cheia, céu estrelado e temperaturas amenas. Por fim, um *bip* põe Tereza em estado de alerta. Ela abre o celular e lê a mensagem no WhatsApp:

(Ginny): O alvo está no restaurante.

Tereza sente o coração acelerar. Confere as horas, são 19h05, veste uma blusa de mangas compridas, coloca a mochila nas costas, ajeita o boné na cabeça e sai do quarto, apressada. Desce as escadarias do hall dos elevadores e sai na área do gramado que leva à praia. Olha de um lado ao outro e aperta os passos até alcançar as palmeiras e os coqueirais: a escuridão e o isolamento assustam. Respira fundo e atravessa trotando a ponte de madeira precariamente iluminada com luz amarela. A penumbra amedronta a uns e convida outros à luxúria dos encontros furtuitos.

A moça finalmente alcança o calçadão com alguns pontos de iluminação. O local está razoavelmente movimentado, principalmente por jovens casais. Decidida, desce as escadarias de madeira e corre pelo areal em direção ao condomínio Praia dos Coqueiros. A penumbra da noite de luar é uma aliada, mas o medo do que pode acontecer dali por diante assusta e faz a jovem acelerar o trote beirando as águas do mar. Sente a brisa fria no rosto, o coração acelerado e a mente fervilhando.

Doze minutos depois, vê as luzes das casas do condomínio, os pequenos postes de iluminação amarela que acompanham o calçadão e, finalmente, alcança o quiosque que antecede a ponte. A praia está completamente às escuras, deserta e dominada pelo ruído das ondas do mar. Ofegante, atravessa a ponte trotando, dobra à esquerda e entra na propriedade dos Gomes totalmente às escuras. Estaca-se no varandão, curvada, apoiando as mãos nos joelhos, para recuperar o fôlego. Lembra-se, então, da noite dos assassinatos e sente medo. Corre os olhos em volta: vê sombras aterrorizantes e muita escuridão. Gira o corpo e segue até a porta da cozinha. Acende a lanterna do celular e procura pela chave deixada no batente da janela do sanitário de serviço. Tateia com as pontas dos dedos até encontrá-la no extremo oposto, conforme Júlio lhe dissera. Apaga a lanterna, abre a porta e entra. Fica um tempo parada, acostumando as vistas ao breu, fecha a porta atrás de si e avança em direção à sala de estar. O cheiro abafado incomoda e as lembranças daquela noite, mais ainda.

> *Lembra-se dos lampejos... Das trovoadas... E do aguaceiro alagando o jardim. Recorda-se do pai andando com passadas lentas... Parado em frente à escadaria e das pernas da mulher na parte intermediária das escadas...*

"Você não vai sair de boazinha não, sua vadia!", pensa e segue com cuidado até as escadas onde para e contempla uma réstia de luz que aparece no andar de cima.

> *Recorda-se do pai subindo as escadas... E dele frente a frente com a mulher. Vê a capa do pai sendo jogada escada abaixo... Depois a blusa...*

Meneia a cabeça afastando as lembranças e sobe as escadas, degrau por degrau, de forma lenta e hesitante. Mais alguns passos e alcança o painel de vidro protegido pela persiana completamente abaixada, afasta as aletas empoeiradas com os dedos e espia. Tem uma boa visão do calçadão precariamente iluminado e da entrada da ponte que leva para o outro lado do rio.

Confere as horas, são 19h25, retira a mochila das costas, abaixa-se apoiando a sacola no piso, abre o zíper e enfia a mão à procura da arma. Empunha a pistola, levanta-se, puxa o ferrolho para trás para engatilhar e enfia-a na cintura. Sente medo da escuridão e do silêncio.

— Vadia! — pragueja e volta para a vigília.

Pouco depois, vê um vulto aparecer trotando pelo calçadão e parar em frente ao casarão. Reconhece a silhueta esguia e os cabelos presos de Rebecca. A loira olha por um tempo em direção à mansão e caminha até a ponte de madeira. Corre as vistas em volta e retoma o trote pela ponte até desaparecer na escuridão do outro lado do rio.

"O que que vocês estão tramando hein, sua vadia?", pensa e manda uma mensagem para a inspetora:

> *(Tereza): Rebecca acabou de atravessar a ponte.*

Instantes depois, chega a resposta:

> *(Ginny): O cara acabou de sair do restaurante.*
>
> *(Ginny): Fique onde você está.*

Tereza vê Rebecca retornando na ponte e estacar-se próxima ao único ponto de iluminação em um raio de 30 metros. A moça parece nervosa e apreensiva. Anda em círculos e olha insistentemente para os lados. Um vulto desponta andando apressado pela ponte de madeira. A loira fica estática, mas assim que reconhece o homem, corre até ele. Os dois encontram-se praticamente no meio da travessia. Abraçam-se, beijam-se e retornam para o outro lado do rio. Desaparecem no breu.

— Droga! — murmura Tereza, mas não tira os olhos da escuridão.

Ψ

Téo e Rebecca dirigem-se ao quiosque e lá voltam a abraçar-se e a beijar-se. O homem corre as mãos pelo corpo da mulher como se a vistoriasse e logo se afasta.

— Estou tendo a oportunidade de receber um carregamento de 400 quilos de pasta base de cocaína, avaliado em R$ 10.000.000... E não sei se posso contar com você, Rebecca.

— Téo, você não disse que eu teria que usar minha casa como depósito de drogas e armas. Tem a polícia e a imprensa.

— E você achou que nossa parceria lhe custaria apenas algumas boas trepadas, é isso?!

— Téo, por que você está falando assim comigo? — retruca Rebecca com voz tensa e recua alguns passos até encostar-se no balcão do quiosque.

O homem enfia a mão direita nas costas por baixo do camisão e empunha a pistola mantendo-a abaixada. Com a mão esquerda, enrosca o silenciador.

— Téo...

— Vamos até sua casa, Rebecca, lá a gente conversa melhor. — diz o homem com a pistola encostada na lateral da perna.

— Não... Não! Nós combinamos que você não iria aparecer lá em casa, lembra?

— Mudança de planos. — diz ele e aponta a pistola para a moça.

Rebecca assusta-se.

— Téo... Você não pode simplesmente atirar em mim. — gagueja a moça. — Nós fomos vistos juntos lá no resort e logo a polícia vai chegar a você.

— Vamos até sua casa, Rebecca, não vou pedir pela segunda vez! — diz Téo em tom ameaçador.

— NÃO! — berra ela.

Ato contínuo, dois lampejos seguidos de dois estampidos secos ecoam na escuridão da noite.

Capítulo 33

Rebecca passou a tarde remoendo sua briga com Téo. Está agitada e preocupada com o fato da sua relação com o grandalhão loiro estar se tornando perigosa e indesejável. O sol está se pondo melancolicamente e o dia começa a perder o brilho lentamente quando a loira se joga na rede estendida no varandão e sua mente volta a um passado distante...

Está no Mercado Modelo acomodada no terraço do segundo piso apreciando uma roda de samba ao som de viola, pandeiro, chocalho, atabaque, ganzá, viola, reco-reco, agogô e berimbau, com os músicos vestindo trajes brancos com colares coloridos no pescoço e dois negros sem camisa, calça de pescador branca, jogando capoeira. Suas vistas recaem sobre o homem com jeitão de estrangeiro, alto, forte, loiro dos cabelos compridos, usando um chapéu estilo panamá, óculos escuros, camisa florida e calça social branca, circulando próximo aos músicos. Seus olhares cruzam-se e o homem abre um sorriso largo e convidativo.

Sorri.

Lembra-se de retribuir o sorriso, mas algo chama a atenção do homem e ele desaparece em meio à multidão. Recorda-se de ver dois outros homens, estes mal-encarados, aparecerem e olham em volta como se procurassem por alguém. Levanta-se, desvencilha-se da multidão e desce para o primeiro piso. Seus olhos encontram o homem loiro andando apressado em direção ao estacionamento. Aperta os passos, empurrando as pessoas e rapidamente alcança o calçadão em frente ao Mercado Modelo. Olha em volta, mas não vê o sujeito.

Desiste e caminha em frente. Atravessa a praça, entra no estacionamento, abre a porta do Fiat 500 branco e mais uma vez olha em volta. Recorda-se do susto ao ser abordada pelo homem pedindo carona, com aquele sotaque charmoso de italiano aprendendo o português.

Sorri mais uma vez e lembra-se da tarde de luxúria com o grandalhão másculo e cativante.

"Merda!", pensa e sai da rede.

Retorna à suíte, encosta-se no canto da porta do varandão e observa a linha do horizonte com as últimas réstias de luz avermelhada sendo engolida pelo céu escurecido. Lembra-se das palavras do homem:

> *— Nós dois juntos, podemos ficar muito ricos, mandar tudo isso aqui pra merda e curtir a vida em Paris ou quem sabe em Colmar. Eu amo Colmar e um dia pretendo morar lá. Você quer vir morar comigo em Colmar?*
>
> *— Eu sou casada e amo meu marido.*

Meneia a cabeça ao lembrar-se da risada e das palavras do homem:

> *— Livre-se dele e venha comigo.*

Rebecca experimenta um aperto no coração e pela primeira vez sente saudades do marido e uma ponta de remorso.

"Que merda foi essa que eu fiz, hein?", pensa.

Aborrecida, passa para o closet e prepara-se para sair. Veste calça jeans, blusa de malha folgada, calça os tênis, prende os cabelos e desce para o primeiro piso. Acende as luzes externas da mansão e fecha as cortinas. Estranhamente melancólica, refugia-se no escritório e senta-se na cadeira que era do marido. Recosta-se e volta a suas lembranças. Acaba cochilando...

Acorda minutos depois com o despertador do celular tocando.

— Droga!

Abre a última gaveta da mesa, empunha a pistola do falecido, encaixa o pente de balas na base da arma e puxa a trava para trás. Enrosca o silenciador e levanta-se para enfiar a arma entre o corpo e a calça jeans.

— Desgraçado! — resmunga e vai para a cozinha.

A loira está apreensiva, mas decidida. Bebe um copo de suco de laranja, revisando mentalmente seu plano. Meneia a cabeça, confere as horas no relógio de parede, são 19h05, e murmura:

— Seu desgraçado, você não vai tomar meu castelo. Não vai!

Rebecca sai do casarão pela porta da cozinha e corre para o calçadão. Para em frente ao poste de iluminação pública e olha de um lado ao outro, preocupada. A noite já tomou conta da região e a penumbra é senhora do tempo. Respira fundo e corre em direção à ponte que leva à praia. Para em frente à mansão dos Gomes e contempla o casarão: lembra-se de Margot, de Marcelo e meneia a cabeça. Gira o corpo e caminha até a ponte.

A loira detém-se mais uma vez sob o poste de iluminação, coração acelerado, corre as vistas em volta e retoma o trote pela ponte até desaparecer na escuridão do outro lado do rio. As vistas logo se acostumam com a escuridão da noite de lua cheia e caminha cautelosa até o quiosque. Olha em volta visivelmente tensa e vê penumbra, sombras e casarões discretamente iluminados do outro lado do rio. Apura os ouvidos, mas só escuta o som das ondas do mar. De resto, tudo quieto e silencioso.

Rebecca aproxima-se do ponto em que normalmente conversa com Téo em seus encontros clandestinos, retira a pistola da cintura, confere que está destravada e a coloca sob uma das prateleiras da bancada de madeira rústica. Olha mais uma vez em torno do quiosque e retorna à ponte. Atravessa correndo e estaca-se próxima ao único ponto de iluminação em um raio de 30 metros. Está nervosa e apreensiva.

Anda em círculos e olha insistentemente para os lados. Vê um vulto despontar andando apressado pela ponte de madeira e fica aflita, mas logo reconhece o homem e corre até ele. Os dois encontram-se praticamente no meio da travessia. Abraçam-se, beijam-se e retornam para o outro lado do rio.

Ψ

Minutos antes...

Téo entra no restaurante e vai direto para a mesa dos pratos e talheres. Observa discretamente o restaurante lotado e ruidoso e entra na fila do self-service. O grandalhão trajando calça social branca, camisão escuro estampado e os cabelos loiros escorridos e soltos batendo nos ombros, desperta a atenção e o interesse das mulheres. Aparentemente indiferente, serve-se com salada farta e acomoda-se na primeira mesa vazia que encontra. Faz a refeição manuseando o celular.

Suas feições enrijecem quando lê a mensagem no WhatsApp:

(Anônimo): A encomenda chega na quarta. Ok?

(Téo): Ok.

O rapaz meneia a cabeça lentamente e desliga o aparelho. Lembra-se de Rebecca, confere as horas, são 19h25, puxa os cabelos para trás, levanta-se e sai do restaurante deixando a bandeja sobre a mesa. Alcança a área das piscinas e dobra a esquerda seguindo em direção à praia. Assim que alcança as primeiras palmeiras, enfia a mão sob a camisa e confere rapidamente a pistola semiautomática.

"Sinto muito, minha querida, mas negócios em primeiro lugar.", pensa e recoloca a arma sob o camisão.

Atravessa a ponte de madeira com passadas rápidas, cruza com alguns casais no calçadão, desce a escada rústica para o areal e acelera os passos em direção ao condomínio Praia dos Coqueiros. Mergulha na escuridão da noite e põe-se a correr até avistar as luzes do condomínio. Volta, então, a andar respirando fundo para recuperar o fôlego e pouco depois alcança o quiosque. Respira fundo mais algumas vezes olhando cuidadosamente em volta: tudo na penumbra, quieto e silencioso, exceto pelo som das ondas do mar. Seguro de si, volta a andar e atravessa a ponte que leva ao condomínio. Reconhece a loira do outro lado sob o poste de iluminação pública e vai até ela.

Ψ

Minutos antes...

A inspetora Martinez está acomodada em um dos cantos do restaurante observando Téo fazendo sua refeição. Um *bip* desvia seu olhar para o celular. Lê a mensagem:

(Tereza): Rebecca acabou de atravessar a ponte.

Martinez meneia a cabeça e volta sua atenção para o rapaz que se levanta e caminha em direção à porta de saída. Digita rápido:

(Ginny): O cara acabou de sair do restaurante.

(Ginny): Fique onde você está.

Desliga o celular e vai atrás do grandalhão loiro guardando uma distância segura. Deixa o rapaz desaparecer na penumbra que se forma após as palmeiras e coqueiros para então seguir ao seu encalço. Alcança as areias da praia e apura as vistas à procura do grandalhão, mas o sujeito já desapareceu na escuridão. Empreende, então, uma corrida cega e cuidadosa beirando as águas do mar, mas sempre que avista o vulto perdido na escuridão, ajusta o ritmo do trote para não alcançar o homem e não chamar a atenção sobre si.

Martinez mantém o compasso da corrida até ver as primeiras luzes do condomínio Praia dos Coqueiros. Sobe, então, para o trecho dos coqueirais e passa a andar pelo chão que intercala terra batida e grama rasteira. Está cansada, ofegante e tensa. Respira fundo tentando ganhar fôlego sem, contudo, reduzir o ritmo da caminhada.

Força as vistas em busca do homem em meio à escuridão por um bom tempo até ser surpreendida por um grito e dois pequenos clarões seguidos de dois estampidos secos e rápidos.

Capítulo 34

Dois lampejos seguidos de dois estampidos secos ecoam na escuridão da noite. O homem pego de surpresa dá dois passos atrás antes de tombar sem vida, de barriga para cima e com os olhos arregalados. Rebecca aproxima-se com a pistola em punho apontada para a cabeça do sujeito inerte e, por frações de segundos, sua mente revisita um passado distante ao contemplar o cadáver.

> *Era final de tarde na fazenda de café. O sol escondia-se melancolicamente atrás das montanhas e o céu escurecia rapidamente. Estava no colo da mãe, acomodada em uma cadeira de balanço e sempre sentia vontade de chorar nessa hora. Tinha 8 anos e já não queria ficar ali.*
>
> *— Mãe, quando eu crescer eu quero ser uma princesa e morar em um castelo enorme! Um dia eu vou embora e nunca mais volto aqui!*

— Você pensou que podia tomar meu castelo, seu imbecil! Ledo engano. — diz a loira raivosa e volta a enfiar a pistola na cintura. Puxa o corpo pelos pés e arrasta-o até a beirada do rio.

— Ainda vão me agradecer por isso!

Ψ

Martinez saca a pistola e acelera os passos em direção ao quiosque que surge à sua frente. Mais dois passos e vê o vulto de alguém movimentando-se em direção ao Rio Joanes, corpo curvado como se arrastasse algo. Aproxima-se, cuidadosamente, esgueirando-se de coqueiro em coqueiro até compreender a situação. O vulto está parado de costas na beira do rio, observando algo boiando.

A inspetora aproxima-se mais e só então reconhece os cabelos loiros presos como rabo de cavalo. Com as duas mãos, empunha a pistola e uma lanterna, acende a luz e grita:

— Parada aí!

O vulto gira o corpo rapidamente e atira contra o feixe de luz. Dois lampejos e dois estampidos dispersam-se na escuridão.

Ψ

Instantes antes...

Tereza visualiza dois rápidos lampejos do outro lado do rio e sente o coração acelerar. Confere as horas, são 19h38, e comprime os lábios, preocupada. Sabe que o tempo transcorrido foi suficiente para o grandalhão loiro chegar ao quiosque e pressente que algo terrível possa ter acontecido. Teme pela segurança da inspetora Martinez e resolve averiguar. Empunha a pistola, mas se sente amedrontada. Olha em volta, tudo tomado pela penumbra da noite, sua mente invocando lembranças do pai e do casal assassinado.

Sacode a cabeça e tenta concentrar-se na inspetora. Desce as escadas, apressada: sente uma necessidade urgente de se afastar da mansão. As sombras metem medo, mais ainda quando se lembra das fotografias dos corpos na cena do crime. Entra na cozinha, acelera os passos e sai sem fechar a porta. Sente o vento frio no rosto, a escuridão em volta transformando sombras em figuras aterradoras e corre para o calçadão, depois em direção à ponte de madeira onde estaca-se para tomar fôlego.

Fixa as vistas do outro lado do rio e vê um feixe de luz que aparece e desaparece após dois outros lampejos. Sente a adrenalina no sangue e apressa os passos. Trota pela ponte de madeira e mergulha na escuridão do outro lado. Dobra à direita o mais rápido que pode e passa a se esgueirar, agora entre os coqueiros. Vê um vulto parado de costas próximo ao rio. Reconhece os cabelos loiros presos como rabo de cavalo e nota o vulto de um corpo estirado no gramado a seus pés.

Tereza aponta a arma e grita:

— REBECCA!

A moça gira o corpo e atira uma vez, Tereza dispara duas vezes consecutivas. São três lampejos e três estampidos quase simultâneos. Tereza cai ajoelhada a tempo de ver a loira tombar para a frente e enfiar o rosto na grama, olhos arregalados, sangue escorrendo pelo canto da boca, um braço dobrado sob o corpo e o outro ao lado da pistola. Sente uma dor lancinante abaixo do ombro, uma vertigem e as forças esvaindo-se: o corpo tomba e o breu torna-se uma coisa só.

Capítulo 35

Dois lampejos e dois estampidos dispersam-se na escuridão. Martinez recebe o impacto de dois projéteis no peito protegido pelo colete. As vistas escurecem totalmente por segundos, sente uma dor intensa no peito e respira com dificuldade.

Segundos depois, recobra a consciência e tenta se levantar, mas sente o peso do pé da loira em seu peito.

— Então a implacável inspetora Martinez achou que podia me pegar, hein? — diz a moça em tom raivoso, a pistola segura com as duas mãos apontando para a cabeça da policial subjugada. — Vou fazer com você o mesmo que fiz com os outros, sua desgraçada!

— REBECCA!

A moça gira o corpo e atira uma vez, Tereza dispara duas vezes consecutivas.

Ψ

A escuridão da noite desvanece aos poucos. É o sol despontando timidamente no horizonte trazendo consigo um tom alaranjado que aos poucos empurra a escuridão para além-terra. Os pássaros estão agitados com suas revoadas e cânticos matinais, o mar continua ruidoso quebrando nos arrecifes e as águas teimam em lavar a praia, espumando, em um eterno vaivém.

A vida parece seguir seu ritmo pacato, docemente monótono naquele pedaço de paraíso, mas algo destoa do normal. O calçadão entre a mansão dos Wasen, a mansão dos Gomes e a ponte está apinhada de policiais. O outro lado também cedeu espaço aos policiais e curiosos. A turba está com as atenções voltadas para as águas ferruginosas do Rio Joanes no qual um corpo de homem boia parcialmente preso a um banco de areia. Os cabelos loiros e longos da vítima flutuam arrastados pela correnteza das águas, serpenteiam como em uma dança sensual e ganham um brilho especial refletindo os primeiros raios do sol.

Epílogo

Sexta-feira, 3 de julho de 2015.

Dois dias depois...

Martinez sai do elevador olhando de um lado ao outro à procura do apartamento 304. Segue à direita, sem pressa, passa pela enfermaria, fala gestualmente com uma das enfermeiras e detém-se em frente à terceira porta à esquerda.

Bate duas vezes à porta e aguarda.

— Boa tarde, inspetora — diz Sabrina —, minha sobrinha está ansiosa por vê-la. Entre, por favor.

No hall de entrada do apartamento estão Dona Helena e Maria Rita. Elas levantam-se e cumprimentam a policial:

— Boa tarde, inspetora. — diz Maria Rita.

— Boa tarde. — diz Dona Helena.

Martinez responde gestualmente e adentra o quarto, acompanhada por Sabrina. Júlio está de pé ao lado da cama e cumprimenta a policial gestualmente. Tereza está recostada no leito hospitalar e abre um sorriso largo assim que vê a inspetora.

— Que bom que você veio, inspetora, soubemos que o Ministério Público devolveu o caso à Polícia Civil.

Martinez assente com um pequeno gesto, aproxima-se da cama, abre um sorriso, algo incomum, e diz:

— Que bom que você está bem, Srta. Tereza.

— Sim. A bala ficou alojada na omoplata, mas já estou bem, graças a Deus. Mas me conta aí as novidades.

Martinez olha rapidamente para Júlio, depois para Sabrina e comenta:

— Graças a você, Srta. Tereza, pegamos três coelhos com uma cajadada só.

— Como assim?!

— O amante de Rebecca era na verdade um ex-oficial da polícia italiana procurado por tráfico de drogas e armas. Infelizmente, o elemento acabou morto, mas localizamos as tais gravações que ele fez das conversas que teve com Rebecca. Estava tudo lá no quarto do resort. Bem, nas gravações em nenhum momento Rebecca fala em um plano específico para matar seu pai, mas ficou claro que ela estava planejando algo. São várias conversas dele com Rebecca, inclusive uma em que ele afirma que viu seu pai entrar na mansão dos Gomes e que Rebecca saiu pouco depois. Enfim, ficou claro que Rebecca mentiu ao dizer que não se encontrou com Sergio e que ela não estava na cena do crime quando tudo aconteceu. E o sujeito foi reconhecido pelo segurança do Condomínio Praia dos Coqueiros e pelo gerente da locadora de veículos. Ou seja, ele realmente esteve no condomínio naquela noite do crime.

— Sabia que aquela víbora era uma assassina dissimulada.

— E o mais surpreendente, Srta. Tereza, descobrimos que o delegado Nicodemus Olivo estava envolvido, dando cobertura ao Lívio Buccho. Lívio Buccho é o nome verdadeiro de Téo Cossi. Encontramos ligações no celular do italiano em que eles combinavam a receptação do carregamento de drogas e o recebimento de propina. Coisa que flagrei com fotos lá no resort. Encerrar o caso da Rua H o mais rápido possível fazia parte do acordo entre eles com o objetivo de usar a mansão de Rebecca como esconderijo e depósito para o transbordo de drogas e armamentos. Por meio da análise das conversas, deduzimos que a relação entre Rebecca e Lívio azedou quando ela descobriu que ele pretendia usar a mansão dela. Lívio a ameaçou, ela se antecipou e o matou. O resto vocês já sabem. O fato é que a Polícia Federal e a corregedoria da Polícia Civil foram envolvidas, o delegado está preso, ele, o cupincha dele, o Cabeça de Bola, e mais três policiais. Nas próximas horas mais gente vai ser presa, e tem mais policial envolvido, infelizmente.

A inspetora respira fundo e conclui:

— Enfim, é isso.

— Obrigada por tudo, inspetora. — diz Júlio — Acho que agora podemos virar a página dessa tragédia e começar uma vida nova.

— Não fiz nada mais que a minha obrigação, Seu Júlio. Bem... Acho que agora eu posso pensar em gozar minhas férias. Melhoras pra você, Srta. Tereza.

— Obrigada mais uma vez, inspetora. Posso te chamar de Ginny?

Martinez sorri, torce a boca e assente gestualmente.

— É claro que sim, Srta. Tereza.

— Pode me chamar só de Tereza.

Martinez volta a sorrir e assente com um pequeno gesto. Gira o corpo e retira-se do apartamento.

Sabrina, então, comenta:

— Assim que a sentença condenatória sair atestando que Rebecca executou seu pai, nós vamos ingressar com um processo para reverter todos os bens deixados a ela pra você, Tereza.

— Engraçada a vida, não é? — comenta Tereza. — Certa vez ouvi Rebecca dizer a meu pai que ele era o príncipe encantado que apareceu na vida dela e que a mansão de Sauipe era seu castelo. Quem podia imaginar que tudo ia terminar em tragédia?! Meu Deus! Se a gente pudesse voltar no tempo e tentar fazer tudo diferente.

Ψ

O cemitério Jardim da Saudade está com movimento discreto. É uma tarde ensolarada em céu de brigadeiro. A sala do velório está quente e abafada apesar da cerimônia estar sendo conduzida de forma discreta, apenas com a presença do Sr. Kevin, Dona Rosana e mais dois casais, amigos da família.

O alemão enorme e corpulento perdeu o ar enfezado, a pose autoritária e desmoronou diante da morte da filha e da revelação de seus crimes. Prostrou-se diante do caixão com olhar fixo na face pálida com ar angelical do defunto, com os cabelos loiros cuidadosamente penteados. Lembra-se de um dos poucos momentos em que esteve com a filha depois que ela se casou.

> *— Estou muito feliz, meu pai! Eu amo Sergio a meu modo, mas amo e isso é que importa.*
>
> *— Que história é essa de "amo a meu modo"?! — inquire severamente o pai. — Você está ouvindo isso, Rosa?!*
>
> *— Deixa de implicância, Kevin. Você não ouviu ela dizer que está feliz? Então, pronto, ora!*

O padre adentra o recinto e reza uma missa de corpo presente discreta e rápida a pedido dos pais e recomendação da polícia. O caixão é fechado, Dona Rosana desata a chorar compulsivamente acolhida pela amiga, e logo o corpo é transportado para a cova. É uma caminhada lenta do pequeno cortejo seguindo o caixão.

Dona Rosana, em meio à dor da perda, relembra da filha quando criança:

> *Era final de tarde na fazenda de café. O sol escondia-se melancolicamente atrás das montanhas e o céu escurecia rapidamente. Rebecca estava em seu colo e ela acalentava a filha que sempre sentia vontade de chorar no pôr do sol. A filha tinha 8 anos quando lhe disse:*
>
> *— Mãe, quando eu crescer eu quero ser uma princesa e morar em um castelo enorme! Um dia vou embora e nunca mais volto aqui!*
>
> *— E seu pai e sua mãe?*
>
> *— Eu deixo vocês ficarem no meu castelo.*
>
> *— E se seu príncipe encantado não quiser a gente lá?!*
>
> *— Ele vai querer, mãe.*

Dona Rosana meneia a cabeça, as lágrimas rolam pelo rosto ao recordar-se que a filha sempre repetia isso como se fosse um mantra.

O caixão é içado para a cova, os quatro homens cobrem o túmulo com tampas de concreto armado e afastam-se. Os pais fazem mais uma oração e retiram-se, desolados. Caminham abraçados pela estreita ruela de paralelepípedos.

— Por que que aconteceu isso com a nossa filhinha, Kevin?!

— Não sei, Rosa. Sinceramente, não sei.